新疆时光

孤岛 著

天津出版传媒集团

百花文艺出版社

图书在版编目（CIP）数据

新疆时光 / 孤岛著. -- 天津：百花文艺出版社，
2024.5
　ISBN 978-7-5306-8824-3

　Ⅰ.①新… Ⅱ.①孤… Ⅲ.①散文集-中国-当代
Ⅳ.①I267

中国国家版本馆 CIP 数据核字(2024)第 074530 号

新疆时光
XINJIANG SHIGUANG

孤岛　著

出　版　人：薛印胜
选题策划：王　燕
责任编辑：王　燕　徐　姗　装帧设计：彭　泽
出版发行：百花文艺出版社
地址：天津市和平区西康路 35 号　邮编：300051
电话传真：+86-22-23332651（发行部）
　　　　　+86-22-23332656（总编室）
　　　　　+86-22-23332478（邮购部）

网址：http://www.baihuawenyi.com
印刷：山东临沂新华印刷物流集团有限责任公司
开本：880 毫米×1230 毫米　　1/32
字数：180 千字
印张：7.875
版次：2024 年 5 月第 1 版
印次：2024 年 5 月第 1 次印刷
定价：68.00元

如有印装质量问题,请与山东临沂新华印刷物流集团有限责任
公司联系调换
地址：山东省临沂市高新技术产业开发区新华路 1 号
电话：(0539)2925886
邮编：276017

目 录

第一辑

山河精魂

胡杨:沙漠上的英雄树

胡杨是一种树,一种与众不同的杨树,地球上的孑遗植物。

这种树生长在边塞,中国古人称边塞这一带为"胡地",生长在"胡地"的杨树,便被呼之为"胡杨"。就像胡琴、胡椒、胡麻的汉文命名一样。

"胡"本来没有任何褒贬意义,只是对古代北方、西北地区匈奴、突厥、羌等边地少数民族的一种泛称,也有形容塞外人胡须长得茂密之意(汉族中有好多人姓"胡",可能与祖宗来自塞外有关)。一些人头脑中认为"胡"有贬义的说法是错误的。

杨树有许多种类,白杨、胡杨、灰杨、黑杨、苦杨、密叶杨……都是高大雄奇的树种,依存在北方苍茫的天空和酷日之下,刚直遒劲、挺拔有力。在这众多的杨树中,我又独爱胡杨这种崛起于荒漠的英雄树。

一说起胡杨,我的内心就有两种感情同时涌起:喜欢和震撼。

最早目睹胡杨的身影,是我刚到新疆不久,受邀去一位朋友家做客的时候。她家的墙上挂着一幅挂历,迎面扑来的是金灿灿的胡杨树。那么粗壮、庞大、沧桑,雄壮的主干掩映在金碧辉煌的枝叶和少数几根垂地的枯枝败叶中,那向上伸展的蓬勃生命与向下回归泥土的灰色朽枝,都同时装饰着巨大胡杨的身体和岁月,渲染着百年胡杨不倒的精神意志。

胡杨叶片那种淡淡的金色，是那么自然、雅丽、迷离，未经任何矫饰，像佛身上袈裟的颜色，又像是皇帝龙袍的颜色。它不是娇嫩的，又不是生硬的，而是一种时间和精神煮在一起儿熬出来的芬芳。几根或几缕夹杂在金色树叶里的灰白色朽枝，曲曲折折地残留着，或垂下，或干干地挺着，既有一种视觉感官上的反衬，增添了色彩的丰富性，又给人一种残缺感、沧桑感，美而不妖，艳而不俗，甜而不腻。也许很多人都喜欢大自然的甜美，而我独独喜欢大自然中的沧桑美，只有这种美才能禁得起阳光、风雨、雷电、灰尘的打击，在无限的风云变幻中获得相对的永恒。

说起胡杨，它的诞生与发展史比人类要早得多，一亿三千多万年前的白垩纪时代，胡杨就在我们的地球上昂起了高贵的头颅；一千二百万年至四千万年前的渐新世时代，胡杨林家族十分红火，成了全球热带和亚热带河湾、荒漠的优势种族，一度统治着几乎半个地球。那时，胡杨的种子随风飘舞，飘到哪里，哪里就有孕育胡杨蓬勃生命的欲望。

《圣经·诗篇》第 137 篇记载："我们曾在巴比伦的河边坐下，一追想锡安就哭了。我们把琴挂在那里的柳树上，因为在那里，掳掠我们的要我们唱歌；抢夺我们的要我们作乐，说：'给我们唱一首锡安歌吧！'我们怎能在外邦唱耶和华的歌呢？"经专家考证，诗篇中的"柳树"就是汉语世界的胡杨。据了解，在距今三百至五百万年前，幼发拉底河畔，蓬蓬勃勃地长着一种杨树，后来当地人管它们叫"幼发拉底杨"，它的长相与塔克拉玛干大沙漠的胡杨一模一样。

一般来说，植物是最能随遇而安的，种子飞到哪里或根须延伸到哪里，就在哪里发芽、生根，在哪里生存，在哪里播撒绿色。而人和动物则常常随机应变或随心所欲,变幻、迁徙、战争、游移,在动荡中演绎或充满欢笑或充满血泪的故事,在不断迁徙中完成生生不息的旅程。仅新疆这块古老的土地,就一代代变迁着居住者,从上古时的塞种人,到中古时期的匈奴、羌、丁零、乌孙等,再到后来的车师、柔然、铁勒、高车、突厥,以及吐蕃、回纥、土尔扈特……东迁的旋风,西迁的浪潮,风卷云舒,演绎一场场民族迁徙史,生存碰撞、心灵碰撞,民族大融合、文化大交流……真正的家园是没有的。人或鹰,狼或羊,都在似进非进、似退非退的大迁徙中生生不息。

胡杨的成长史告诉我们:有一些植物族群与人类一样,也是在不断迁徙中繁衍成长的,没有自己固定的家园。

那么,胡杨最初的家园在哪儿呢?

有人说在热带地区的冈瓦纳古陆,也有人说它是古地中海残留的孑遗物种。但谁也不知道它真正的发源地。但有一点是可以肯定的:它喜光、喜沙土,抗寒、抗风,耐旱、耐盐碱,是自然界稀有的树种之一。

新疆天山南北只是它们客居的一片家园,在人类历史翻到两千五百万年前的上新世时代,胡杨随风漂泊到了这里。胡杨的花絮随风飘到了塔里木河流域以及天山南北的其他河谷地区、山间盆地,在这里生根、发芽、成长……塔里木盆地的龟兹古城(今为库车)遗址曾经发现了距今一千多万年前的胡杨化石。

考古学家认为,在汉代,塔里木盆地胡杨盛极一时。《汉书·西域传》记载鄯善时说,"地沙卤,少田","但多葭苇、柽柳、胡桐、白草"——"胡桐"即胡杨,证明西汉时的罗布泊地区一带多有这种植物。

目前,全世界的胡杨林大致分布在北纬三十度到五十度之间的亚洲中西部、北非和欧洲南端。在我国以新疆塔里木盆地的河谷最为集中,那里有着世界上最古老集中的原始胡杨林家族部落,沿河形成一条走廊状的古森林,向东一直绵延到甘肃河西走廊。

胡杨,别名梧桐,蒙古语称为"陶来",是一种落叶乔木,躯干可达十到二十米高,树龄二百年左右;胡杨叶形多变,幼树的叶子呈针形、线形,而老树上的叶子则变成卵形、扁卵形或肾形。当看不见的地下潜水悄悄渗来或河流洪水泛滥而来,它的根系就可伸展到附近沙层汲取水分顽强地生存,从异地飘来的种子也因而同样有了再生的土壤。

我曾在塔里木盆地细细观察过胡杨,发现胡杨的婴儿树、青少年树和成熟后的参天大树,树叶依次渐变,犹如"女大十八变"一样。刚刚诞生的胡杨,叶子像线一样细长细长的,如可卷起来当笛子吹的柳叶;长大到如一人或两人高时,其叶渐渐变宽,但仍似南方的垂柳;等到胡杨长成参天大树时,叶子彻底张开,膨胀起来,演变成了扇形阔叶,在大漠风来临的时候迎风鼓掌,发出哗啦啦的浪涛声。

大漠是地球的蛮荒之地。在一望无际的黄沙中,在干旱的中国西北,生存着这样一群冠盖四野的胡杨,真正是植物界一个神圣的奇迹。

当你走过塔克拉玛干大沙漠和准噶尔沙漠的四周,一片片大面积焦黄、褐黄的颜色刺疼着你的双眼,干燥、单调、荒凉……而这时突然有几根或许多遮天蔽日的高大绿色大树威风凛凛地站立在你面前,你的心里会怎么样呢?无疑是会激动和赞叹的。

胡杨就是这样一种,让人惊叹的沙漠乔木。它把根须深深地扎进沙土里,扎进这苦难的深处,饮食荒凉而成长,最终成为抵抗荒凉的中流砥柱。它与那些依赖肥沃土地并且必须与其他花木簇拥在一起生存的树木们，构成了两种完全不同的生存姿态。沙漠上的胡杨是孤独的，耐得住寂寞的，而那些杂居的乔木种族是热闹的，有这样那样的相互依赖性；胡杨是坚强的，经得起干旱的折磨和风沙的吞噬，而那些依靠群居生存的乔木多数是脆弱的，禁不起任何意外困境的打击；胡杨是雄壮老辣的，是豪放派，有一种阳刚之美，而那些乔木大多数是娇嫩柔弱的，外在貌似阳刚，其内在实质却多为婉约派，与胡杨相比，更多有着阴柔之美——虽然后者也是大地上的一种风景，装饰着人们的梦。在依赖群居生存的乔木中，虽有大樟树、大榕树、古松这样阅尽人间沧桑的遒劲古木，一代代守护南方的村庄，但它们皆离不开雨水的滋润，而胡杨在干旱贫瘠的沙漠荒原，依然展现出乔木高古、独立、顽强、沧桑的特性，给人类和荒原上的野生小花木挡风御沙，显现伟岸丈夫的风格。我在塔克拉玛干北缘和南缘，在准噶尔盆地，在天山山谷，一次次目睹了胡杨的大丈夫风采。它们选择了荒凉的贫瘠大地，将自己的激情和梦想种植在沙漠云天之间，与世无争而又顽强地孕育着生命的绿色，饮着风沙成长，迎风沙而歌，沐风沙而舞，濯风沙而老，披风沙而葬……这是何等的英雄气概！

在大漠上，胡杨粗壮而多曲折的树干，支撑起巨大的树冠，或孤独或成群地站在阳光里，头顶是空旷的天空，脚下是寸草不生的大漠。它们没有国界，没有纷乱的欲望，没有对死亡的恐惧，在自由的呼吸中，沐浴着阳光。

我曾见过准噶尔盆地的胡杨，也曾见过塔克拉玛干沙漠南缘的胡杨。虽然北疆的胡杨叶片更大，叶子更多、更绿，但南疆的胡杨还是比北疆的胡杨更像胡杨，身上有更多倔强的疙瘩，更显现出刚烈的特性,显现出一种超然的傲骨精神。

我在二十世纪九十年代末到达塔里木河中下游,看到这个被称为"塔里木绿色走廊"的地方,胡杨家族因为塔里木河的乳汁越来越少而备受饥渴煎熬,正在一片片地枯黄衰败。他们的根扎入地下深处,仍然闻不到湿润的气息。据记载,一九五八年国家综考队考察后统计:塔里木盆地有七百八十万亩胡杨林,林木蓄积量达五百四十万立方米。二十年后的一九七九年,新疆林业航测结果显示,塔里木盆地胡杨已减少到了四百二十万亩,林木蓄积量为二百一十八万立方米,竟然减少了百分之四十六。离河岸最近的胡杨林,还是一片葱绿色,虽有些疲惫之态,但仍孕育着勃勃生机;稍远点的胡杨则出现了半绿半枯、或荣或败的尴尬景象,只有树的腰间簇拥着叶片,在风中寂寞地鸣响,而树的上半身已光秃,头上已经秃顶,干枯的枝条无可奈何地伸向朗朗晴空,似作最后的挣扎和绝望的呼唤;更远些站在沙漠上的,则是已经出现成群成片枯死的胡杨林,干干的树身,拖着干干的枯枝,赤裸地在沙漠里活葬。那是怎样一片触目惊心的死亡场面!一根一根又一根……枯黄的尸身,仍然挺立在沙漠里,支撑着生存的道义和尊严。它们渴死了,失去了憧憬和梦幻,但却没有倒下,没有退缩,没有因为恐惧而萎缩成一团,变成毫无意义的破烂儿。我仿佛听到胡杨的心声:如果不能让沙漠成为家园,就把它当作葬身的墓地!远远望去,那一片好像是胡杨英雄战士千年不倒的兵马俑!

我曾听说胡杨是世界上最坚强的植物种族,"生而不死一千年,死而不倒一千年,倒而不朽一千年",看来,它真是自然现实的老寿星、历史的活标本,是古往今来的英雄树,不屈不挠的精神象征。

现在,在新疆尉犁已建起了塔里木河流域的胡杨林自然保护区。

也许,在二十一世纪,国家拨出一百零七亿元拯救塔里木河的行动之后,胡杨可能会慢慢地焕发起新的希望和生机……但我在二十世纪末于塔里木河中下游所看到的那种因距水的远近不同而呈现的胡杨三原色、三种状态,画出了新疆绿洲与沙漠抗争的三部曲:生的喜悦、半条命的沉默和空亡的悲伤。这一片平面伸展的三部曲又让我想起三首描写胡杨的诗歌,从不同的角度,勾画出了胡杨的三种生存姿态,展现了胡杨的三层精神境界。

第一首是清代宋伯鲁的《胡桐行》("胡桐"即胡杨):

君不见额琳之北古道旁,

胡桐万树连天长。

交柯接叶万灵藏,

掀天踔地纷低昂。

矫如龙蛇欻变化,

蹲如熊虎居高冈。

嬉如神狐掉九尾,

狞如药叉牙爪张……

这首诗客观地描写了胡杨的长相和外在风貌,一种无情无神的现实状态,没有主观感情和深层感悟,也没有对胡杨独特的发现和思考。我称之为对胡杨的初级理解和描绘。

另外两首《胡杨》是二十世纪八九十年代面世的新诗。第一首如下:

被遗弃的部族
孤独的树

兀立于戈壁瀚海的腹地
坚持在人迹罕见的莽荒
任流沙的浪涛
一直淹没到脚边

被渴望扭曲的枝条
在空中凌乱地写着疑虑
长满疙瘩和树结的躯干
仿佛吮吸了
贫瘠土地里的全部忧郁

在一片枯朽的倒塌的老树上
又繁衍出新的一批
他们脚下的土壤
是上一代的尸体

为了生存
不怕丑陋
只要雪水不忘记这个居民点
它们就能坚守一千年
直到有一天
走进开拓者的视线

它并不打算唤起人们的敬意

　　只想提示另一种存在

　　此诗写于二十世纪八十年代,以深沉的冷笔调写出了胡杨那种
被迫的生存状态。作者对胡杨饱含着深情,也有感悟有思考蕴含于
诗中。但他眼中的胡杨,只是一群为生存而生存的无奈居民,是个被
选择者和被动坚守者,可敬之中隐藏着低级、无意识、灵魂麻木着的
悲剧生存状态——胡杨是坚强的群氓。

　　现在,再看看更年轻的另外一位新诗人创作于二十世纪九十年
代的新诗《胡杨》:

　　为了寻找圣地

　　走进大漠深处扎寨

　　城市远去

　　他们的影子模糊而超然

　　尘烟已断　情缘似尽

　　坐禅养天地之浩气

　　站桩舒筋活血

　　以凝结风雨雷电之手

　　撩拨天地的荒凉

　　和潮涨潮落的时光

　　沙漠无岸

它的簇叶里却永住着春天

黑暗汹涌

它的根系仍深藏着曼陀罗的欢喜

掉光落叶

忽感格外轻松

出一身冷汗

赢得出奇的风流潇洒

即便坐在沙漠深处涅槃

也可回归永恒

哦,这孤独的山寨

你在哪里?

　　这首诗将胡杨的形象由被动的坚守,提升到已经主动觉悟的形象。诗中的胡杨不再是被动陷入沙漠围困的生存者,而是一种从喧嚣尘世中醒悟过来,主动放弃喧嚣尘世,寻找与天地同在、无私忘我的归隐生存方式,这种高级生存状态,与人类自在自为的生存状态相一致。

　　一样是胡杨,在不同人的眼里有不同的形象;面对胡杨,不同境界的人有着不同的认知和思想感悟,境界越高者,胡杨的形象越高,给读者创造的诗歌意境也越高,美的提升也就有了更多的可能。

　　梭罗礼赞过瓦尔登湖,茅盾礼赞过白杨,陶铸赞美过松树的风格,我则要向孤独的胡杨敬礼。

　　胡杨能在四十摄氏度的烈日中灿烂地笑,也能在零下四十摄氏度的严寒中屹立挺拔,不畏那渗入骨髓的斑驳盐碱,也不畏铺天盖地而来的浩荡风沙,它是英雄的树,是不死的树,是最美最崇高的树。

因为胡杨叶子有强大的根压,并含碳酸氢钠,所以能抗旱耐盐。那从树干切口流出的汁液,俗称"胡杨泪"——为沙漠而流的眼泪,却是制造食用碱和肥皂的原料,与叶和花一样都可以碾成粉末。因此胡杨既是沙漠中的宝树,更是抗御风沙的一线精英。

胡杨的一生坚守在沙漠戈壁,奉献着自强不息的生命意志:春天来了,它们奉献着绿意;夏天来了,奉献出夏日的阴凉;当秋冬一切都萧瑟之后,它就以自己的生命作笔墨,在灰色的天地间挥洒出拉奥孔式的画卷……四季的胡杨都有它的美,即使枯了死了,仍给人一种震撼人心的悲剧美。一片片朽枯的胡杨千姿百态,或横站或竖立,或曲弯或直挺,或仰天长啸,或俯身低吟,一根根曲折僵硬的枝条伸向苍天白云,以自然根雕的形式在向世人呼唤生命深处的大爱。远远望去,沙漠上秃枝露骨的胡杨林,恰似遍地累累的"尸骨",仍然展示着英雄的铮铮铁骨……

我到过塔里木的一个团场,在离那里几十公里的荒漠上,我们发现了一个古胡杨林废墟,形形色色的古胡杨,星罗棋布地死在了有点泛青的沙砾上。它们大多不仅没有了叶片,而且也没有了枝条,只剩下主干或根本。我们同去的七八个人,好像发现宝库一样,一下狂奔而去——从没见到过这么粗壮的古胡杨树,三四个人牵着手也不能将它们的根部捧住。它们是凝固的雕像,有的像腾飞的神龙,有的像受伤的灵狮,有的像昂头翘尾的大海豚,有的像张牙舞爪的章鱼,有的像弯曲的巨蟒……不知在哪一个世纪,仿佛有一场突如其来的灾难,扼住了它们的喉咙,夺走了它们的呼吸,一下子定了格,最终成为被遗弃的胡杨林废墟,令我想起震惊世界的庞贝古城,各自蓄积着一个历史时代的悲哀。是天崩地裂,还是大旱缺水,使这些生存了无数朝代的古胡杨林,没有能再延续它们生命的种子,尸身凝固成英雄永恒的雕像,哑然失声。只有风一年年来这里呜咽……

令我惊奇的是,在这一片胡杨林的废墟中,在死去千百年的胡杨粗壮的根桩上,那极个别的母体上,新的鲜嫩的绿叶正悄悄地长出来。犹如铁树开花,枯朽了上百年的胡杨精神似乎没死,获得了新的生机。现在看上去还很不起眼的绿枝,有可能在阳光雨露中茁壮成长起来,屹立成大戈壁上新的胡杨,获得重生。到那时,胡杨的废墟上将会演变出又一片崭新的郁郁葱葱的胡杨林!

塔里木河自述

一条童话的河

我是一条叫塔里木河的河流。

我的祖先是崇山峻岭的高贵种族,洁身自修,千百年来与青天白云为伴。

横空出世的喀喇昆仑山,满头银发,却气宇昂然。这座神山平均海拔在六千米以上,共有十九座山海拔超过了七千二百六十米,其中,乔戈里峰乃世界第二高峰。这条穿越巴基斯坦、阿富汗、印度、塔吉克斯坦、中国等国的山脉,隐藏着一个地球上最大的冰川王国,是目前世界上山地冰川最多和最长的地方。而相交共存的"世界屋脊"帕米尔高原,史称"葱岭",除喀喇昆仑山以外,还汇集了喜马拉雅山、昆仑山、天山等神山,也是终年白雪皑皑,亿万年来一直支撑着不老的尊严,储藏了数不清的神话。

我的祖先就居住在这个高屋建瓴的地方,我的第一滴洁白的精血也来自这里。

这里,离大地更远,离天空更近。这里,来自天上的圣水婴儿般地沉睡,天庭还不断派出雪的精灵来此会合。这里亿万年来,堆积着一顶顶银色金字塔,绵延着一条条参差交错的冰川。无数的雪峰金字塔般垒筑起一座座银色的城、童话的城;一条条冰川凝结着一行行晶莹的诗和一片片白色的梦。

突然有一天,女娲补天时的一声炸雷,惊醒了沉睡的喀喇昆仑山、帕米尔高原……冰川与天庭的阳光交媾。混沌朦胧中,我的灵魂隐隐约约听到了亚洲中心腹地大沙漠里生灵们一声声焦渴的呼唤。天父地母的冰川突然融出了一滴滴精水,交杂着感动的泪珠,互相游动着,欢呼着,激动着,然后轰鸣着由南向北、由西向东奔泻而下,跳下悬崖,冲破山的阻拦,由吉尔吉斯斯坦穿越峡谷进入中国新疆境内(其实,在河流的心里从没有国界)……我的乳名被唤作"托什干河",维吾尔语意为"兔子河",像一群野兔沿峡谷轰轰隆隆地向东奔流。

我磕磕绊绊地像姜子牙一样"出山",一路抛洒着洁白的激情。

我,塔里木河,是赤子般的诗人。

我漫溢着自由诗的浪漫,怀揣着纯净的理想,然而,在经历了无数的艰险坎坷,无数的累累伤痕之后,一边噙满混浊的泪水,一边仍然苦涩地抛洒着我无私的爱。

是的,我就是塔里木河,一条游动在塔里木盆地和塔克拉玛干沙漠里的真龙!

我有时昂起高傲的头颅,踌躇满志、雄心勃勃;有时低头沉吟,满怀惆怅,在无边无际的沙漠上释放出细沙般的叹息。

如果你偶尔路过,从飞机上往下看,我有点像画家用毛笔蘸着黄沙黄泥,随意甩出的一条泼墨的蛟龙,自由回旋,酣畅淋漓……

我是中国的第一大内陆河,有人说我是历史上最长的河流,最长时达二千六百一十七公里;到二十世纪六十年代,从上游叶尔羌河源头托什干河计算到终点罗布泊，全长有二千四百多公里，后来，被人类的贪欲一点点蚕食、剪断，缩短到今日的二千一百七十九公里。

我是世界第五大内陆河，落后于伏尔加河（全长三千五百三十公里）、锡尔河（包括上游纳伦河，全长三千零一十九公里）、阿姆河（包括上游喷赤—瓦赫什河，全长二千九百九十一公里）和乌拉尔河（全长二千四百二十八公里）。其实，在六十年前，我曾经是世界第四大内陆河，因为这几十年间，我的下游被断流了一百多公里，所以只好退居第五。在流变的时间中，一切都在变。只是，我没有在时间中渐渐成长，而是缩短了。

如果让我与中国的其他河流们坐在一起，论在国内的长度，我仅次于长江、黄河、黑龙江、珠江，可以坐上第五把交椅；而如果算起河流的全长来，我就连流入外国的澜沧江、怒江、雅鲁藏布江都不如了。

作为欧亚大陆众大河中赤裸裸的一条，我的全部生命和激情，都来自高耸的雪峰，那地球的丰乳！

那天宇上空洋洋洒洒的白色精灵，那阳光和雪的交相辉映，激发我源头的第一声啼笑。我的第一声啼笑，隐隐约约犹如天堂的音乐。

一阵咆哮预示了河的来临。

雷鸣、大片闪光的水、绚丽的蔚蓝色、紧张的生命，一道双瀑泻入一个岩石小岛暗礁的周围。在下面，飞沫浓成淡青色的涡流，疯狂地急速旋转，把它自己的泡沫卷到一个不可知的命运中去。

在这样的喧嚷之中，尼罗河诞生了。

这一段出自瑞士作家埃米尔·路德维希《尼罗河传》里的精彩文字不是描写我的,是描写我的族类尼罗河的。但如果用它来描绘我的源流似乎也有点相似之处。

希望有一天,有描写我的不朽文章横空出世……

帕米尔是我巨大的母乳;喀喇昆仑山、昆仑山、天山都是我巨大而丰硕的母乳!是她们给了我一滴滴精魂,让我长成如龙一样粗壮的生命,获得了原始的梦想。

我粗壮的生命由雪峰上飞奔下来的支流汇聚而成,到了清朝后期,仍有叶尔羌河、喀什噶尔河、阿克苏河、和田河、渭干河等五条支流狂奔至此,如同日、月、山、泽、风等五者凝成万物生灵,如同东、南、西、北、中等五方建构一切归宿,如同五颗星星在一面红色的旗帜上闪烁。可不幸的是,由于一些人无止境地毁林开荒和其他利益活动的侵蚀,喀什噶尔河突然于二十世纪四十年代、渭干河突然在二十世纪五六十年代,与我分道扬镳,不知不觉中演化成一场生离死别。

今天的我,只由叶尔羌河、阿克苏河、和田河等河流汇聚而成,在一个叫肖夹克的地方汇聚成我的干流,然后向东穿越塔克拉玛干大沙漠,途经农一师十二团等多个团场、阿克苏地区的沙雅县等,继续徒步穿越巴音郭楞蒙古自治州的尉犁县,再扭头向南冲锋,先后到达农二师三十一团等多个团场,无奈地仆倒在大西海子水库,拼着最后的水的脚力,冲到更远更南的台特马湖,最终消失……

长长的我,是地球巨人喀喇昆仑山、天山、帕米尔高原、昆仑山共同孕育出的一段流逝岁月、几派人间真情。

其实，如果细细究算起来，我的源头支流，何止三条、五条、六七条！一九八八年六月，有一支塔里木河漂流考察队，亲眼目睹过，我的源头河汊多达七十三条，水流漫溢四散，偶尔漫入河间洼地，就形成一个个沼泽、一片片湿地。

已故的新疆著名作家、学者王嵘，曾给我写过一部传记《塔里木河传》，在第一章里，十分形象地描绘了我原初多支流的景象："塔里木河汇流前的形状，的确恰似一只鹿的叉鹿角。""支支叉叉如同九叉鹿角，美丽得仿佛是一个童话，美丽得让人心花怒放。"

如果想画出塔里木河源流，我的童年就是一只九色鹿的多叉鹿角，展示着七彩的幻想、丰富的美姿……

那些多叉的支流是元初的精、元初的血水，简简单单的生命。

一条条支流汇入我的塔里木河，一个个"小我"，就融成了一个"大我"。小河消失了，一条大河凝聚成了。其实，小河并没有消失，活跃在我灵魂深处。我记着它们，我操持着它们的可贵本性。我不像海，无数河流的献身共同让它成形，可它首先消灭的是河流的肉体和身影，接着泯灭河流淡泊的秉性，最后还彻底泯灭那一个个活蹦乱跳的、奔驰的灵魂。

我让支流们放弃小我的固执，互相融合和包容，长出更加丰富而复杂、宽广而壮丽的新形象。我将它们的爱和激情凝聚在一起，形成更大的爱，拥有更多的激情。我抛弃了它们的自私、懦弱，改变了腼腆和自卑。但是，我始终保留着河流窈窕的身姿、支流元初的童真梦想和绵绵不绝的爱。更重要的是，还让它们坚守着一个个不安分的、永远奔驰的灵魂！

我的每一条源头支流，看上去都像是插在我头上的金簪银簪，可实质上根根都是助长我生命的血脉。

我敢说，如果将我塔里木河比作一首诗，这世上没有比我更粗犷、苍凉的诗行；如果将我比作一首歌，没有比我更雄壮、浑厚的旋律；如果将我比作一幅画，那么没有哪个画家能画出像我塔里木河流域这么壮阔绚丽的画卷。我承认，亚马逊河、长江比我汹涌澎湃，但没有我的自由浪漫；尼罗河、黄河比我著名和文明，但没有我荒凉和野性的沧桑；澜沧江、怒江比我悲壮，却没有我忧伤的浑厚绵长……

我曾是一条冰清玉洁的河，也是一条冰冷的河。

我冲进沙漠的歌，是天与地的吻合，是阳光和雪的情怀；是山和水的合欢，狂欢和痛苦的搅拌，就是无数的雪水、雨水、泪水、血水和泥沙的集体悲鸣。

虽然一条条支流流着一种种旋律，一种种旋律凸现一种种性格，一种种性格又叙写着重重叠叠的故事，但汇聚成我塔里木河以后，都激荡着一样的爱恨情仇，一起为戈壁沙漠抛洒生命之甘露，去浇醒绿洲的春天，去自我实现，去创造一代代新的传说。

人们称我为塔里木河，而我渴望在中国最荒凉的地方唱出最绿色的歌！

一条感恩的河

"女人是男人身上的一根肋骨"，我与所有的河流，都像是大山身上抽出的一根根肋骨。

几乎所有的河都生自大山，奔向大海。

然而内陆河不是，我塔里木河不是。

像我这样一生在旷世的荒凉中作永恒祭献的内陆河兄弟，在这个星球上,虽然最终成名成系的并不算多,但默默无名的却数不胜数。在我身边的新疆三山两盆一带,有一个内陆河大家族。据《新疆内陆河泛流域水利发展探析》统计,新疆有大大小小的河流五百七十余条,除额尔齐斯河流向北冰洋,奇普恰普河流向印度洋以外,绝大多数都是内陆河——生于斯,死于斯,最后,祭献给天山南北的大地。

他们和她们(请允许我在这里,这样亲切地称呼),是我的兄弟和姐妹,是一群怀乡的人,是默默的坚守者和奉献者,是大山的好儿女……在这些内陆河中,甚至有不少倒在了奔向我的途中。他们(她们),从西面的帕米尔高原、北面的天山、南面的喀喇昆仑山、昆仑山三面而来,不约而至,纷纷雪花天降似的奔向塔里木盆地中心,渴望与我汇合,一起去东方拯救更多焦渴的万物生灵,去实现更宏伟的梦想。然而最终,纷纷被塔克拉玛干沙漠的热风恶鬼咬碎,比我更早地倒在沙漠荒地之中……

我与他(她)们一样,是一条知恩感恩的河,生于高山、长于内陆,却没有背叛山和陆地,急急地奔向自己同类的水,并与它们携手逃入大海——大海啊,在几乎所有的河流眼里都是一个天堂,一个歇息的港湾,一个迷人的归宿。而在我看来,大海不只是水的家乡、水的城市,还是水的集中营、水的墓地。

在水的海洋,那么多的水挤在一起,你推我搡,你挤我压,互相争夺,尔虞我诈;那么多的水簇拥在一起,压迫在一起,挥汗如雨,使海水发咸、泛酸,失去了纯真和甜美。

海洋有那么多的水,亿万年以来却不能让一张妇孺的嘴直接饮以解渴。海洋的水再多,也不能染绿一株小草、一棵树木,或喂大一个婴儿。

我不能啊,不能像大海一样,自己拥有丰富的水,却只能冷眼看着一片片来自不同故乡的大陆上炎火遍地,草木和庄稼焦渴得咧着嘴喘气,呼吸着大片大片的旱情——现实是焦的,梦境也是焦的。

我不能啊,不能让多余者拥有更多,让稀少者变得更少!

我不能啊,不能让富裕者更富裕,让贫穷者更贫穷!

我是塔里木河。我曾听岸上的人讲过老子的《道德经》,我很是喜欢。他说:"天之道,其犹张弓与? 高者抑之,下者举之。有余者损之,不足者补之。天之道,损有余而补不足。"意思是,天的"道",不是很像张弓射箭吗? 高了就把它压低一点,低了就把它抬高一点;拉过了就把它放松一点,不足时就把它拉满一点。天之道,是减少有余的东西来弥补不足的,而人之道则不然,是"损不足以奉有余",使不足者更少,多余者更多。

边疆的我,粗朴的我,不懂得人间的什么礼仪,不知道什么繁文缛节,只知道遵循天律(天的法律),行的是以多补少的天道。虽然我有藤的形状,但从不愿像藤一样攀龙附凤。虽然,我常常游走在穷乡僻壤,但从不嫌贫爱富。我留下的都是雪中送炭的故事,而不仅仅是锦上添花。

我还听老子说:"上善若水。水善利万物而不争,处众人之所恶,故几于道。"他告诉人们,最善的圣人是像水那样,乐意滋生万物而不与万物争功,它心甘情愿待在众人不愿待的恶地(比如像我一样待在西北沙漠恶地,像圣人老子一样安于盆地卑下之地),所以就接近于道了。

谢谢他赞美我们水的家族。其实,水也有好坏之分、黑白之分、急缓之分、清浊之分。有的水懒惰成性,常年躺在那里,一动不动,爬满了虫子和细菌;有的水吞噬了草地还不满足,仍贪婪地卷走牛羊、房屋、人群……依然还有余恨袅袅。而另外一些水却能够不断抽出自己的鲜血，救活干枯的草树、焦渴的人群，无私抛洒着满腹的爱。而我，塔里木河，一条内陆之河，却选择了顺天道而行，不断地损耗自己的血、汗、泪……去湿润每一粒沙子，喂养每一个或小或大的新生命，尽可能多地染绿绿塔克拉玛干大沙漠上的一片片绿洲。

我，塔里木河，为了滋润塔里木盆地，一次次被沙粒困住，一次次被砾石咬伤，一次次被风沙的恶魔吞噬。

是的，我，一条塔里木河，倒在了奔向大海的路途中，生于大陆，死于大陆。

是的，我最终孤独地累倒了，无声无息地消失了。我也不管我的灵魂是升天，上至九层云霄，还是坠入十八层地狱……但，那么多沙漠中的绿色可以给我证明，那么多鲜活的生命可以给我证明，我无愧无私地活过！

山给我爱，我将爱全部留在了山与山之间的沙漠。

我相信，我的生命与绿洲同在，与喊渴的大西北父老乡亲同在，与南疆大地上的农牧民、棉花、牛羊、胡杨、红柳、沙枣花、草鱼同在，与已有和将有的塞外春华秋实同在……

直至啊，风一代代不断传送着我孤独的名字。

有一位新疆诗人曾经这样描写我塔里木河："塔克拉玛干的心，是什么颜色/我决心以死看个明白。"

诗是好诗！但是，这个诗人不了解我，所以他所写的不是真正的我，真正的我、内在的我，不会仅仅为了满足一己之好奇心，而去做无谓的牺牲。一条神圣的河流，要将每一滴爱之泉露喂给沿途所需要的一株株植物、一只只动物和一个个人，而且分毫不取回报。

只有这样彻底地无我、无欲了，才能领悟到《心经》所说的"色即是空，空即是色"的至高境界，即使死了，也会赢得天地的再生。

宇宙的循环，就是这样，亦玄亦真亦幻，永远消失而又不断重生……

一条自由的河

"塔里木"，在突厥语中意为"注入湖泊沙漠之河水支流"。也就是说，中国面积最大的内陆盆地——塔里木盆地的名字，最初起源于塔里木河，与我有关。

一个人可能有乳名、笔名、别名、号、别号、外号，乃至曾用名。我也一样，在历史上有过许多名字。很久以前，一般史籍文献称我为计戍河、葱岭河，而《山海经》称我是"中国河"——是否因为我从塔里木盆地中央流过？

《汉书·西域传》中记载，当时的塔里木盆地被称作"西域"，说："南北有大山，中央有河……其河有两源，一出葱岭山（今帕米尔高原），一出于阗（今和田）……其河北流，与葱岭河合。东注蒲昌海（今罗布泊）。"这和今天塔里木盆地水系大体是吻合的。葱岭河即今喀什噶尔河和叶尔羌河；于阗之河即今由玉龙喀什河汇成的和田河，中央有河即指我这条塔里木河。

北魏时期的地理学家郦道元，在《水经注》中描述过我，大意是：塔里木盆地存在"南河"与"北河"，南河沿昆仑山北麓东流，北河沿天山南麓东行，汇合后一起注入罗布泊。

而《新唐书·地理志》称我为思浑河；清早期成书的《西域图志》和《西域水道记》则又呼唤我为"额尔勾果勒"。

……其实，我才不在乎人们怎样称呼我呢！

我是一条喜欢自由的河,一条浪漫的河,由着内心的情绪波涛汹涌起伏,或不断地踯躅徘徊,或一泻千里。我流淌出的爱,坦荡而无私。

在一望无际的大漠上,我常常像一匹脱缰的野马,穿越浩瀚和亘古,横冲直撞。

而我小心翼翼行走的时候,只有几米几十米宽;我喝醉放浪形骸的时候,可以放荡几十公里、几百公里宽,可以吞没远眺的地平线。书上这样描述我:河道坡度较大,侵蚀剧烈,河曲发育,主流摆动厉害,洪水期河面很宽,洪水漫滩达十八公里。不过,历史书上记载说,我摆动游移的宽度达一百三十公里——也许那是我狄奥尼索斯精神出现后的一种醉态,痛苦疯狂时的病态舞蹈。

大概是在二十世纪五十年代末期,人们将粗大的胡杨圆木一排排地打进我的肌肤、我的骨肉——我好痛啊,然后用大抓钉固定成桥墩,在我宽约三百米的河道里植下了二十多座木桥墩,在我的身上架起了历史上第一座木桥,给我这匹野马套上笼头和马鞍。人们称它为阿拉尔大桥。而那些我养育过的胡杨忽然间变成了骑在我身上的骑手,可以日夜坐在我身上作威作福、得意摆阔,我感到了从未有过的屈辱。低头忍了三个月后,在雪水蜂拥而下的激励下,我卷起盛夏的激情,喷出愤怒的洪水,“轰隆隆”一下子将所有的胡杨卷起、摔碎、漂走,让胡杨木桥的大锁链瞬间化为乌有。

我本是乾龙,岂能在受我恩泽长大的小人物阴影下苟且偷生!

我要像一匹无缰的野马咆哮着奔腾在万古荒漠和草原上。

四十年后的一九九五年,在我塔里木河上游与中下游的分界点上,诞生了塔里木河上第一也是唯一的一座六百零五米长的水泥大桥。从此,我被套上笼头或马鞍。

一条河，一座桩，无意间构成了一个耶稣基督的十字架……

一条摆动的河，梦游的河。

我常常在梦与醒之间游逛。

是的，我有时很放荡，有时却很克制。我是浪漫主义者，也是一个理性主义者。是的，我有时昂头高歌，有时低吟回旋；有时笑出泪花，有时痛苦得带着怪笑，还有些时候更像那个美国现代诗人金斯堡一样张嘴"嚎叫"……看到这样子，有人说我是无定河，更有人干脆叫我乱河。

我没有像黄河长江珠江一样被束缚过，也没有像古代中原女子一样裹过脚，我在遥远的大西北的土地上，一直保持着野性的真、原始的纯。

与长江、黄河一样，我们都是血性的河，张扬着个性，歌唱着自由。只是我的道路上更多的是辽阔、平坦的塔里木大盆地，不像我敬重的大哥、大姐，长江、黄河一样有更多的高山、悬崖和深谷，还有浓浓的绿……

我幸运，我没有太多迎面的山丘阻挡；我幸运，我缺乏巨大悬崖落差——我不会滑下巨石，跌得粉身碎骨，口吐白沫。我也没有茂密的原始森林、丰茂的草地，以缠绵的声音、多情的发丝挽留我，延缓向死海冲锋的步伐。

我可以大胆撒野，可以在塔里木盆地的怀里忘我狂吟，可以在一望无际的荒原上浩荡千秋。

沙漠没有路，但在我的脚下处处都是道路——我的脚印是一枚枚生命的印记，串起我的脚印就成了一条湿漉漉的路，一条蜿蜒不绝的爱之路。

在我人生的字典里,没有大山的坎坷、大沟的跨越,却经常有着这样那样的曲折,而且冷不丁常常在小小的沙粒里,白白浪费许多时间,浪费我的生命。我的喉咙,也因此常常因混浊而哽咽不已。

我感谢上天降落的雪,那些下凡救赎的精灵!我感谢大山的无私派遣和付出。因此,我的使命仿佛就是传递天地之爱,传递天籁管弦乐,传递善和美的福音。

我是浪漫之河,我随意流过的地方,无数生命因我而生。偶然间,我被当作中国西北的万物之母。

我养育了草鱼、裂腹鱼、新疆大头鱼、狗头鱼等土著鱼十五种,催生着胡杨、红柳、沙枣花、梭梭柴、骆驼刺、芨芨草等等西北独有的自然之子,和汹涌的芦苇林和野花野草地。

一直到二十世纪四十年代,我的身体里还游荡着与我一样自由的新疆大头鱼、裂腹鱼等。后来,我看着它们中的一些被捕猎,一些因缺少我的乳汁而渴死,种族面临着灭绝。

我浇灌着新疆的西瓜、吐鲁番葡萄、哈密瓜、石榴、无花果、若羌红枣等等特色瓜果,让它们充实而溢满芳香;我喂大成群的牛羊、马和骆驼、毛驴,让它们的家族兴旺……还有那些照顾它们的、有着丰富语言和文字符号的人类,皆因我而活。我的喜与忧伴随着人类的快乐和悲伤。

我弹出的不止是一条河的心曲,更是亚洲中心腹地所有生命的脉搏跳动。

沙瓤的新疆西瓜、洁白的长绒棉,在我和西部阳光的喂养中,成为塔里木田野无边的风景线。还有,那些外形饱满的瓜果——小而甜的库尔勒香梨,冰糖心的阿克苏红富士苹果,美丽的库车白杏,神奇的阿图什无花果,神秘的喀什巴旦木,迷人的叶城石榴,硕大、绿皮的伽师瓜，和田肥大的薄皮核桃……谁不是喝着我的乳汁长大的？谁不是喝着我的乳汁成熟的？谁没有许多关于雪水复活的童话，谁不藏着楼兰和水的传说？

我的自由，浇灌着胡杨的种子蓬勃生长。二千五百万年前的时候，胡杨的飞絮随风飘飞到塔里木盆地……很多年以后，在我的水边，我的脚印里，一条走廊状的古森林冒了出来，一度使塔里木盆地成为世界上最古老集中的原始胡杨林家族部落。

从嘉峪关到山海关有一条砖石筑成的长城；而在塔里木盆地则有一条由胡杨林天然筑成的"绿色长城"，它向东一直绵延到甘肃河西走廊一带。

考古学家证实，塔里木盆地在汉唐时期，胡杨十分茂密繁荣——有人在当今名为"库车"的龟兹古城遗址发现了距今一千多万年的胡杨化石。

我的乳汁虽然有一点点咸味，但仍然是淡水，因为我心恬淡。而海洋的水，却是咸得让绝大多数生物望洋兴叹，那是太浓郁的欲望造成的。

我源源不息的爱让胡杨挺起胸膛，气宇轩昂；而胡杨也承继着我坚韧不拔的精神，"生而不死一千年，死而不倒一千年，倒而不朽一千年"，以另一种形式表达了我，让我，塔里木河，站立起来，有了一种新的立体形象。

我用我雪白的乳汁、流动的血汗催生了一片片绿洲和绚丽多彩的绿洲文化。

是的，久远历史上曾经出现的多个西域绿洲王国，曾因我而闪烁多年。如果没有我，它们只一会儿工夫就会油枯灯灭，哪里来夜的辉煌和日的灿烂?

还有,那星星点点的尼雅、疏勒、姑墨、龟兹;那一度辉煌的楼兰,它们都曾因我而焕发出奇异的光彩。就像现在,和田、喀什、阿克苏、库尔勒等等塔里木城镇,一个个浓墨重彩的农业师,一个个星罗棋布的团场,一刻也离不开我水的滋润。离开了我的水,每一片瓦、每一个陶器都不会成形,更不用说冒出一个村庄,筑起一座城市。没有水,就没有生命,也就没有爱情。我对大山父母感激涕零,但从不希冀任何人或物,以任何方式对我感恩报答。另一方面,我十分讨厌以怨报德的某些小草小灌木之类的"小人"——不知它们出于何种自私的理由,它们一旦得志,就将恩河踩在脚下,时不时针一样扎我,以显示它们的"高大"。当然,除此以外,我还很讨厌专制和冷酷,因为它们违反了所有河流的自由秉性。

是的,毫不夸张地说,没有我,很多很多人都会渴死,牲畜会渴死,村庄会渴死,城市会渴死——但我并不因此而骄傲。我虽然只是一条河,但我却日夜以三国时的那个孔明先生"淡泊明志,宁静致远"的境界来激励我。我的诞生就是在高歌猛进中孕育生命,在大地上写满爱和美的自由篇章!

我孕育着五彩斑斓的文化和五颜六色的文明。没有我,希腊文明、埃及文明、印度文明、华夏文明这世界四大文明不可能在西域交会在一起,不可能孵出丝绸之路——一条文化的长河。

所以,不管古时的西域人,还是现在的新疆人都称我为"母亲河",说我是一条孕育生命、传播自由的河。

有一位叫陈克正的汉族作词家饱含着深情,写出一首《塔里木河》,维吾尔族歌唱家克里木为它谱了曲,并用他的歌喉唱遍了神州大地:

塔里木河呀啊故乡的河，
多少回你从我的梦中流过，
无论我在什么地方，
都要向你倾诉心中的歌。

塔里木河，故乡的河，
我爱着你呀，美丽的河，
你拨动着悠扬的琴弦，
伴随我唱起欢乐的歌。

哎！塔里木河呀，故乡的河，
你用乳汁把我养育，母亲河。
当我骑着骏马天山巡逻，
好像又在你的怀里轻轻地颠簸。
当我穿过那炽热的沙漠，
你又流进了我的心窝窝。

塔里木河，故乡的河，
我爱着你呀美丽的河，
你拨动着悠扬的琴弦，
伴随我唱起欢乐的歌。

哎！塔里木河呀，故乡的河，
紧握钢枪保卫你，母亲河。

哎！塔里木河呀，故乡的河，

紧握钢枪保卫你，母亲河。

一条流淌着诗意的文明河

罗布泊人曾经乘着独木舟在我塔里木河里漂流。

那种独木舟就是将巨大的胡杨树中间挖空制造而成的天然的船。它一般只能坐两三个人，一个人撑着杆子就可以划动。

静静地游，静静地漂，漂了上千年。

我喜欢这种意境，仿佛在给我的身上轻轻地挠痒痒。独木舟给我和我的水以应有的尊严，我载它们远行，载它们归来。我的水可以托起它们，也可以颠翻它们——但一般不会这样做，除非它们做的恶惹恼了自然和天地，我就发怒掀起洪水，将它们一下子卷入水下，然后将它们撕碎，沉入河底。那时，也许是有人有物做了不该做的事，上天让我来行使惩罚的权力。

而平常的日子里，我，塔里木河的水，悠然地、音乐般地流过，时间般地"逝者如斯夫"。

轻轻的我走了，

正如我轻轻的来；

我轻轻的招手，

作别西天的云彩。

那河畔的金柳，

是夕阳中的新娘；

波光里的滟影，

在我的心头荡漾。

…………

　　我多次听到几个女学生在我的耳畔朗诵这首诗,她们说这首诗是一个浙江故去的诗人徐志摩写的。我喜欢这首诗的意境,虽然与我这条河流的性格很不同。还有,我这里没有金柳,只有红柳……红柳、芦苇、胡杨等常常将影子探入我的波心,"在我心头荡漾"。但作为一条在塔克拉玛干"死亡之海"里日夜奔流的河,黄昏以后就是寂寞了,而寂寞是一条虫,幽幽地蚕食我的生命意志。

　　也就是于十九世纪末、二十世纪初,在我最寂寞、最百无聊赖的时候,有一个瑞典人突然闯进亚洲中心腹地,来到了我的流域,来到了死亡之海——他是历史上有记载的第一位全程漂流塔里木河的探险家,他的名字叫斯文·赫定。

　　他的生命意志惊醒了我。

　　他来到遥远的陌生之地,不是旅游,不是为了寻宝、淘金或开拓新的商贸生意,更不是为了扩张疆土!他闯进我的世界,只是受到成功探险北极的瑞典伟大探险家诺登斯居奥德和他的老师、丝绸之路的命名者李希霍芬的影响,来这里实现自己"探险英雄"的梦想。在今日的瑞典,为光荣而战的斯文·赫定,其名字几乎与诺贝尔一样灿烂。

　　一个人和一条河的相遇,是一种缘分。

　　他从我的源头叶尔羌河漂起,先漂完了我的上游、中游——那时已入冬,冰封的世界寸步难行;第二年,他继续来漂流,从下游漂流到了我的尾端罗布泊……叶尔羌河边峻峭的山谷,险象环生的旋流,一落千丈的瀑布,斯文·赫定一行人乘着四个羊皮筏,在颠簸、摇晃、晕眩、战栗中,过了一道一道山坎,来到了肖夹克,然后,又漂入我干流的上游、中游、下游。他和他的队员们坐在胡杨树挖成的独木舟上,在我的河上漂流,直捣罗布泊。那时,我的河面水域宽阔,像梦幻一样簇拥着诗意,两岸芦苇清幽,围墙一样排列着森严、雄壮的胡杨、摇曳的红柳,书写着多情和浪漫。

"我熟悉了河的生命,我感到了它脉搏的跳动。"斯文·赫定写道。

他一路上不时地测量着我河水的宽度、深度,有一天在塔河下游河面上,花九个小时漂了三十一点六公里,每秒前进一米,最大水深测得是五点六米。偶尔,斯文·赫定还掏出笔来,以素描的形式给我画像。

斯文·赫定有一次想从我的支流叶尔羌河到另一条支流和田河去探险,从麦盖提出发向塔克拉玛干沙漠行进,因为仆从带的水少了,又远离了我的水域,几乎到了死亡的边沿。如果不是我过去在塔克拉玛干沙漠里留了一个有历史意义的纪念性水潭(他后来出于谢恩称之为"天赐湖"),他的魂魄早就归天了,不可能四年后全程漂流我塔里木河。冥冥中,一切都在不经意间做了巧妙的安排。我不可能让第一个漂流我的欧洲探险家死在他漂流的我的河流之前——当然,我不可能让这样一位为自己的理想和荣誉一辈子独身漂泊的英雄,死在我的塔里木河上。那样做的,只有魔鬼的沙漠,饕餮的洪流。

他在我的河边发现了成群的野骆驼,发现了老虎的脚印,并看见一只被猎人猎杀过后死掉的蹲着安息的老虎。

"我把自己的一生嫁给了中国。"有一次,他笑着说。是的,斯文·赫定青春的脚印主要留在了亚洲腹地大陆中国内蒙古、新疆、西藏的荒凉大地。在他之前,那位发现"普氏野马"的俄国探险家普尔热瓦尔斯基,也是终身未娶,在亚洲腹地的野外,与荒凉、寂寞相伴了一辈子。而我细品作为内陆河的自己,娶的是孤独,嫁的却是沙漠。

话说回来,我不仅让绝处逢生的斯文·赫定于一八九九年通过漂流探究到我的秘密,还最终使他发现了我的归宿地罗布泊附近的楼兰古城。消失了一千多年的楼兰古城,因为斯文·赫定的到来,第一次揭开了神秘的面纱,展露了真容。一个人发现了一座城,一座城打开了一段尘封的历史。

是啊,楼兰是我塔里木河喂养大的最后一个子城。

它处于咽喉之地,曾经辉煌了五百年,也硝烟弥漫了五百年,后来,守护的军士消失了,舞蹈的美女消失了,楼兰城也消失了……在楼兰国迁至鄯善国之后,楼兰,变成了风沙的领地,死亡的王国。从此,人们只能通过西行取经的晋朝高僧法显在《佛国记》中对此地的记载:"上无飞鸟,下无走兽,遍及望目,唯以死人枯骨为标识耳",和唐代诗人王昌龄《从军记》"黄沙百战穿金甲,不破楼兰终不还"的诗句,去想象幻境中的楼兰。

有人说,楼兰是被渴死的——它的消失是因为没有了水。有人推测,是因为我塔里木河的改道,河水不注入楼兰附近的罗布泊,而是南移注入台特马湖、喀拉和顺湖所致。

应该说,我的河水在那个时代,是很汹涌澎湃的。我不忍看见富裕的楼兰城被夹在汉王朝和匈奴之间,成为烫手的山芋,昼夜承受着惊吓和折磨的痛苦,便给楼兰一些简单的维持生命的水,转身南下……怜悯楼兰,才冷落楼兰;冷落楼兰,才淡化楼兰,最终只是希望楼兰拥有长久的平静。想不到新的喘息以后,出现新的巨变——楼兰人重新归汉后,向南迁到了更加宁静的若羌,并彻底改了国名,称鄯善国。楼兰是这样被彻底忽略,然后土崩瓦解的。

楼兰，是我看着他衰败和消失的，正如曾经看着他吮吸着我的乳汁一天天长大一样。

楼兰，是我童年的一个梦。我的童年、青年有许多个梦，后来都消失了，比如精绝国的尼雅古城，于阗国古都丹丹乌里克古城，还有疏勒、姑墨、龟兹、轮台古城、喀拉墩、米兰古城、尼壤城、可汗城、统万城等等古城，都消亡了……像我年轻时代的一个个梦。这一个个梦的破灭，有的是因为宗教仇杀，有的是因为草木等绿色生态被城里的子民彻底摧毁，有的被一场异常的大风沙吞噬，真正是因我的改道断奶而导致毁灭的，在历史上，只是极为个别的古城，是因为无善而遭到了天谴，而我只是无奈行使天谴的一把长剑。

每一座古城，都埋着很多动人的故事：粟特文和佉卢文的故事，古汉文书简里的故事，古梵文经书上的故事，突厥文里的故事，希伯来文的故事，摩尼文的故事，吐蕃文的故事，回鹘文的故事，桑皮纸上的故事……每一个故事里都燃烧着一种思想的文明，都流淌着种种爱恨情仇。

我，塔里木河滚烫的血液里，储存着无数的爱和激情，甚至每一朵浪花中都隐藏着微笑，隐藏着中华文明、古印度文明、古希腊文明、阿拉伯文明的密码。从出土的"楼兰美女"之欧罗巴人种特色，到唐朝回鹘诗人坎曼尔的汉文诗签《教子》《忆学字》《诉豺狼》等，再到萨满教、佛教、道教、景教、祆教、摩尼教、伊斯兰教、基督教、天主教等交相辉映，都可看出天山的远见，塔里木盆地、准噶尔盆地的大气，和伊犁大草原、吐哈盆地的胸襟。尤其是我呼啸的血液、无私的浇灌……

美国著名人类学家摩尔根甚至这样说："塔里木河流域是世界文化的摇篮，找到了这把钥匙，世界文化的大门便打开了。"想不到在另一半球的遥远国度，有人这么看重我的蕴含。当然，我们中国的大学者季羡林也说了："世界上历史悠久，地域广阔，自成体系，影响悠远的文化体系有四个：中国、印度、伊斯兰、欧美，再没有第五个，而这四个体系交会的地方只有一个，那就是中国的新疆。"

也许，他们过高地估计了我。但不管怎样，我，塔里木河始终坚守在亚洲腹地中心，哺育了长长的，比我还长的玉石之路、丝绸之路。我瘦了、短了自己，长了商路、文化之路。还有，我的流域有着塔里木盆地一样博爱的胸怀，可以容纳世界各地、各种肤色的人，在这里生存、相爱、交媾，战争，高歌狂舞，或去实现自己的梦想乃至狂想……"楼兰美女"的希腊血统，罗布泊、小河墓地等发现的欧罗巴人干尸，就是某种善意的暗示或提醒。

这就是我，塔里木河的形象，与长江、黄河、珠江流域，乃至尼罗河、亚马逊河、密西西比河流域截然不同的地方。

看河流，既要看大小、长短、相貌，也要看它独立的风格和深刻的蕴含，思想的、情感的、文化的，乃至文明的蕴含。

河流，是生命之河，簇拥着一朵朵艺术的浪花。文艺的浪花又反过来丰富河流的韵味。像小约翰·施特劳斯的《蓝色多瑙河》圆舞曲，我国光未然作词、冼星海作曲的《黄河大合唱》，都是河流无形的延伸……与"河"有缘的河北大学出版社，曾策划出版了一套"大江大河传记丛书"，给中国的黄河、长江、珠江、运河、淮河、塔里木河、雅鲁藏布江分别立传塑形……其实，在名人传记、明星传记满天飞的二十世纪末，给河流写传记倒是一种善意的警示。不朽的，其实不是那些纸上或电子媒介里的传记，而是一种真实的存在：一种精神，一种永恒的求索，和那种源源不断、滚滚不息的爱！

河流有形，水无形。

有形的河床只是外在的肉身，内在的水啊，才是河流奔驰的灵魂！

如果没有了水，河流就不再是河流，同样，水库也不再是水库，大海也不再是大海。只留下空空的眼窝，和无尽的黑洞，像鞭打留下的伤疤，就像一个人失去了爱心，泯灭了良知，就成了行尸走肉……不仅河流自己丢失了名字，而且一切蓬勃的绿色都会消失、一切鲜活的、生灵都会消遁。天堂会化成地狱。

在大西北的乾卦里，一张塔里木河的活动地图，闪烁着我的龙影。

我没有长江、黄河的气势磅礴和雄伟壮丽，没有淮河、珠江、大运河的悠然和旖旎，也缺少雅鲁藏布江的险峻怪奇。但我身上却洋溢着一种大西北的野性，粗犷中藏着几丝细腻，狂野中隐匿几多柔媚，汹涌中带着几分浑厚。

我有一颗最自由浪漫的心灵，藏着最多和最贫困的泥沙……不，在最贫困的流域的地下，却聚藏着最丰富的财富。我的流域深处怀揣着无数的石油、天然气，一种是液态的，一种是气态的；埋着无声的煤、铁、锰、铝、金、银，黑色的、白色的、灰色的、桃红色的，还有金色的，沉淀着五彩缤纷的梦；还有罗布泊的钾盐、昆仑山和阿尔金山的和田玉、金刚石、石棉、云母等不可估量的珍宝。有我的水，它们才会有生命的灵气；有我的水，它们才能被开发、挖掘、抚爱，才能和盘托出，才能光照人间。

最重要的是，我最孤独，我最大公无私，我的每一滴精血和眼泪，都流在了沙漠之路上。我可以藏一些私心，少抛洒、多吸取，不断联合新生的支流，一起奔向太平洋——许多河这样做只是为自己找到一个栖息的港湾、一个美的归宿。而我的生命在奔流的途中，我的爱也在奔流的途中，即使因为营养不良和疲惫劳累，变瘦了、变短了，嘴里由淡变咸、常常发苦，甚至名声被滚滚而来、浑浑噩噩的泥沙污染得不那么纯洁，显出更多的杂音，但我仍然没有改变自己的本性，我仍然是一条魂守西北故地的内陆河真龙！

不了解我的人，以为我以自杀的方式在沙漠旅行；了解我的人却说我有着老子"上善若水"的大境界，滋润着一根根草、一片片绿洲——绿洲的每一株草树上都没有我的姓名。

是的，有时，我，塔里木河，也偶尔撒撒娇，也会做梦，梦见高山和海洋。

但我始终是一条大西北的内陆河，在塔里木盆地的怀抱里清醒、跳动、爬行、祭献……最终伤痕累累地扑倒在它巨大的怀抱里，扑倒在自己的生命极限里！

一条祭献的河

我梦见着我的过去。

我曾经身长超过两千四百八十六公里，像一条飞扬在西域人心里的彩色飘带。

那一层层茂密的原始森林，沿岸展示着绿色的梦境，胡杨、红柳、梭梭树、怪柳、骆驼刺、沙枣树、甘草等从头到脚装饰着我。那里，飞动的老虎奔跑着，成群的北山羊撒着欢，还有珍稀野生动物野骆驼、雪豹、塔里木马鹿、盘羊、岩羊、猞猁、棕熊、鹅喉羚、大天鹅、鹭鸶等上百种野生动物忽隐忽现，轮流登场表演，还有塔里木兔、野猪、沙狐、草原斑猫等等，也在这里寻找到水和爱情……一群群鱼儿则游动在我温暖的肠胃里，从水波里不断地钻进钻出。

在久远的汉唐时期,塔里木盆地胡杨盛极一时,喝着我的乳汁,兴起一个个鼎盛的胡杨王国。

而就是在一个世纪前,已经老化的我,依然有着"徐娘半老"的风采。

"河湾处的堤岸上长着茂密的树,一派令人陶醉的风光。"瑞典探险家斯文·赫定在《亚洲腹地探险八年》里,这样记述二十世纪三十年代塔里木河下游见闻,"水面上时而出现一些狭长的小岛,岛上的苇丛形成一条黄色的带子,野鸭、野鹅和其他水鸟拍打着翅膀嬉闹着。"

"一种有趣的鸟站在那里发出滑稽的叫声,时而像哞哞的牛叫,进而像驴叫,有时又像汽车和轮船短暂的鸣笛声,这可能是一种鹭鸶……不管怎么说,我们在罗布泊的孤独小岛上必须享受这鸟带来的优美小夜曲。"

"我们看到了两棵三四岁的小胡杨,不一会儿,又出现了两棵……左岸上出现了一小块春天的绿色——又一棵胡杨树。"

其实,我本来的形象是汊流众多,芦苇丛生,浩浩荡荡形成一派"水上迷宫"景象。到了斯文赫定等人来到的近代,我的梦境早已失落了古代的完美,甚至还有些破碎——斯文·赫定就看到了一些胡杨的枯树在干涸的岸边不远处,拉奥孔一样作痛苦的呐喊状。

我是中国九百六十万平方公里大地上最长的内陆河。

我被一些新疆人称作母亲河。

然而,近百年来,尤其是近六十年来,人们越来越膨胀的贪欲切割着我这位西域母亲的肌肤、心灵和梦境。

新生的耕地越来越多,而我的河水却越来越少;石油从地下不断地冒出,而我的河水却时时被断流……

二十世纪五十年代以前，我的河水归宿地还在古老的罗布泊；到二十世纪六十年代,我被迫南向改道,永别了罗布泊,河水全部归至台特马湖;到二十世纪七十年代,我又进一步断流了,河水挣扎着爬啊爬,才爬到英苏;到二十世纪八十年代,我可怜的一点河水被统统装入面积一百多平方公里、可蓄水两亿多立方米的大西海子水库,再无一滴水下泄,下游被彻底断流……而历史的书页翻到一九九五年至一九九八年间,大西海子水库也干枯了……像一个巨大的干枯的眼洞,失落地张望着浩浩云天。

在二十世纪八十年代,塔里木河迎来了一个漂流探险队,漂流最后止于大西海子水库。那是一个与楼兰名字有关的浙江农民楼兰亭,在中科院新疆地理研究所的支持下,组织来自浙江德清、遂昌二县和新疆乌鲁木齐、伊犁、和田等地的六名队员,带着寻根的梦想和浪漫,乘着橡皮筏,漂流了塔里木河。

楼兰亭等人于一九八七年六月七日,从阿克苏河源流之一的托什干河上游萨尔比那铁桥下水,历经七七四十九天,于七月二十五日到达塔里木河今日的终端大西海子水库，漂流了一千三百三十公里。

六十多年前,欧洲人斯文·赫定漂流的终点还是天然的罗布泊,而五十多年后,中国人首次漂流塔里木河,终点却前移到了人工的大西海子水库,缩短了几百公里的行程。

一样的漂流,一样想借漂流的形式,体验人生冒险的快乐,体味我塔里木河的性情和灵魂,并希望掌握河流的其他一些秘密。不一样的是:漂流的终点,已经远离神秘的罗布泊,而到了乏味的大西海子水库。

斯文·赫定漂流的终点罗布泊在二十世纪七十年代已经干涸成耳轮。是的，一九七二年，美国第一颗人造地球卫星拍下相片，显示罗布泊完全干涸了。

新时代诞生新欲望。二十世纪六十年代以后几近疯狂的开荒引水，和着历史本有的蒸发和漫灌，我塔里木河被一点点截着肢，河水被一片片稀释，被一块块吞噬……下游河道终于断流了三百多公里。

我的河水不断被人的欲望剪断，一寸一寸，一米一米……

如果从最长的源流叶尔羌河源头算起，塔里木河到终点罗布泊及其附近出口，长度约两千六百一十七公里；到公元四世纪，塔河改道南流到台特马湖，全长缩短到了二千四百多公里；历史翻到二十世纪这一页，干旱和开荒、天灾和人祸，再一次让我瘦了、矮了，我一度只能艰难地爬到大西海子水库，全长缩短为二千一百七十九公里……

我奔腾的河水每年以近三千万立方米的速度在减少……先看看我的干流上游阿拉尔的肖夹克水文站资料显示的数据吧：二十世纪六十年代总来水量达五十六亿立方米，到二十世纪九十年代减少至四十三亿立方米。而我的下游卡拉以下的下游段水量变化更是玄乎其玄：二十世纪六十年代，年均流量有十一亿立方米，到二十世纪九十年代，年均流量只有二点八四亿立方米了！在一些多回旋的地方，昔日的滚滚河水，今日已静静不动，像水洼，像一潭死水。

二十世纪五十年代，塔河水势浩荡，划着橡皮船过河，塔河人唱的是"开荒防洪"的主题歌；二十世纪七十年代，我河水减少，台特马湖干涸了，河边人唱起"压缩调整"（种植面积）的忧郁之歌；二十世纪九十年代以后，中游渐沥，下游断流，河边人吟起"弃耕搬迁"的别离之歌……

沙漠在前进,像昼伏夜出的恶魔。

沙漠披着冷酷的外衣,咬着砾石的仇恨,一片片吞食着大地的绿色情义。

还有,水的减少聚起泥沙的愤懑;水的凝滞,使无数小的仇恨凝结成坚固的盐碱,我挥汗如雨地冲刺着,精残力竭。我的血管慢慢老化,心灵开始趋向颓废。我为了活着,在大多数日子保持着一条微咸河的形象,矿化度控制在每升两克以内。而到了每年酷热的夏季,我不得不蜕化成几近咸水河,矿化度升至每升五克——谁能理解我心中成堆成堆的苦?

我越是挣扎,心里越是溢出悲苦和酸涩,越是多了如麻的困惑。

二〇〇六年四月初,阿克苏地区环境监测站对我的干流、小支流多浪河等六个点进行监测,发现阿拉尔、兵团农一师十四团一带河水受到了重度污染,沙雅一带受到了中度污染。

现代的塔里木河,现代的我,病了。我的某些河段,河水泛黄,不断翻起腥臭味的淡黄色液体,粘在掌指间,揩之不尽,洗之不去。

鱼类开始大批死亡。

一种病传染成另一种病,一种忧郁传递出另一种忧郁。

在塔河大桥守桥已二十多年的一位老人说,有一年夏季,惊人的一幕在塔里木河发生了:鱼翻着白肚皮,白花花地从上游漂流而下,耳边仿佛响着悲惨的音乐……死鱼被河水卷到岸边,最长的达半米,重达十几公斤。附近的百姓赶来打捞,最多的一天捞上了七八十公斤。然而,鱼的病被传染成人的病,不少吃了死鱼的人后来都进了医院……

水被污染,河鱼遭殃,水鸟匿迹。

而在我塔里木河的中下游，那个被称作"塔里木绿色走廊"的地方，好不容易才喂养大的古老胡杨家族，现在因我乳汁的减少，它们难以喝到水，正一片片地枯黄衰败。它们以自杀的形式站在土丘上，那枯干的枝条凌乱得像天主教徒墓地的十字架。

　　是的，一九五八年国家综合考察队考察时，发现在我的流域范围内还居住着七百八十万亩胡杨林，林木蓄积量达五百四十万立方米；二十年后的一九七九年，新疆林业航测确认，塔河流域的胡杨已减少到了四百二十万亩，林木蓄积量为二百一十八万立方米，百分之四十六的胡杨默默地消亡了。

　　死亡的阴影威胁着每一个胡杨的子孙。

　　望着一棵棵站着死去的胡杨子孙，雕刻着那不倒的生命意志，作为母亲，我满怀悲痛和景仰。

　　望着我岸上那些半绿半枯、或荣或败的胡杨林，我的河水呜咽，伴着忧伤；我的河水愤怒，掀起乌云和风浪……最后，塔河我只有在忧伤中抻长脖子张望和祈望。

　　胡杨、红柳、梭梭树……我塔里木河的子孙啊，个个都是英雄的儿郎！但如今，英雄的儿郎与他的母亲河一起落难……赎罪和拯救，呐喊与呼吁，成了新千年、新世纪的主旋律。

　　从陈昌笃一九八九年发出救救塔河的第一声呐喊，到一九九三年周兴佳等新疆地理专家的上书，到塔河被列入国家科技攻关课题攻关，再到"一九九八年天山环保世纪行"几十位专家、记者的塔河行，无数的文字、无数的画面，无数的声波传导出塔河心灵深处的呐喊……终于等到了：二十一世纪的第一年，根据《塔里木河治理方案》，国家拨出一百零七亿元资金，专门给我塔里木河诊病疗伤。

　　一时间，我翻腾的波浪涌起了几簇感动的浪花。

而胡杨的叶子在风中开始寂寞地喧响。

我,中国的一条龙,中国西北的一条乾龙,在晨曦中扬起希望的头颅,眺望远方天际线的日出……

无论怎样,奔流了亿万年的河流、亿万年的水,必须向前流动。江河只有流动才能不腐。

塔里木河流域内五个地州四十二个县市和兵团三个师、一个农垦局五十六个团场,合计八百万张干燥的嘴唇,一直在翘首望着水的滋润。

爱没有断流,爱不能断流。

新的希望重燃起我的激情。一些清醒的人开始退耕还林,减少人的欲望用水;开始给整个流域的每一段定额分配水;建起水利工程,不让河水在途中过于自由地漫灌,流失……

自二〇〇一年国家塔里木河生态治理项目实施十年后,我,塔里木河,获得了十一次生态输水,由大西海子水库下输的水量总计达二十五点五亿立方米,水流六次冲锋到达塔里木河的尾闾湖台特玛湖,结束了下游河道连续干涸近三十年的历史。

在我下游主河道一公里以内的地方,地下水位由原来的地面七米以下回升到二至三米;地下水的矿化度由每升三至十一克降至每升一点五至二点六克;河道两侧植物物种由十七种增加到四十六种,天然植被恢复面积达二十七万亩,植被覆盖度增加最高的英苏一带增量达五倍以上,沙地面积减少了五十万亩。

新的千年,新的世纪,我是否由此赢得新生?

我的童话是否被涂改,我的爱是否被延续?我的自由,我的诗意,我的慈悲,是否与我的文明一起,被传送到远方那太阳升起的地方?

在我的世界里，没有低头，也从不放弃，只有迎难而上，让问题迎刃而解！

在我哗哗流淌的血液里，没有一丝私念，只有一泻千里之大爱的自由抛洒，去泽润无数的生灵！

我希望……我祈祷……有一天，在我塔里木河未来的梦境里，无边的沙漠，幻化出沃野千里的绿洲；而那无边无际的黄，无边无际的荒凉，幻化成遍地的黄金，满目尽是璀璨、璀璨……

而我，在千万次死亡之后，在千万次被埋葬之后，又获得千万次的重生！

是的，一代代古人，一直认为我塔里木河在罗布泊消失以后，以一种更虚无、更无我的形式潜入地下，然后，跨越时空的巨大沟壑，潜到祁连山外又抬起头，变成黄河最初的源头之一。

是的，无私的祭献者，如果在这里死了，必定会在另一个地方复活！

也许有一天，在中国西部沙漠里献身的我，真的会在东方太阳升起的地方突然钻出陆地，真实地、活灵活现地再生——它将不只是古人的一种猜测，一种广为流传的美丽传说，而是变成一种现实，一条内陆河流复活、再生的崭新故事……

走向戈壁

戈壁是赤裸着来到世界的。

本来很贫穷,而且一直这么贫穷着。稀稀落落的芨芨草和骆驼刺趴在这里,几千年不动,守着孤独和寂寞,不时地在风中兀自摇曳出千种风姿、万种风情。

沙子无边无际,砾石凹凹凸凸。

当我登上从东南向西北方向移动的列车,沿太阳搬迁的方向一步步闯进戈壁的胸怀时,面对这片古老、焦黄色的荒凉动情了。不是忧伤,而是狂喜。我感到它虽荒芜,却极其宽广,那遥远的地平线将江南秀才狭小的心牵得豁达、悲壮。点点新绿,让我更感绿色珍贵。而那整个儿的戈壁啊,却让我体味到这位巨人内在生命的冲动。

我痴痴地凝望着窗外冥想,沙砾,沙砾……氤氲,氤氲……光秃秃的雄性的山冷冷地在不即不离的远处注视着奔驰的火车,注视着一个个东部来客愕然的眼神。

我看到的戈壁上唯一的风景,便是铁道旁绵延不绝的电线杆,木头的,或水泥的,根似乎扎得很深,站立得那么直,那么严肃地传递着光明,传递着来自其他地方的音讯。我被震撼了,这不是拓荒先驱们的缩影吗?这些木质或水泥的电线杆从大森林或大城市走出,走到这里,再也没有后退过,就这样站成了西部戈壁上的风景。

后来,我便与戈壁为友了。我在新疆安营扎寨的年月里,越来越感到戈壁像憨厚的农民,像我的父亲,虽然笨嘴拙舌,却是让人十分敬重。它看上去一无所有,却总让我想起纯朴、老成、厚道、忠诚等一系列字眼。独自走向戈壁深处,我有一种解脱后自由自在的感觉,内心安稳而舒畅。一到冬天,一场飘飘洒洒的大雪就把戈壁染白,成了清新剔透的雪原。如银的洁白让我不敢把自己世俗的脚印探进你的心窝。

我远远地望你一个劲儿沉睡,一个劲儿地美丽下去。

可是,春天来了,西北风呜呜地猛叫着,沙子飞舞,我看到你醒来了,醒来却坠入一场恶作剧中。那狂风卷起茅草卷起沙子卷起砾石,疯婆一样厮打你,折磨你。我看到你古铜色的脸庞被风抓得伤痕累累,看到你痉挛着,抽搐着,翻滚着。你是在忍受炼狱之火啊!你在享受微薄春绿之前要先忍受大漠风肆虐的折腾!面对这些,我内心如此疼痛,我攥紧拳头,向狂风示威。然而,当我知道这一切无济于事时,眼眶里溢满沾着沙尘的泪水……

戈壁,我的戈壁啊!

我爱你,又不得不恨你。那是我进疆后的次年,由于我最初的浪漫、纯真被残酷的现实击得粉碎,善良的心滴着血而在新疆没有一个亲友可以倾吐时,我又独自走向了你,要对你倾诉自我的厄运和人间的不平。可是你伏着背,缄着嘴,一副冷冰冰的模样。我惊呆了。我发疯似的在你心胸上捶着拳头,捶完了也累了。我失望了,一种孤独使我产生了近似死亡的感觉。

我默默地背向你远远地走了。

我登上了向东南逃奔的列车,回我亲爱的江南。我想让我故乡的风抚平我的创伤,抚去我的疲惫和怅惘。那日,天气晴朗,阳光普照古老的戈壁,在火车上我恶狠狠地瞪着绵延无际的戈壁。看着看着,那天边的地平线微微地启开了一道缝隙,启开了眼睛。那眼神饱含忧郁和痛苦,那是一种生的渴望。恍恍惚惚中,我似乎读懂了什么。我悟到自己的软弱和卑劣,因为我几乎曾想唾弃你,戈壁。

随着火车的飞驰,江南越来越近,可你的形象在我脑海里渐渐地大了起来。你有一双因为苦难而深陷的眼睛,无处不在地巡视我。随着被故乡的风雨抚去几滴滚烫的泪珠,我心中的惶惑不安感越来越强烈。

你含愁但坚韧的眼眸里不仅含着我的些许不幸和悲哀,更隐含着千年以来大大小小数以万计的灾难,其中有来自天庭的雷电的摧残,有来自大地上走兽飞鸟的践踏,有来自风雪的蹂躏,有来自古战场烽火狼烟的炙痛。一批批血迹斑斑的将士倒下了,一个个探险者迷路渴死了,把尸骨扔在你无边的荒野里晒成朽木……戈壁,你深深地痛苦过、愤怒过、癫狂过,甚至为这一切的苦难和冤魂呻吟过、申诉过。可是,这又到底能改变多少沉重的命运!

我终于清醒地认识到我的娇嫩了。从小学到大学,我一直生活在绿色的氛围中,秀美的江南给了我超然的灵气,却也少了些坚韧和刚毅。是的,我还缺少承担苦难的勇气。

我说,戈壁,你自古以来被遗弃在祖国的西北角,苍凉而孤独,贫穷而又灾难深重,可一直紧抿着宽厚的嘴唇,哑巴般沉默,信守着一个最初的童贞诺言和属于天道的永恒信念,任岁月的流水混浊地冲荡涤洗,任天灾人祸将你折磨得死去活来。你流干了泪,却从不低头哭泣。

你有哑巴一样的执着和沉默;你有哑巴一样深藏的灵魂。

此刻,我站在戈壁面前,缓缓抬起手掌向朝阳里的戈壁致敬……从戈壁的沉默中,我学会了冷静地思索!

库车的山

望着库车的山,你会有无数的迷茫、无数的惊叹、无数的苍凉和无数的寂寥……你不知道如何开口,不知道该说些什么,甚至不知道从何说起。因为这样的大山不蓄养青草、树木,更没有鲜花与云雀簇拥在它们身旁,不断喷吐着芬芳,或者歌唱着甜蜜。

库车的山没有修饰,似乎也不需要修饰。

库车的山是赤裸裸的。

是古老而充满沧桑的。

它峥嵘、神奇,可敬可畏而不可亲。

面对库车的山,你只能仰望和惊叹,它的雄奇、它的傲慢、它的冷峻、它的壮丽与诡谲,以至于它的无言与怆然……

库车的山,是阳性的山。

湍湍的子母河流过的那个巨大的峡谷("天山神秘大峡谷"只是它的一个子谷),在这个被洪水年年切割的河流两岸,耸起形形色色的荒山秃岭。

我坐着司机兼"导游"刘山虎的车,沿峡谷中的路逆流而上,不断看到:堆垒着巨型大石块与泥石的石头山,犹如龙马群奔的沟壑群,现代高楼拔地而起的西洋城市建筑群、东方封建皇宫、巍峨壮丽的古典皇宫、嵯峨参差的红色石林、曲径通幽的一个个峡谷……像电影镜头一样从我们面前一幕幕闪过,让我们目不暇接。这些荒山秃岭有着绝顶的荒凉,却又是那样千姿百态,艳丽多彩。

没有绿意,没有矫饰,只有光秃秃的山。光秃秃的岩石垒筑起一种高高的尊严,在寂寥与怆然中,默默地起伏。仿佛是古代的劳动之神,被惩罚似地暴露着被晒红晒黑的皮肤,站在那里顶着烈日劳作。

劳动之神,呈现着一种泥石的本色。

乃至劳动者的思想与意志,也展示着一种本色。

真理也常常是这样,无可奈何地在世风、尘嚣、炙日的打磨下,呈现出一种坚固顽强的本色。

一如从古代龟兹传到今日库车的山。

鲜花与绿色构成的天山风景不在这里。鲜花与绿草在北天山一带,以它的秀丽和芬芳迷倒了更多的尘世脚印。

而从龟兹时代传至今日库车的山,依旧是光秃秃的,耸立在天山以南。

这里没有女性的气息,连荒山上的石头都是雄性的;沙土也一样是雄性的,孕育不了一点绿意。

赤裸裸的荒山群,雕刻出一种尊严,具有一种傲骨的威力。

这里有大美。 这种大美,表层上看,充满了痛苦,溢满了悲愤。你来到这里,不知不觉喉咙中被一种东西充塞,让你喊不出来。

我不知道是哪一批海水剥去了它的衣裳,不知道哪场地壳运动让它们这般嵯峨地横空出世。

从造型、肌理、光色、气势上看,库车的山是那样的超绝、那样的非同凡响。

这里的人也常常与山一样。

孙文生便是一位。这位曾当过某部政委的老兄,在这里练就了一副铮铮铁骨和一腔豪气。他自吟道:"自幼崇拜大将军,十七披挂守边疆。二十一年无一仗,枉读兵书数百章。如若早生五十年,十大元帅我为长。"

他是一位武"诗人",到库车生活了三十年,有了山的性格和傲骨。他这位昔日的"陕西娃",在阅尽库车山的险峻奇崛后,感到十分骄傲,以诗赞道:"略看库车山几峰,便知五岳少峥嵘,不是天高皇帝远,哪来泰山受禅封?"

东岳泰山、北岳恒山、中岳嵩山、西岳华山、南岳衡山,古称"五岳"。这五岳乃是我国五大名山,千年以前就以它们的神奇、俊秀而名闻天下。在这五座名山上,催生了多少武侠剑派和武林豪杰,哺育了多少仙道高僧,将大道大德、大志大行以及武林种种纷争深藏其中。然而,孙文生这位有着英雄豪气的"将才",却独独推崇库车山的奇崛苍凉而看轻五岳的神秀与灵慧。

他这样比,也许有失偏颇。库车的山的确充满了悲剧色彩的英雄主义精神,漫山溢出那种悲壮的东西。无论是离库车县城不远的片石"刀山",还是子母河两岸的大峡谷群峰,乃至渭干河畔克孜尔千佛洞对面的崇山峻岭,都以那种绝世的荒凉与神奇的造型令人惊叹,都有一种傲立天下、不可一世的狄奥尼索斯神的狂态,以其嶙峋的脊骨、旷野的气势、至刚的荒凉让我惊叹。

在北疆的准噶尔盆地边缘,也有一些奇山怪沟,如克拉玛依魔鬼城、奎屯河谷的荒山群、博乐的怪石沟,蛮荒险奇,造型也千姿百态,但大多只是风蚀或洪水切割而成的,不仅低矮,而且也常呈现出圆柱状或波涛形,有一种温柔的旋律在流动。其山形没有库车的山那么巍峨,山的色泽也多有雨浸的暗青色,而不像库车的山,火焰般燃烧着热烈的激情与深沉的焦虑。还有,南北疆大荒山最大的不同在于:北疆的荒山峻岭多有波涛状的圆润轮廓,阳刚的粗犷中旋转着"温柔"的女性气息;南疆的荒山峻岭则高耸、尖利,唯有雄性和野性的格调。

库车的山不仅高峻奇险,是南天山的一部分,而且看不见温柔的造型,辨不出阴柔的起伏旋律。这里的山不仅高耸入云,而且粗粝无比。尖形的、方形的、锯齿形的、斧形的,常有一种"邢天舞干戚"之状。

然而,从中国传统地理风水来看,库车的山不是好山,更谈不上灵山神山,而是另一种的穷山恶水。

这般荒凉奇崛的山,带给陌生的审美者一种可以惊叹的大美,但这种不毛之山带给当地更多普通生存者的是荒芜、焦虑与浮躁,身刚性烈而魂无依归。这里缺乏母性的宽仁与再生力,缺乏智者的灵秀与祥光,难以汇聚天地之气——无论是生气、灵气,还是慧气。

若再往深层次看,以地狱、炼狱(又称净界)、天堂三境界来辨识:库车的山处于炼狱境界,神火正在冶炼着库车群山的质地和精魂。由此类推,吐鲁番的火焰山也可归入这一境界。人需要修炼,山川也需要修炼。

天、地的灵光与人的灵光,一旦三者合一,就会迸发出巨大的能量,形成不可抵挡的大磁场。

"天人合一,物我两忘"是一种高妙的境界。

孙文生不理解"泰山受禅封"的缘由,乃是因为将才的英雄气太浓,不愿意去了解。如果他能够向更高的境界——入世的圣王圣相或遁世的仙圣佛祖之方向迈进,他可能心胸更为宽广,能理解更多的东西。而今天,他看见了他所看见的,他看不见那些他永远无法看见的东西。

一座山,犹如一个人,首先显现的是外表,接着是形骨,最后是智慧与灵魂,越往后潜藏越深,越难以进入……

无智无勇者,只能看到外表,看不到形骨;有勇无智者,可以看到形骨,却不问精气神;大勇少智者,能够透过形骨感受到精气神的状态,但也仅仅如此而已。只有大智大勇者,方能穿越一道道"墙垣",进入山川的密室——"神"隐藏的地方。

从这个意义上说,古代帝王选择泰山这个日月、山水灵气聚积地,祭祀宗庙社稷,是有自然地理上的缘由的。

山的灵气不仅仅在于山自身的结构,还在于天光云影水气的变化,甚至还有更深的万物生灵的灵气,尤其是作为万物灵长的人类中的至高圣灵仙佛的灵修之气。小小的嵩山少林寺为什么香火越烧越旺?想想刘禹锡"山不在高,有仙则名;水不在深,有龙则灵"的诗文,我们可以悟到更多的山水以外的东西。

坐在库车的山上,我似乎来到了净界山。

这荒山群正是一个苦修佳地。这个多奇山多怪河的地方,因为历史上有了一群群苦修者凿洞坐禅,才出现了龟兹国一度的香火旺盛,一度辉煌的幻化盛景。

望着克孜尔千佛洞、库木吐喇千佛洞、森木赛姆石窟、克孜尔尕哈石窟、悟怊厘佛寺……以及近年发现的、深藏于"天山神秘大峡谷"中的阿艾石窟,我脑海里翻腾出一代代苦修的僧人,他们远离尘世的喧嚣,坐于冥冥暗洞里禁欲坐禅,在炼狱之山中寻求顿悟与解脱,寻找极乐福天之门。他们的灵修穿透形与神,沟通了天与地、光与影,使无生命的龟兹山(即今库车山)充满了生命的灵气,让红土褐岩有了勃勃生机。

佛教最兴盛的年代,也是龟兹诸侯国王朝最兴盛的时期,数百年的灵修给大山与洞窟注入了灵魂,也带来了宇宙以外的玄想与哲思,并最终给后人留下了展示学佛、修佛精神的壁画艺术与文化。

自从龟兹的大山中没有了那些苦修者之后,僧去窟空,魂飞石老,龟兹的洞窟或者永远闭上了,或者空张着一只只枯涩的眼睛,怅然若失地望着一个世纪接着一个世纪的更替……

龟兹诸侯国消失了,库车的山依旧存在。但失去灵修之气的大荒山,却再也没有朝圣与供奉的人流,此起彼伏地打破这里的寂静。

……数百年后的今天,库车的山依然很庄严肃穆、雄奇旷达,但看上去像古代的城堡,像一群土石建筑,独留着过去年代的辉煌影子与艺术壁画形式上的瑰丽。

库车的山,一座座沉默着,仿佛开始倾听我的诉说……

喀纳斯的诱惑

一

喀纳斯是一座湖。

它位于距布尔津县城一百二十公里的地方,深隐在阿尔泰山一片崇山峻岭之中,与天空更近,与天上的云朵更近;与雪峰更近,与亘古的冰川更近。因山高路远,又险象环生,二十世纪九十年代中期,世人很少能到达这里,一睹喀纳斯绝顶的美丽。

去喀纳斯,最先要遭遇一片山地。这片山地的神采可谓天下一绝。

车一进山谷,就可看到左右两边的山坡上蹲满了石头,如狼如豹,虎视眈眈;如云如礁,险情处处。可以说这两边的山是石头垒成的,奇形怪状,神秘莫测。石头上看不见一点泥土,更望不见一丝草地,连峡谷里也堆满了大小不一的石头。石头压着石头,石头挤着石头,石头簇拥着石头,石头呼吸着石头。石头家族组成的石头山在阳光下嵯峨峥嵘,古朴凝重。

这些石头都不是黄河边那些被泥水泡软的石头,也不是长江边被打磨得白亮或青亮的石头,而是黑褐色的片石,尖锐、生硬,在雨水和风、阳光的侵蚀下,铁一样冰冷,兵器一样闪烁着寒光。

石头山虽瘦骨嶙峋,却铁志不灭。

石头们看上去一片庄严肃穆,在回忆与沉思,或者是所有石头的思维都仿佛在某个朝代雷击电挫的一刹那凝滞,留下烧焦的断章碎词,哑然失声,成为无人破译的古老的碑碣。但细细抚摩,却似乎有些温度,似一群火的灵魂在抗争,在吵闹,在暗地里角斗,互不相让。过了一会儿,右边山坡最低处的石头群中,冷不丁蹿出一两株绿色植物,粗硬、矮短、枝叶稀秃、营养不良。这几株白桦树,像是被石头挤压出来的多余的一点情愫。在这一点点败落情愫的映衬下,整个绵延的山地显得更加高古而苍凉。

这让我想起了《山海经·大荒西经》有关大荒山的记载:"大荒之中有山,名曰大荒山。"虽然,在西域有许多嵯峨横空、寸草不生的荒山群,但是我还没见过像这样全由犬牙交错的石头组成的荒山。这座石头堆积成的山,是不是"大荒山"?据传,女娲补天时练就了三万六千五百零一块巨石,而最后砌上了三万六千五百块,有一块巨石多余了,扔到了地上。这一片石头的山地难道就是女娲补天时多余的那块石头落地后碎溅成的?要么它们怎么全是一色的锋利片石,多少年风吹雨打雪浸,始终硬生生的,如铁如钢,不朽不化?

同行的十余人中,有一老汉与我同车而坐。他每到一处,置风景与花草于不顾,以寻访石头为乐,看到合心意的便随身带上一同回家。据说他的居室里收藏了天南海北、五花八门的石头,其妻怨嗔,不愿与他同床,劝其与石头同睡。然而,当今天我们坐车经过这石头山时,这位老石头迷却似乎没有动心。难道是这里的石头太丑陋了吗?抑或是老者虽与石头有缘却无份,有眼却无识珍珠?石头山啊,你被天堂遗弃,又被红尘厌弃,留下无数悲欢离合的故事欲吐不能,便哽咽在此,成跌宕不平的叹息凝滞在峡谷间,永不劫灭!曾闻著有《丑石》一文的贾平凹也好收藏石头,去年他游历新疆回陕西时,背了一块数十公斤的石头回到关中。假如这片山地被他遭遇，抱几块置于西安他那求缺屋里做伴，或许又会撰出诸如《怪石》之类的文章来呢。

然而，这毕竟是假如而已……还是让我以《石头记》作者曹雪芹献给石头的诗句，略表这片天遗顽石的心迹吧："无材可去补苍天，枉入红尘若许年。此系身前身后事，倩谁记去作奇传？"

二

喀纳斯不仅与山地有关，而且与草原有关。高山草原与湖光交织而成的境界才是迷人的仙境。而那片奇绝的山地，则仿佛是由尘世通向仙境必经的一座炼狱，给凡尘灵魂淬火的地方。

淬了火的灵魂，才显得清净，溢出草原花草的芳香。

我们到达的时候，正好是草原久旱逢甘雨。软绵绵的细雨，轻轻地飘落在高远、平坦的草原大地上，悄无声息地抚摩草的头发、马的脊背、羊的绒毛、奶牛的乳房，像是在对草原絮语，情人般美妙的絮语。柔柔的雨丝的力量，逐渐地将沙土浸湿，将盛夏浸湿，将草原软化成美丽的母亲。

之后，我看到落地碎去的雨珠，一部分重新聚合成灰白色的雾气，从草原上升腾起来，变成飘逝的云朵，升向低而广袤的灰色天空。此时，天空离草原是那么近，仿佛他们在亲吻，以云雾的舌头在狂热地亲吻，魂灵在清醒与糊涂中驿动。

有一群乌鸦飞来，停在一片草儿稀少的地带，一只只井然有序地排列成一圈一圈。黑黑的一团旋涡，如草原上的暗礁。它们是在开碰头会吗？研究什么呢？是研究对付奔赴这里的越来越多的人群和汽车？有几只飞上飞下，乌黑的影子使浅灰色的天空暗淡，"呱呱呱"的叫声，悠悠地在草与草之间传送。仿佛有什么信息需要告知它们的同类。啊，乌鸦，这类与尸骨为伍、与死亡为伍的黑色精灵，总是以它那种带点沙哑磁力的声音，宣布着生灵们害怕之极的凶兆，给天下人洒下各种各样的黑色预言，让人敬畏，让人无言。

草原湿漉漉的，草尖上噙满了透明的雨珠。风不知从什么地方吹来，带来一丝丝凉意。在清风细雨里，草原是那么的翠绿，那样的生机盎然，那样的迷蒙而又葱茏，相比之下，一群人和几辆汽车显得相当丑陋、渺小，那么脆弱不堪。一些人开始面对草原撒尿，然后提提裤子，抬起头眺望云雾缭绕的草原，目光随草绵延进灰白色的天空里。我想这个时候，人的心灵都会被洗净的，然后，有些茫然的东西从心头升起。

接着，森林出现了。这些森林大多是塔松、云杉，黑绿色、八卦阵般错落有致地成群成群地列队在这个山坡或那个山坳里，树与树之间的空地腾出一片片鹅黄绿的草坡，作为楚河汉界，两军对峙的地方。千百年来，它们被有意无意地置放在那里，像兵马俑一样在注定的命运里老去或永生。天山的许多林木都是这样，阿尔泰山也不例外，只是阿尔泰山的低处偶尔可以见到一片片白桦林，树干上长着郁悒的眼睛，叶片偶尔在风中哗哗啦啦地响个不停。塔松与白桦虽都挺拔、俊秀，但前者苍劲而肃穆，后者清新而明快。这两种树今天被喀纳斯派来作向导，将我们引进深山喀纳斯湖的身边。

路途中，我们经过了一个蒙古族图瓦人的原始部落，喝了点儿洁白、酸醇而又喷香的马奶子。说到图瓦人，可真是神秘。据说是元朝成吉思汗西征时土尔扈特部遗落在这阿尔泰山里的。他们住的是圆木搭成的木结构蒙古包，有些蒙古包还覆盖着厚厚的一层土，上面长满了杂草。这两年,不知他们从哪儿学来了木屋的新的建筑形式,新木屋都盖成两边有屋檐排水、中间高两边底的南方屋型。这种屋形是典型的江浙一带农村的农民住房样式,但是,屋和墙是砖泥组成的,上面盖着瓦,而土瓦人原先的房屋却全由去了皮的圆木建成,古色古香的。他们靠养奶牛、羊和马为生,近些年也养起了鸡,每天清晨,宁静而肃穆的山林里就响起雄鸡嘹亮的歌唱声,有的尾声拖得很长,余音绕树,不绝于耳。

穿越图瓦人的部落,我们就迷失进一片大草坪。站在大草坪边沿,透过树梢,一大片碧绿碧绿的湖水在眼里闪烁。

三

现在,我们到达了喀纳斯湖。她高贵地卧在崇山峻岭之中,一片幽静的样子。她戚眉含笑,绿意涟涟,羞涩而饱含风情。

一般来说,湖都是不规则的近似圆形的,长宽相差不是很大。可喀纳斯湖却不一样,长二十五公里,宽只有一点六公里,该凹的凹,该凸的凸,窈窕而又丰腴,一派迷人的修长美女的姿影。人说千岛湖的水绿,天山天池的水绿,再看那喀纳斯湖水的颜色,更是绿得沁人心脾。特别是当你站在高处俯瞰时,那湖水好像不是天上落下来的雨,也不是冰山融化下来的雪水,倒像是浓绿滴翠的绘画颜料堆积而成的,厚厚的有一种黏稠感。我曾经在阿勒泰地区宾馆看到过一幅以喀纳斯湖为主题的油画,画中湖水绿得那样浓稠,不由得心生嘀咕:普天下哪里有这样堆翠砌绿的水,肯定是画家想象后,再经画笔夸张出来的,有种不真实感。而如今,当我站在湖边,终于相信了有一种水的奇迹。

喀纳斯的水的确太绿太稠了,仿佛是凝结在一起的,滞流不动了。是的,喀纳斯的水绿得妖娆,绿得浓烈,绿得油腻,绿得令人耳目一新。

朱自清先生曾写过《绿》一文,他是这样描写温州的梅雨潭的:

> 这平铺着,厚积着的绿,着实可爱。她松松地皱缬着,像少妇拖着的裙裾;她轻轻地摆弄着,像跳动的初恋的少女的心;她滑滑的明亮着,像涂了"明油"一般,有鸡蛋清那样软;她又不杂些儿尘滓,宛然一块温润的碧玉,只清清的一色——但你却看不透她!我曾见过北京什刹海拂地的绿杨,脱不了鹅黄的底子,似乎太淡了。我又曾见过杭州虎跑寺近旁高峻而深密的"绿壁",重叠着无穷的碧草与绿叶的,那又似乎太浓了。

以朱自清这段描写来形容喀纳斯湖的绿不但不过分,甚至还嫌少些气魄,因为喀纳斯之绿,绿得比这浩渺,比这艳丽,比这深邃,比这神秘!望着喀纳斯湖的绿,我想周围的绿树、绿草一定都是由她蒸发的水染绿的;如果我们将手伸进湖里抓一把,手马上就会变绿;如果我们跳进去游泳,一出来就可能成为活脱脱的绿人!

然而,奇怪的是,当我走到她的岸边时,她的绿意却在光的注目和阴影的抚摩里,一阵白、一阵绿、一阵蓝的了。坐船湖中行,看到淡光下湖水浓稠的绿,禁不住诱惑,伸手将它抓起时,溢出来的却是洁净剔透的液体,什么颜色也没有,手依然是原来的手,洁白、空洞,只是增添了些许寒意。

湖两岸,有齐崭崭的白桦林。

它们一个个竖着千万只耳朵,像喀纳斯的守护者那样聚精会神,始终不动,守护湖公主昼夜间的歌吟和梦呓。荡漾的湖水,绿色绸缎一样在风中悠悠起伏,一种节制的狂欲,千言万语里的无言,美到极致后隐藏不住的妖艳,似乎都在告知人们:她开始不安于高山石谷间巨大的空寂。随着路况的好转,越来越多的车将载着越来越多的拜谒者来到此地。

为了看清湖的全貌,我们坐车绕上草坡,一路盘旋而上,直至山顶。在那里,我选了千万个角度来拍摄喀纳斯湖袅娜美丽的姿影,但千万个角度都拍不下她的全身。她的头和脸始终藏在深山更深处,它在深山更深处念忆着遥远时代的冰川。

喀纳斯湖啊,你绝顶的美丽,却又无底的神秘。

那一百多米深的湖心藏着什么呢? 那曾经闹得沸沸扬扬的大红鱼游到何处去了呢? 你高古在上,让旅人难攀,更难以追寻你久远的梦境。喀纳斯湖,你这位冰山公主啊,为什么藏匿于边界之山巅? 第一个发现你美丽姿影的是谁? 他的脚印是否从此消失在那里,身影凝成一座山,抑或一株塔松,心中永远珍藏着这么一个绝美的绿色之谜?

湖岸边有幢木房子,不知哪位"书法家"以干涩的笔,蘸了红油漆,在那面凹凹凸凸的圆木墙上,题上了元朝诗人耶律楚材的诗句:"谁知西域逢佳景,始知东君不世情。圆沼方池三百所,澄澄青水一池平。"这首诗出自耶律楚材感怀组诗《壬午西域河中游春》。这首诗是写正建牙河的(该河元明时期位于我国境内,清末被俄罗斯所占),而不是写喀纳斯湖的。有传闻说,当年"一代天骄"成吉思汗西征至此,因为没有上山下山的路,绕道而行,也未能一睹喀纳斯湖的容颜。

古往今来,凡名山圣湖都有名人骚客的墨迹衬托。天山的天池,留下了郭沫若的诗句:"一池浓墨成砚底,万木长毫挺笔端。"像喀纳斯湖这样绝顶美丽神奇的冰雪之湖,没有文人骚客的关注和誉词实在是一种缺憾。自然与人文、风景与文化只有相互映衬、相互照耀,才能构成复杂而统一的美,藏起永恒的魅力。

洞庭湖的潮声与范仲淹"先天下之忧而忧,后天下之乐而乐"的文人儒士心声,融汇在一起,溅起永久的历史回声;泰山因有了"会当凌绝顶,一览众山小"这一杜甫的名句而在世人心里更现超拔独秀;乾隆在苏州狮子林内亲笔题写的"真趣"二字,点燃了假山假石一派沉睡的意境,使游者耳目为之一新……

文化啊,你究竟是什么? 是不是那生命中的风景、自然里的生命!

伊犁草原：一种复杂的美

如果说戈壁沙漠是新疆南疆的浩瀚天地，那么，草原森林就是北疆的奇异风景。一种是旷古的荒凉，一种是迷乱的情意。

伊犁就是那样一个能迷乱人的双眼和心灵的地方。那里的山，那里的水，那里的大森林和大草原美得让人惊叹……尤其是那里的大草原，更是在绵延中起伏，在伸展胸襟中，不断翻滚着绿意。

伊犁处处是绿色，处处是水光，处处是鸟的鸣啭和鱼的跳跃。

谁也搞不清伊犁到底有多少草原——就连名不见经传的可克达拉草原也因张加毅、田歌的一首《草原之夜》而在新疆乃至全国声名鹊起，成为一种令人向往的意象。但有一个结论是可以肯定的：那拉提草原、巩乃斯草原、昭苏草原、唐布拉草原是最具影响力的伊犁四大草原。这四大草原以它们各自的风姿和动人的容颜，让人倾倒和欢呼雀跃。

如果说内蒙古的呼伦贝尔大草原，是以它无边无际的平坦辽阔和花草独舞之纯粹性而遗世独立，那么新疆的草原则不是如此，新疆的草原不是平原上的草原，而是天山等大山上的草原，是山地草原，是依赖山的本体而生存的草原。它凹凸起伏，旋律般高低绵延，或在山顶，或在山坡，或在山谷，与一片片森林、一条条溪涧共同组成大草原的交响曲，是一种"多民族"的合唱，一种集体舞，一种更为丰富复杂的民间组合。

在巩乃斯河流域、面积达一千一百余亩的巩乃斯草原，立身于海拔两千米高的天山上，与新疆另一个坐落在巴音郭楞蒙古族自治州的大草原——巴音布鲁克大草原一样，高傲地仰躺在天山顶上，亲近蓝天与白云，亲近雪峰与雄鹰，展示一种超凡脱俗的品质和悠然自得的灵动精神。站在巩乃斯草原，你可以傲视群山和峡谷，傲视卑微与琐碎；你可以与蓝天对话，与流云嬉戏。

如果说巴音布鲁克草原是蒙古人的天堂，那么，巩乃斯草原则是哈萨克族人的领地。这些游牧的民族，追求美和自由的民族，煮着奶茶，吃着馕饼，骑着骏马，赶着牛羊，日出而牧，日落而归，与太阳为伴，与风雨为伴，过着单纯而快乐的日子。苦闷的时候，他们燃起袅袅炊烟，向蓝天寄托自己的思念与哀愁。

每年六月，巩乃斯草原上火红色的茉莉花、哈萨克花竞相怒放，腾起一片片生命的火焰。在这片腾起的火焰中，展现维吾尔族、哈萨克族风情的电影《天山红花》《阿娜尔汗》成功拍摄，之后在全国放映。

站在这苍绿高古的山顶草原上，你的目光可以看得很远很远……甚至可以看到前生和后世；你的胸怀会变得无比宽阔与坦荡，能容纳山石与溪涧、悲苦与狂欢、爱恨与情仇；你的境界会超越地狱、炼狱，亲近神的居所——天堂的境界；你可以呜啦呜啦地呐喊，将心中聚集了几千年的苦闷都倾吐出来，哪怕倾出漫天的霞光……

另一个草原昭苏草原，也是高山草原，海拔在两三千米以上。但昭苏草原不是山顶草原，而是山坡草原，紧紧依偎在巨山的山麓和山腰。在这里，有巍峨的山体、散漫的云杉、鲜艳的百花、小岛般的毡房、奔腾的骏马、潺潺的溪流。

昭苏草原像一个依山而卧的高贵女人，以她的清高、娴雅、美丽而让人惊叹。当她随意地依山而卧的时候,洁白的云朵飘来,为她盖上薄薄的云锦。

昭苏草原还是草原石人的故乡。那用一块完整的巨石雕刻成的男人像、女人像,不知道从哪个世纪起就站在昭苏草原上,以一米或两米的身材,超拔于绿色草丛之上,表情凝重地望着远方……俨然是草原上威武的英雄卫士。

据考证,分布在昭苏草原、特克斯草原和阿勒泰地区草原上的石人,大多是我国古代突厥人的遗物。有学者说是"守墓人",也有学者说是古代的"疑兵"。

几千年过去,由于阳光、风雨和人类手指的不断打击,草原石人已变得十分稀少。昭苏县便将八尊散落在各片草原上高矮不一、年龄不同、性别不同的草原石人集中到南洪纳海乡境内的草原上,组成了一个草原石人家族,让石头人也享受天伦之乐。

另外两大草原,那拉提草原和唐布拉草原,则海拔相对较低,都是栖息在天山峡谷里横向延伸的大草原。

那拉提草原是世界闻名的大草原,也是亚高山草甸植物主要分布区。它位于天山中段的咽喉地带,是南北疆往来的必经之地。据传,"一代天骄"成吉思汗率军由南向北穿越天山,山重水复疑无路时,忽然,太阳破云而出,万道金光照亮了前面的草原,人们高呼"那拉提"(蒙古语,意为太阳),于是,那拉提草原就这样被命名了。

走进那拉提草原,你会被青青的茫茫草地所吸引,被那五彩缤纷的野花所诱惑,被既古老又年轻的榆树、雪松、白杨所感染,几十公里一马平川的花草地,簇拥着木屋、毡房和马群、牛羊,透着一种温馨的美、成熟的美、丰富复杂的美。

河流从那拉提原哗哗流过,是那么清澈,那么鲜活,犹如哈萨克姑娘银铃般的笑声。

那拉提是多变的草原。阳光下,那拉提草原百花绚烂,燃烧着浓烈的浪漫情愫;风雨中,那拉提一片阴冷清幽,它铁青着脸,沉淀着无数的悲苦凄绝。那拉提是单纯而复杂的,是繁华而又寂清的。

同样隐居在天山峡谷里的唐布拉大草原,因为地势较高,具有乾卦的阳刚气质。草儿与云杉在狭长的河谷里,密密麻麻布下百万重兵,让人惊叹唐布拉的俊秀与神奇。唐布拉草原,长达一百多公里,一百一十三条沟,沟沟都藏有奇景异俗。唐布拉不以平坦广袤取胜,不以高大深远取胜,但却以它的悠长、窈窕取胜。百里草原,百里画卷;丈夫气短,儿女情长;十步一景,百步一叹。如此情意缠绵的草原,如此肝肠寸断的草原:飘带一样飘着的是思绪,胶卷一样卷着的是百年风尘,画廊一样珍藏的是亘古沧桑岁月,大道无形照常行,踏雪无痕处处痕……

伊犁的草原是山的草原,也是水的草原、树的草原、天马的草原、雄鹰的草原。与新疆其他草原一样,伊犁的草原不仅与荒漠对峙,而且与雪峰对峙,有一种丰富而复杂的美、多面而立体的美、大包容大深刻的美。

这就是新疆,这就是新疆的草原。

克拉玛依魔鬼城记

不知哪个世纪遗落在茫茫戈壁荒漠上的魔鬼城,给新疆增添了无数的神秘。在准噶尔的盆地周围,在塔克拉玛干沙漠边沿,在其他一些戈壁荒滩上,一座座奇形怪状的天然的城,绝世耸立着,等待人们去登门造访,去相识相知,去一层层撩开它们神秘的面纱。

在距石油新城克拉玛依一百一十公里的旷野上,有一座方圆十公里的天然沙土城。它的名字叫乌尔禾魔鬼城。当你坐车奔驰在 217 国道,途经乌尔禾的时候,你会为乌尔禾魔鬼城的壮观神奇而惊叹,那一座座从荒漠上拔地而起的裸山、裸沙土堆,被一只神秘的手,错落有致地摆弄于准噶尔大地上。赭红色和灰绿、灰青色杂糅而成的外表,燃起一种似狂欢似愤怒似忧伤的情感,吸引着你,震撼着你,传染着你……

蒙古语称这里是“苏鲁木哈克”,哈萨克语呼之“沙依坦克尔西”,意思都是“魔鬼出没的地方”。魔鬼城,因其造型似城非城,每当大漠朔风凶猛刮过来的时候,土城里便沙土飞扬,尘烟弥漫,四空中一片幽暗空冥,风的尖叫怪诞凌厉,令人想起狰狞的魔鬼,感到这是魔鬼居住的地方,因此,当地人称之为“魔鬼城”。

魔鬼城并不是魔鬼居住的地方,魔鬼城里也没有魔鬼。

在米兰,在哈密,在巴音郭勒,在罗布泊……一个个戈壁沙漠深处,处处可见这种魔鬼城——魔的家园。而克拉玛依乌尔禾魔鬼城是目前新疆最著名的魔鬼城。

大约一亿多年前，也即白垩纪前后，准噶尔盆地是一个巨大的湖泊，这里白浪滔天，波涛汹涌，乌尔禾剑龙、蛇头龙和准噶尔翼龙在湖中、岸边或上空自由地出没，游水、跳跃、飞翔，它们是那里的王，那里的主人！然而，天地在变化，地壳在运动。随时空的巨变而来的，是湖水消失了，湖底升起，湖底被水流千百次打磨过的石头忽然见到了阳光、风雨，成了陆地上活的雕塑。这些由泥板岩、砂岩等组成的小山，和裸露的湖底高突处，经风的手指、雨的手指、太阳的手指年年月月地抚摸、打磨，在戈壁荒漠成型之时，形成了土色的裸山……一句话，乌尔禾魔鬼城出现了。

乌尔禾魔鬼城是新疆目前发现的最大的魔鬼城。多少个世纪以来，因为荒凉，因为恐怖，它被遗弃在沙漠边沿，遗弃在人们的意想之外。到了二十世纪末，旅游者的脚步才叩响了它的脉搏，令它回旋起粗犷的旋律。

乌尔禾魔鬼城孤独地耸立着，以一种高傲的姿态和魔鬼的意志，遗世独立着。魔鬼城里的山，或大或小，或矮或高，或美或丑，或站或卧或蹲，或尖或圆或方，或生或死或朽。它们有的像欧洲中世纪的古城堡，古老、庄严、肃穆；有的似佛家的七级浮屠塔，清濯、悠然、高远；有的敦厚、圆蕴、宽广，如一座座巨型毡房；有的如滚滚浓烟立定、缓缓龟蛇匍匐；有的又似断墙残壁、破釜沉舟……真个儿是奇形怪状，各展其姿，各显其能。望着它，你不能不惊叹大自然的鬼斧神工。魔鬼城的山石之间又有峡谷万道，沟壑纵横，曲径通幽者有之，大道豁开者有之，似通非通者也有之。魔鬼城，的的确确是天地的杰作，是日月星辰、风雨雷电的杰作。

新疆大地上，有许多被废弃的古城：交河古城、高昌古城、楼兰古城……魔鬼城却似一座规模最大、保存最完好的天然古城。唯一不同的是,这里只有天然沙土的气息,而没有人间烟火气。真正的人居古城即使废弃了几千年,也留着我们亲爱的人类那种让人亢奋也让人窒息更让人感怀伤感的生活气息。

与哈密魔鬼城相比,乌尔禾魔鬼城更为庞大、完整。多年前,我去过哈密魔鬼城,那里的"城"并不大,甚至有些空悠,像一座空城,但"城墙"却十分巍峨,有石柱超拔而起,更加增加了"城墙"的神圣与威严。哈密魔鬼城,与乌尔禾魔鬼城一样,都是新疆的一种特殊的雅丹地貌,因风蚀而成,皆是戈壁荒漠上的奇异景致。

乌尔禾魔鬼城是荒凉的,笼罩着孤独与荒凉的美,与现代都市的车来人往之繁华构成强烈的对比。一般来说,美应该是和谐的,但乌尔禾魔鬼城却以它的错落展现了不和谐的美;一般来说,美应该是柔和、优雅的,但乌尔禾魔鬼城却以它的粗犷、质朴,带给人们心灵的震撼。

在明媚的阳光下,乌尔禾魔鬼城一片灿烂辉煌,散发着大西北男性的美,显示着阳刚的气质;在阴雨天气,一片灰暗迷蒙,凝聚了诸多恐怖与危险,仿佛坠入了巫婆布下的迷魂阵。而到了冬天,乌尔禾魔鬼城突然变得那么温柔,穿着洁白的衣裳,盖着银色的雪被,像一个孩子一样睡着了,梦里闪现出天国……只有狂风吹来的时候,魔鬼城才激动得失去理智,癫狂不已,飞沙走石,狼嗥虎啸,像疯了的"西毒"欧阳锋,让你害怕战栗,只想远远地躲避。

乌尔禾魔鬼城是可爱的,也是可怕的;是神奇的,也是怪诞的。有一位叫陈放的北京文化活动策划家,曾经为乌尔禾魔鬼城做了一个要将它打造成"世界魔鬼城"的方案:在此搞世界性的魔鬼训练营;将梅非斯特等世界著名魔鬼形象都请到魔鬼城来,不仅给以塑像,而且用现代声光电的办法,玩起各种魔鬼的游戏。这样,克拉玛依的魔鬼城或许能走出亚洲中心腹地的新疆,走向世界。

自然的,人文的,情感的,真能互相渗透,互相照耀,那么,砂石质地的乌尔禾魔鬼城可能会形成更大的魔力,闪现出更加奇崛的光芒。

天山雾

　　我无数次登过天山，也无数次被天山上的大雾所迷住。天山是那么巍峨壮丽，那么粗犷超然，那么具有雄性的力量，然而，却也常常被飘来飘去的、阴柔的雾所遮掩所征服。

　　我在巴音布鲁克草原，见过升腾的雾。

　　那时，我们一行人正坐车行进在路上，细细的雨滴不声不响地从天上落了下来，轻轻的、柔柔的。不一会儿，雨就下大了，透过车窗玻璃，我看到翠绿的远山笼罩着一层薄薄的雨雾，将天山泼得空空渺渺、似有似无的，绿色的森林、绿色的草原变得更加遥不可及。等雨停了之后，我们发现无边无际的大天山又露出了真面目：披着绿色大氅的山体呼吸着洁净的空气，在过去和未来中伸展着起伏的躯体。

　　"看！"随着谁的一声呼喊，我们不由自主地将目光朝着他手指的方向望去……你猜，我们看到了什么？一团团洁白、温柔的白雾从山下升起，云絮般地越飘越多，浓浓的、柔柔的，在慢慢地滚动中，一丝丝向山的高处飞去。另有一些则沿着山脊向我们所在的山冈往上爬，猫一样悄无声息地往上爬。像烟，却比烟洁白、明丽、圣洁；像风，却比风有形，看得见，摸得着。

　　这天山上的雾，比都市里的雾白皙、纯洁。因为都市里的雾在不同程度上受到了污染，被尘土和烟雾改变了颜色。

这天山上的雾，似乎在山谷间聚集到了能量，越往上飘升，生长得越快，扩散得越快，一团团、一簇簇地越滚越大，一群群向我们所在的山冈扑过来……车只好停了下来，大家都站到绿绿的草坡上瞭望。不一会儿，雾就一点点吞没了我们，先是淡淡的、薄薄的，一层层包围我们，绕着我们飘游，像一群顽皮的白色精灵，一会儿牵牵我们的衣服，揉揉我们的头发，一会儿又逗逗我们的鼻子，然后，突然飘走。

接着，紧跟着上来的雾愈加厚了、浓了，将我们的视野全部遮住——我们的眼里一片空白。这雾筑成了白色的墙，矗立在我们的前后左右。我伸手向空中一抓，却什么也没有抓住。我的四周全是白白的，我不能动，也不敢动，脑袋里一片空白。我们只有站在原地等待，等着这雾慢慢散去……

我在天山也见过游逛的雾。有一次，我到新疆最高的火车站乌斯特车站去采访，枕着高山的夜风睡去。当我早晨睁眼醒来时，看到的是天山的奇景：山雾在幽幽的峡谷里游过来荡过去，犹如龙蛇般神出鬼没，一会儿出现在东面，一会儿又全部涌到西面；一会儿聚集一处，浓浓厚厚的，犹如愁肠百结，又似花团锦簇；一会儿又悄悄分开，四散而去，一缕缕、一丝丝，似有似无，形断而意连，缠绵悱恻。

这样的雾是悠闲的雾，时时在天山里漫游，在森林里穿行，在草原上漫步，悠然而惬意。对天山来说，它仿佛是在风中翻动的纱巾，在若隐若现中展现苍茫天山永恒的魅力。

在天山，这绵延几百公里的崇山峻岭中，我还见过逃遁的雾。那是在我穿越独库公路的时候。雨后的清晨，莽莽苍苍的天山一片绿色，犹如无数条巨龙向四处蜿蜒而去。当我们出发的时候，低处的雾正在向高处腾升，向我们目光难以到达的天空飞去。而等我们坐车沿盘旋而上的独库公路上升到高山顶上时，我发现大雾在纷纷逃遁，如一群白色的鸟向白云更白处逃遁……刚刚还有许多雾在车前车后捉着迷藏，怎么一会儿就跑远了呢？我感到十分奇怪。我便四处张望，探寻其中的奥秘。我看到东方白色的天空上，冒出了一点似有似无的红色光晕。哦，那是太阳的摇篮，阳光的温床。我终于知道了：雾是美丽的，但这美丽却是脆弱的，她害怕太阳，害怕阳光的照射；雾是温柔的，温柔得不能受到太大的刺激，哪怕是光的刺激；雾是空灵的，空灵得如夜晚，却又与黑夜有着相反的颜色，往往出现在白昼。雾使一切都变得神秘，也使所有的一切变得糊涂而又缥缈。

天山的雾，像是天山温柔的呼吸。

……此刻，我们坐在山坡上，仿佛一个个都被蒙住了双眼，在到处弥漫的灰白色的雾中，什么也看不见，只有等待着时间的推移，等待着太阳的出现。一分钟、十分钟，一刻钟之后，天空不慌不忙地开启双眼，天山上的雾成批成批地向山顶上撩去，一点点露出草地、树木、人影。半个小时后，用莫名的爱缠绕我们的天山上的雾，手牵着手莫名地退走、消逝……一切又恢复如初。我们纷纷回到车里，继续前行，从巴音布鲁克赶赴巩乃斯草原。

天山雾，像是一场美丽的梦。

新疆啊，新疆

草原：故乡与天堂

"绿绿的草原，这是我的故家……我的天堂。"腾格尔在他的歌中唱道。

新疆的草原犹如春天一样广阔。

新疆的草原仿佛海洋一样深远。

草原像一位母亲，以她博大的胸怀，包容着无数的毡房、无数的牧人、无数的牛羊、无数的骏马……孕育着无数的欢欢笑笑的故事。

草原永远是静静的。

风来了，草原静静的；雨来了，草原静静的；雪来了，草原静静的；马队、车队来了，草原依然是静静的。

新疆的草原永远以一种静态的美，迎送着春夏秋冬，迎送寒来暑往。

在草原静态的风景中，一代代哈萨克族人、蒙古族人织就了一幕幕流动的风景。

他们是自由的民族、浪漫的民族。马背驮着他们的童年和过去，马背驮着他们的青春和爱情，马背驮着他们的家园和对未来的希冀。

广阔的草原带给他们广阔的胸襟，奔驰的骏马带给他们奔驰的灵魂。

那拉提草原的诱惑

那拉提是一个多阳光、多雨水、多树多马多美女的地方。

红头巾的红衣少女,从草原走来,带着露水与微笑,在阳光中舞蹈。

在阳光中舞蹈,荡起夏的激情与浪漫。

那拉提是一个多草原、多麋鹿、多牛羊的地方。

神秘的湖光闪烁,荡起芦苇千年的狂放,荡起夏日久违的爱情。

当你走过那拉提草原,野草簇拥着你的脚印,野花开满你的膝前,牛羊为你吟诵乡间的歌谣,汗血马等待你骑上它,带上你心爱的人远走海角天涯。

而座座毡房像草原上的朵朵浪花,永远记载着草原人的微笑。

草原人在毡房里生活,在毡房里相爱,在毡房里做梦。

毡房是草原人的摇篮,也是草原人的归宿。

只要毡房存在,草原人的爱就永远存在。

哈萨克族牧民骑马走过草原,弹起多情的冬不拉。他们的欢声笑语在天地间回荡。

哈萨克族人骑马驰骋在草原上,追赶着天上的流云。

哈萨克这一马背上的民族,在草原上生生不息,他们生在草原、死在草原;吃在草原、住在草原;歌在草原、舞在草原;爱在草原、恨在草原。草原的每一根草,都牵动着他们的神经,草原的每一朵花都开在他们的心头。

草原就是草原人永恒的母亲。

草原人在草原上放牧、赛马、玩叼羊和"姑娘追"。草原人乐了,大草原也乐。

草原人在草原上求雨、对骂、争斗。草原人悲伤,大草原也悲伤。

草原人,是草原生生不息的子孙。

草原的英雄情结

红色太阳染红了蓝色的天空。

红色天空映红了绿色的草原。

一望无际的红色草原上,处处充满着英雄的气息。

青年人骑马,小孩子骑马,老年人也骑马。

男人骑马,女人骑马,春夏秋冬都骑马。

草原上,一代代出过多少马上英雄!

成吉思汗,一代天骄,骑马征服东亚、中亚和东欧。

马上挥刀,马上射箭,马上娶新娘,马上醉酒,马上狂欢……马上定天下,引得无数英雄竞折腰。

草原,不是懦夫的天堂,而是强者的天下。

草原,不是孬种的避风港,而是英雄的擂台。

弱者、愚者来到草原,只会迷失自己的方向,找不到回家的路,不得不从此沦陷;而强者、智者踏上草原,就踏上了一片新生的天地,任其纵横驰骋,任其高歌长啸,任其披荆斩棘,展现出强者的本色和英雄的风采。

你心的方向,就是草原的方向。

你心的欢笑,就是草原的欢笑。

你心的王国,就是草原的王国。

英雄,当你属于草原的时候,草原也属于了你。

移动的居所

在春风的吹拂下,草原一夜间绿了。

春天的草原,是孩童的草原,是多梦的草原,是马和羊的草原。

春天的草原,不是静止的,而是移动着的,它在移动中转场,在转场中找到新的生活和新的家园。

瞧,一户户哈萨克族人家,他们转场到了新的草原。他们在春风中愉快地搭建新的基地、新的家园,以尽情地享受生活,享受春天。

哈萨克人是逐水草而居的民族。他们常常随着季节的转换,而变更自己的居所:草绿了,他们来了;草黄了,他们走了。他们是草原上的候鸟,在与岁月的赛跑中,追求浪漫与自由,追求豪情与旷达。

没有居所,所以处处是居所。

没有道路,所以遍地是道路。

没有方向,所以处处是方向。

没有春夏秋冬,所以时时遍历春夏秋冬。

没有脚印,所以在每一片草原上,都留下他们生存和爱的印迹。

伊犁春色

解冻的河流音乐一样流过:轻快、优美、激动。

解冻的河流是春天的福音,传递着爱和美、自由与欢乐。

解冻的河流带给伊犁绿莹莹的春天。

草原绿了,展示着无边的梦境。

森林绿了,象征着生命的向往。

花儿开了,燃烧着爱情的灿烂。

鸟儿唱了,合奏起自由的音响。

…………

到处是绿,浅绿、深绿、橙绿、墨绿,在河谷,在湖边,在山冈,在草甸,在大路旁,在希望的田野上……像打碎了绿色墨汁一样,沁人心脾的绿染得到处都是,从近到远,从里到外。

伊犁之春,绿,是它的主旋律。

…………

骑马走过土路,走过春天。

骑马到高山草原去看风景。

在那里,草原与天空离得很近。你的脚踩着绿绿的大地,头顶着蓝蓝的天空。

天上,各式各样的云朵飘过;而地上,多姿多彩的牛羊吃着草;白色的、黑色的、褐色的……让你分不清哪里是牛羊哪里是流云,哪里是蓝天哪里是草原。

在伊犁的山中,有特克斯河、巩乃斯河、喀什河和伊犁河以及许多不知名的河流在奔流,在悄悄地喷吐着洁白的激情,在书写着起伏、错落的情歌,在涂改着古旧的历史,在塞外的粗犷豪放中填进江南的柔情蜜意。

伊犁的山中堆积着绿色。

伊犁的山中储藏着许多秘密。

伊犁的雪岭云杉、雪松、白桦林,列队集合起北方大森林的深邃与宁静,从古至今代代合奏着和平与美的音韵。

伊犁的巩乃斯草原、那拉提草原,以开放的姿态展示着塞外江南的美丽与神奇,以中正平和的风格凝聚着寒冬死去的记忆和春天新生的活力。

风来了。春天的风吹过，多情的树枝在风中轻轻摇曳，留下阵阵妙音与弦响，留下一阵阵战栗。

独库公路

独库公路是一条由北疆通往南疆的公路。它从独山子出发，跨越嵯峨横空的天山中段，直抵库车，全长五百六十二公里。

这是一条艰难的路，山高水险，雄关漫道。

这是一条美丽的路，神奇俊秀，风光无限。

蓝天白云之下，独库公路像一条巨龙，在不断蜿蜒中游历着天山的腹地。

这里的山或坐或蹲，或立或卧，座座皆见神圣的威严；这里的水或跃下悬崖，流泻成一泻千里的飞瀑，或在山涧中奔跳着前行，卷起千堆雪。这里的树啊，是那参天的古木，披着春天的绿，昂首唱起春天的歌。

独库公路是一条生命的路，数千人历经九年才开凿而成，至今乔尔玛的烈士纪念碑上仍然雕刻着那些遇难者的名字。

独库公路是一条天山风景的长廊，眼前闪过的一幕幕都是绮丽的风光：山川、草原、雪峰、冰大坂，绿树绿草，野花开得无比灿烂。

独库公路是一条成功的路，二十世纪七八十年代的筑路人，以他们的智慧和汗水，在杳无人烟的地方开辟了这条大道，在无生命的险区留下了人类的足迹，时时印证着人类伟大的探险精神。

独库公路是一条希望之路，它连接着过去，接通着未来，以醮满奇异风景的笔，在天与地之间，写就了大写的人生。

坎儿井

吐鲁番不仅有火焰山、葡萄沟、交河和高昌古城,而且有古老的"地下引水工程"坎儿井。

吐鲁番不仅有世界上最低的洼地艾丁湖,而且是最炙热的火洲,点燃着最压抑的寂寞。

坎儿井从地底下流过,带来了银铃般的笑声,带来了清凉的歌声。

那是埋藏在大地深处的灵魂的歌唱,是人类心底幽幽的一支心曲。

坎儿井,一条条人工的地下河流,将它们全部串接在一起有五千公里长。二百年来,它们默默地躲开火洲太阳的烧烤,悄悄地将天山的雪水送到新鲜的田野,浇出绿色、花朵和果实,浇出吐鲁番盆地百多年来的幸福。

让我们为坎儿井不息的流淌而歌唱,让我们为坎儿井永远的欢歌而舞蹈。

坎儿井被誉为"地下运河",它的水是冰凉的,但它的情是炙热的。

如果没有坎儿井,吐鲁番不会有那么多绿色、那么多春色,不会有那么多甘甜的葡萄,不会有那么多水灵灵的姑娘和她们银铃般的笑声。

坎儿井流过的是过去的时光,迎来的是丰收的希望。

南疆核桃园

核桃不是长在地里的,而是结在树上的果实。

在核桃园这核桃树的家乡,一棵一棵老的、小的,父性的、母性的树,组成一个核桃家族。它们枝连枝、肩并肩,叶连叶、手拉手,度过无数的寒暑、无数的春秋。

它们有一个共同的愿望:春天来了,它们开花;秋天来了,它们结果。

那些苍老的核桃树经历数不清的风雨、数不清的霜雪,虽然满身结满了痛苦的疮痂,但依然乐观地站在大地上,向天空自由地伸展着沧桑的臂膀,依然在春天开出一朵朵洁白的希望之花。

花开的时候,核桃园是一座绚烂的花园。

结果的时候,核桃园是一座芳香的果园。

而核桃家族总是一年年默默地奉献着果实与富足。

在一颗颗核桃里,含着核桃家族多少动人的往事、多少无人知晓的酸甜苦辣。

当我们品尝核桃的时候,我们是否从这椭圆的果实里,品尝到一种甜蜜的辛酸、一种快乐的忧郁?

戈壁五彩城

因为人人心中都有五彩的幻想,所以准噶尔盆地捧出了五彩城的绚烂。

红色、绿色、黄色、褐色、黑色、灰色……人类心中有多少种颜色,五彩城就有多少种色彩。

在离吉木萨尔县城百余公里的戈壁上，有一个山湾叫五彩湾，五彩城就坐落在五彩湾中。在五彩城，一座又一座山丘被千年的风雨打造成一个个古堡。

这里的大地没有花草，没有树木，没有鸟禽，只有五彩的泥土、五彩的沙石给它文身，让一座座沉默的山丘在阳光下闪烁出五彩的光色。

五彩城是天然的城。

五彩湾是瀚海里天然的港湾。

五彩城是古老的城，五彩湾是古老的湾；瞧瞧它们额头深一道浅一道的皱纹，就可看到五彩湾五彩城所经历的亿万年的苦难。

经历了亿万年的苦难，五彩湾五彩城却从不诉说。它以它亘古的沉默回答天、回答地、回答人。

它以它五彩的花纹展示生命涅槃后的辉煌，表达积蓄在心中数万年的幻想。

人类心中有多少种幻想，五彩湾和五彩城就有多少壮烈与辉煌！

金色的唐布拉

一滴水浇灭了一个夏天。

秋天来了，秋天的唐布拉一片金灿灿的颜色。

唐布拉是哈萨克语，意为"大印章"（因沟谷中有几块颇似印章的巨石而得名）。唐布拉风景区就坐落在广袤的伊犁河谷中。

唐布拉的秋天，有一种成熟的颜色。

唐布拉的树是金色的，那河谷的柳树在秋风中摇曳出灿烂的姿影，那山谷里的草燃烧着热烈的情愫，连那四季常青的云杉也在秋日阳光中显出些金子的味道。

唐布拉秋天的美，是一种成熟的美。

肥壮的伊犁马在秋天里奔跑，浪漫却不轻浮；多彩的牛羊在秋天里静静地吃草，透出一种自信与满足。而那流淌的溪流啊，浪花飞溅，在秋天里闪烁出耀眼的金光。

唐布拉的秋天笼罩在金色的灿烂里，四处燃烧着一种温柔的火焰，将人和鸟的灵魂都烤得暖暖的，升起一种向上的希望。

在唐布拉，那些落叶的柳树林和白桦林，一棵棵像披着金衣的新娘，那么高贵而又迷人。

当秋风吹过的时候，河柳和白桦树便撒下一片片金叶，像抛撒金币一样抛撒着高贵的情感，将唐布拉的大地染得金灿灿的，让牧人的栅栏、奶牛都焕发出壮丽的神采，显现出秋天成熟的精神。

神木仙踪

阿克苏的温宿县有一个神木的故乡，被人称作神木园。

一棵棵古老的怪柳，或站或躺，或蹲或卧，展现出千万种生存的姿态。

一棵棵怪柳或苍老，或年轻，或嫩绿，表达着时光的层次、历史的变迁。

百年的古柳记载着百年的风雨、百年的沧桑，粗糙的皮肤或折或断，或伤或裂，但依然保持着坚定的意志，依然在蓝天下活得那么乐观、那么健壮。

万物只要自强不息，死亡就占领不了任何土地。

怪柳簇拥着，根与根结在一块儿，枝与枝系在一起，叶与叶连成一片。古柳与新柳簇拥着欢笑,簇拥着狂舞,簇拥着遮风挡雨,簇拥着沐浴每一天的阳光。

这是古柳的家园、神木的家园,古老的家园里流淌着幽幽的瀑布与清泉,寄托着不朽的灵魂与不灭的意志。

尘封的硅化木

亿万年前的一次地壳运动,成片成片的森林被埋入地下,久而久之,都变成了石头。当另一次地壳运动将它们推出地球表面时,它们已经成了硅化木。

一段段被埋没的历史,一批批被埋葬的青春,从硅化木斑斑驳驳的身影中,人们看到了一个世纪又一个世纪的梦。

硅化木凝固着过去的生命与激情,冻结着最初的愿望与冲动。只是因为一切来得太匆匆,硅化木还没来得及做好心理准备,就被点化成了石头。

这些或坐或立、或躺或卧的硅化木,亿万年前它们也年轻过,也美丽过,而今一切都成了历史,一种久远的往昔。那被风吹皱了的脸庞,被风吹裂了的身体,写满了古老的沧桑和丰富的史话。

古老带来了神秘,沧桑带来了魅力。

如今,多少人渴望抚摸它,渴望收藏它。

犹如抚摸一段伤心的往事,犹如珍藏一部沉重的历史。

喀纳斯秋色

喀纳斯是一片美丽的净土,是一个遥远但亲切的梦。

喀纳斯是一个四季都美丽的地方。那里的湖山从春到秋,从夏到冬,时时更换着淡妆、浓妆。

金黄是喀纳斯秋天的主色调。

大片大片的云杉,青绿中透出那么一些金黄,仿佛在燃烧,在畅想。

喀纳斯生长着上百种植物,上百种植物有上百种颜色。

喀纳斯有数十种花朵,数十种花朵绽放着数十种微笑。

喀纳斯湖还是著名的变色湖,随时光的变化而呈现无数的色彩,时而蔚蓝,时而碧绿,时而灰青,时而乳白。

人间有多少种想象,喀纳斯就有多少种色彩。喀纳斯有多少种色彩,北疆就有多少种美丽。

在艳丽奇幻的色彩中,河柳和白桦打扮得像夕阳中的新娘,骏马欢快地驰骋在成熟的草坡上,追逐流逝的光阴和盛大的光明。

喀什风情

有人说,不到喀什不算到新疆。

喀什,是新疆维吾尔族民族风情最浓郁的地方。

"喀什",是喀什噶尔的简称,属维吾尔语,意为岸、堤。

喀什,是中国最西部的城市,是古丝绸之路上的文化名城,它至今已有二千一百多年的历史。

在喀什这个有着悠久历史的地方,维吾尔族人过着独特、古老、简单而朴素的生活。他们住在土墙围起的木质结构的民房里,享受每一个日子。他们穿着维吾尔族服装,提水穿过民巷。他们生火做饭,他们种地,他们打造工艺品,每个礼拜赶一次巴扎。他们吟唱古老的歌谣,他们欢快地跳着萨玛舞、多朗舞、赛乃姆舞。

维吾尔族小朋友跳跃着走过古老的小巷,他们的脚步弹响了历史的心曲。卖着冬白菜的维吾尔族老人,提着水的维吾尔族女子,卖着花盆、葫芦的维吾尔族商人……他们悠闲地按着自己的生活方式生活。

喀什,是快乐生活的喀什。

喀什,是丰富多彩的喀什。

喀什,是既无比古老又十分年轻的喀什。

喀什的工艺品,喀什的石榴、巴旦木,喀什的大巴扎,喀什的香妃墓、艾提卡尔清真寺……喀什是一座物产丰富的城市,商贸气息浓郁,是中外游客流连忘返的地方。

喀什,在你的心中、我的心中、她的心中。

巴音布鲁克与千年古塞

面对一望无际的大草原, 谁能想到这里曾经弥漫过古战场的硝烟?

每一根草,在和平的时候是草,在战争的年代是愤怒的火!

每一朵花,在和平的时候是花,在战争的年代是诱饵,是毒草。

而现在,一切很和平。这一望无际的草原,很安详宁静地躺在那里。洁白的羊群静静地吃着草,自由的马匹从草地上走过。星星点点的蒙古包温和地蹲在山坡上,描写着白色的温暖。

古时的金戈铁马,早已烟消云散,而今都变成了马上游戏:赛马、叼羊和"姑娘追"。

草原在和平与爱中,一步步发育成长。

雪后魔鬼城

新疆有许多被人称作魔鬼城的地方,那是戈壁大漠上风蚀的雅丹地貌。

克拉玛依的乌尔禾魔鬼城,是新疆境内最著名的魔鬼城。

那被日月风雨雕塑出的一座座山丘,错落有致地落在大漠,像一个个城堡,高耸而又神秘。

当冬天来临的时候,大雪覆盖了一切。

大雪给魔鬼城披上了一层白色的温柔。魔鬼城在春天,在夏天,展现在世人面前的是粗犷狰狞的美。尤其是阴天时,幽暗的天空下,魔鬼城处处鬼影幢幢,处处张着血盆大口,恐怖、惊险,让人望而却步。

然而,温柔的大雪改变了一切。

纷纷扬扬的雪,遮起了魔鬼城丑陋的本来面目,让古老的荒山丘第一次有了美丽,有了温柔。

这是天与地共写的杰作。

当魔鬼城披着雪花的被子安详地睡去,当阳光照在洁净的冰雪上,我们仿佛可以听到魔鬼城沉睡中的鼾声和梦里的呓语。

早晨醒来,黄昏睡去,魔鬼城在冬日里懒洋洋的。

在冬日里懒洋洋的,魔鬼城盖着厚厚的雪的棉衣,披着薄薄的阳光。

望着广袤的雪地,和雪地上安睡的山丘,人会产生这样一种错觉:那土丘是从雪的沃土里种出来的。

此刻,魔鬼城在雪与阳光的交会中不时地战栗,为美而战栗,为善而战栗。

温柔的雪,软化着魔鬼城又狠又硬的心肠;金色的阳光则伸出千万双温暖的手,将魔鬼城救赎出原罪与苦难。

魔鬼城变了,一片片阴暗升华成一片片灿烂。

慕士塔格峰

像一座座雪白的金字塔,耸立在七千五百多米高的西昆仑山上。

他是一位巨人,头顶着蓝天,端庄地坐在高高的昆仑玉椅上沉思。他是一位披着银发的老者,千万年来以寂静的姿态守护着高洁的灵魂,一尘不染。

他是大地上托举出的一座活的雕像。那一头银发,透露着它的智慧;那粗粝的棱角、光洁的肌肤、深沉的表情、冷峻的思想,让人惊叹。

他在草原、河谷之上,禅坐了亿万年,从不开口说话。

他的沉默是大山的沉默,是巨人的沉默。沉默中有一种博大的精神在律动。

一年年,它脚下的草绿了又黄,黄了又绿,而它沉默着;它脚下的湖冻了又融,融了又结,它沉默着。

在天与地之间,慕士塔格峰永远以一种崇高的形象,在人间矗立起一座圣洁的丰碑。

是天堂,是人间?

在仙境,还是在凡尘?

一年年,一年年,只有天上的流云飘过高昂的山头,留下些许爱的承诺和情的温柔。

沙漠·博湖千年之恋

塔里木盆地上，一棵棵古老、沧桑的胡杨，像一座座雕塑那样耸立着。

秋天的胡杨是最壮丽的胡杨。

"活着一千年，死去不倒一千年，倒而不朽一千年"，这是对新疆胡杨的由衷赞叹。

塔克拉玛干沙漠，是男性的沙漠。男性的沙漠才有这样男性的胡杨。

而博斯腾湖是一座女性的湖，芦苇的秀发在秋风中荡出千万种风情，水鸟鸣唱着飞过湖的上空，像成熟女人多情的思绪……

千万年来，野性的塔克拉玛干沙漠恋着野性的博湖，渴望着博湖的水给它带来柔情蜜意，以浇灭心中焦虑的火焰。而博湖也痴恋着塔克拉玛干沙漠，渴望着那宽广无边的胸怀和浩然的气魄，让她获得一个停泊的港湾，灵魂有所皈依。

沙漠与博湖在南疆大地上相望了千年，相恋了千年。

终于有一天，人类出来做媒，让沙漠与博湖牵起一线姻缘。博湖的水通过孔雀河，一泻千里地流入塔克拉玛干，滋润着沙漠上的胡杨、红柳、芨芨草。沙漠也紧紧地拥抱着博湖的水，让她亲热地依偎在自己火热的胸膛。

一个柔情蜜意，一个悲壮阳刚；在新千年的某个成熟的秋天，博湖与塔克拉玛干沙漠结成了伉俪，重铸生的辉煌。

风雪下天山天池

在冬天,风雪淹没了天山,风雪淹没了天池。

博格达雪峰下,碧波荡漾的天池不见了,变成了冰雪的山谷。

一望无际的天山天池,凝固成一个巨大的白色广场。

马拉爬犁从天池上走过,狗拉雪橇从天池上走过,青年男女们在天池上自由地滑冰,但怎么也吵不醒天池。天池盖着厚厚的冰雪睡着了。

睡去的天池是那么洁白、那么静谧、那么安详。

厚厚的雪将天池打扮得湖天一色。

树上的雪,草上的雪,山岩上的雪,屋顶的雪,处处留着天神的叮咛。

澎湃的天池回归到宁静,花草盛开的天池回到了原始的本真。

天池白雪茫茫,天池混沌一片。天池的山水像一幅幅留白众多的水墨画,一卷卷展开在博格达峰下。

冰雪中,唯有骆驼迎风前行,直到春天到来,冰雪消融,天池一点点撩开神秘的面纱,恢复往日的靓影……

倾听风沙的低吟

我又听到风沙声了。

风沙是这么突然地来临的。它那么急切而匆促地敲打我的门窗,敲醒我沉睡的梦境。而现在才三月。三月,风沙就来叩响我们所居住的塞上边城了。

我的屋子似乎被风沙所围困。望向窗外,在黑沉沉的大西北之夜,做一副俯首称臣状。

我感到无比的孤独,我感到无可奈何。

唯有强忍着内心的厌恶去倾听这来自遥远国度暴徒的倾诉……听着听着,一会儿如雷鸣虎啸,一会儿如雪崩龙吟;一会儿引吭高歌,一会儿低音抽泣;一会儿像跌宕起伏的鼾声,一会儿又如混浊不清的鼻息……千百年来,这风沙从没有失约过,一如既往地降临大西北的各个村庄和城市、草原和森林,不管你乐意不乐意,欢迎不欢迎。

总是在春天,这样一个短如昙花一现美如昙花姿容的季节。

匆匆而来。匆匆而去。

一溜烟似的消逝……

　　江南下雨

　　西北落沙

干旱的沙漠啊……

我曾在某首诗中这样写道。我感觉到它有一种明亮的忧伤、清醒的苦闷。是的，人是那样地根植于自然，为自然所捏塑，又为自然所打磨。大西北是沙的王国，也是风的领地。而花朵则只能从风的脚印里脱胎而出，一如灵魂摇曳在空旷的荒野。

在春天，风沙匆匆掠过大地。

我是被那样触动过的。我来自多风雨多湖海的地方，柳烟如愁，拱桥如梦。依稀中，记得"江南春来早"的意境。细若飘絮丝的雨溅湿黑油油的土地，春苗、树木、青草在一片湿漉漉中露出勃勃生机。百鸟啼唱，春燕剪云，完成一部春的协奏曲。而这里不是，这里是大西北，首先来报春的是风沙，是它的喘息、愤怒、倾诉。它既是报春者，又是携春者，同时又是葬春者。

你看不见它，假如它没带来黄沙的话。

在空空荡荡、无边无际的大漠上，你只能听见战场上空发出的金戈铁马声响，感觉到一阵阵无形无色无味的呼呼呼的气流拉扯你又冲撞你，吻你抚你打你，让你站也站不稳，逼得你屏住呼吸，想将头埋入双手里。但是你看不见它，甚至不知道它到底是谁，又是受了谁的指使。还有，它从何而来，面目是可爱可怜还是可憎，你都不知道，你只能感觉到那种无处得见又无处不在的金戈铁马的声音在你体外的任何一个地方轰鸣着。你向空中一抓，什么也没有。而如果你向自己的胸腔一抓，倒有可能抓住一些缭绕不绝的风的余音。你看不见什么东西，可是你的脸上常有被针扎般的疼痛，细细的，却密密的。你一摸，却不见一滴血。然而，那疼痛会几天几夜地伴随你。

这无形而尖锐的力量，犹如鬼神一样深不可测。

它可以将草原吞没，可以摧毁家园，可以使一个女人有受孕感，或者让人感觉刹那间老去十岁，还可以让正在飞驰的火车顿时变成一堆废铁。

当然，它也可以让一个诗人露出微笑，让一群无赖成为霸主。

大西北的春天，多少事物被风沙左右着，包括青春、女人和梦想。

风沙，多少人渴望着它，它在北方几乎是春天的使者，盼到了风沙等于盼到了春天。风沙，又有多少人在战栗，因为它又糟蹋着春天，践踏着春天。在塞上，最早开花的是榆叶梅，以鲜血喷发出红色花香，迎着风沙和阳光而开，却又被风沙粉身碎骨地吹落。那初绿的柳树在风中疯狂地舞蹈，一边舞蹈一边撕扯自己的头发，仿佛正经历着伟大的内心疼痛。而风沙的确又一遍遍地扫荡天上的乌云、空气中的霉烂味、地上的虫豸。

风沙扫荡过的地方，一切格外清新而又晴朗。而且在那一场大的"喧哗与骚动"过后，会出现大静穆，大静穆中隐含着无尽的禅意。

气象专家称，春天的风沙显示着吹度玉门关的东南暖温气流与统治塞上的西北寒流的一场全面的较量和搏斗，看谁能最终占领亚洲中心腹地这个大盆地。在双方的交战中，风沙狂舞，硝烟弥漫，蒸腾起古战场的图景。

因为风沙的缘故，大西北的春天是躁动的，粗暴的。这风沙曾经将万物生灵送入地下，使多少田野毁弃，令多少儿女失散。然而，我们不得不感激风沙，感激它那强悍的力量砸碎了冬天，砸碎了冰封的秩序和旧腐的理念。更重要的是，许多西北男儿喝着这风沙长大，脸上刻有风沙的雕纹，体魄里有风沙的硬骨，灵魂里常常回荡着风沙的强音，如风电雷鸣、龙吟虎啸。我曾听说，那些在沙漠边缘嚼风沙长大的人，听惯了风沙交响的轰鸣，突然告别了沙漠地带，来到大都市或调到遥远的南方老家，因为失却了风沙的低吟而突然失眠，没日没夜地失眠。

风沙，是天神，也是魔鬼。

第二辑

丝路沧桑

罗布泊复活

一

塔克拉玛干是中国第一大沙漠，一望无际的沙漠里埋藏着无数的岁月、无数的故事与传说。神秘的罗布泊便是其中之一。

两三千年以前，也就是在汉朝以前，罗布泊是一个苇林葳蕤、碧波荡漾、鸟飞鱼跃的巨大淡水湖，塔里木河、孔雀河、车尔臣河、疏勒河等一条条河流投怀送抱，形成一个美丽迷人的生态"朋友圈"。到处是胡杨、芦苇、红柳、青草，草地上牛羊肥壮，处处是绿色的歌声与笑声。

罗布泊还滋养着西域三十六国中的一个小国家，它的名字叫"楼兰"。

楼兰，这个名字最早见于《史记》。大约在公元前三世纪时，楼兰人建国，先是受早年生活在河西走廊一带的少数民族月氏统治。至公元前一七七年至公元前一七六年期间，月氏被新崛起的匈奴打败，楼兰被匈奴辖制。强悍而野蛮的游牧民族匈奴，以暴力和强权统治西域的时候，经常欺负大月氏等西域许多小国，也经常骚扰边界地带的汉族人，并威胁到中原的西汉政权。

公元前一三八年，张骞奉汉武帝之命出使西域，途中经过处于丝绸之路南道的楼兰。那时，楼兰国小人少，只有一千多户，四万多人口。那里的人依罗布泊而居，打渔狩猎，过着塞上人的边地生活。

张骞到西域的初衷,是想找到西域的大月氏,劝其与西汉携起手来,共同夹击匈奴。但他到达西域时,曾居住在敦煌一带的大月氏已经被强悍的匈奴驱赶到伊犁河谷。张骞一行一百多人在河西走廊被匈奴扣留十年之久,等张骞从匈奴逃出,赶到伊犁河谷,大月氏又已经被迫向西南迁徙,过大宛,定居于阿姆河北岸。此时的阿姆河北岸雨水充沛、水草丰美,是一个宜居之所。大月氏人安居乐业以后,没有心思再回到故乡,更不愿意为了回伊犁河谷或故乡河西走廊而与匈奴开战,让自己的种族流血牺牲。

张骞初次出使西域没有达到目的,但他却将西域的许多物产,比如葡萄、石榴、苜蓿、汗血马,以及西域的人文史地信息等,带回了中原,汉朝从此也知道了西域的地理、人口、国家情况,然后派遣武使者带领部队,与西域地区一些受匈奴欺负的小国家联手,共同抗击匈奴,并最终迫使南匈奴归降汉朝。

罗布泊湖畔的楼兰国,在匈奴与汉朝两个强大的政治集团中间摇摆不定。最后,亲匈奴的楼兰王被汉朝使者傅介子诱杀,亲汉的楼兰王质子被扶上楼兰国国王的宝座,楼兰归顺汉朝。

由于注入罗布泊的河流一年年不断携带着沿途的盐碱注入,罗布泊终由淡水湖变成了咸水湖,成为继青海湖之后国内的第二大咸水湖。一九七二年七月,美国宇航局通过地球资源卫星拍摄到了罗布泊,从照片可以看出它已经彻底干涸,留下的湖床竟酷似人的一只耳朵,不但有耳孔、耳轮,甚至还有耳垂……但这只大耳朵里,听到的只有风沙的声音和死亡的声音。

为什么罗布泊干涸后会变成耳朵状?在罗布泊干涸前夕,也就是二十世纪五六十年代,天山南坡的洪水如野兽一样汹涌而来,穿经沙漠,挟裹着大量泥沙,流进湖盆时,冲击、溶蚀着原来的湖盆,并按水流如音乐旋律般回旋,勾画出突出的环状条带。

沧海横流,天地轮转。人有生死,大自然也有生生死死的命运。

从一片碧波荡漾的汪洋大湖,变成一个干涸的大耳朵湖盆,一个神秘的楼兰国从人间蒸发,留下无边无际的黄沙、褐黄色如城堡般的雅丹地貌,延伸到地平线尽头……从此,罗布泊披上了一层更加神秘的面纱。

有人称罗布泊地区是世界陆地上的"魔鬼三角区",类似北美洲海洋上的百慕大三角(是由百慕大群岛、美国的迈阿密和波多黎各的圣胡安三点连线形成的一个西大西洋三角地带),东西和水陆,遥相呼应。

无极限的荒凉、神奇、死亡、失踪、鬼怪,让罗布泊成为一处不可思议的地方。

古丝绸之路南道从中穿过。古往今来,多少残酷的战争在这里发生,多少莫名的杀戮在这里进行,多少商队在这里消失,多少失踪者在这里陈尸荒野,多少孤魂野鬼在此飘然游荡……东晋高僧法显西行取经路过此地时写道:"西度沙河,上无飞鸟,下无走兽,四顾茫茫,莫测所之,唯视日以准东西,人骨以标行路耳。屡有热风、恶鬼,遇之必死……"(《佛国记》)

很久很久以前,罗布泊是一块美丽的绿洲,后来成为死亡之地,被人类遗忘,被自然遗弃。

两千年前,这里是楼兰国的所在地。那时古代北方少数民族匈奴崛起,不断地吞噬四周的城堡、土地和牧场。汉武帝派张骞出使西域后,使者往来于大月氏、大宛等地,都要经过丝绸之路南道上的楼兰国。

楼兰常常被匈奴扼住咽喉,屡次替匈奴当耳目,并攻劫甚至杀害汉朝使官,劫掠财物。汉武帝元封三年(前一〇八年),汉朝东灭朝鲜,设置乐浪、玄菟、临屯、真番四郡,向西也派遣官兵征讨楼兰,并俘获了楼兰王,楼兰投降汉朝。匈奴不甘心,趁汉军撤退后的空隙,再一次攻击楼兰,楼兰又被逼迫投降匈奴。楼兰国力不足,夹在匈奴与大汉之间左右摇摆,两面称臣,并派遣王子分别到汉朝和匈奴为质。

后来,质于匈奴的王子安归被立为楼兰王,亲匈奴而远大汉,成了汉朝的心腹大患。曾在汉朝做过质子的楼兰王弟弟尉屠耆看到情况不妙,主动降汉。昭帝元凤四年(前七七年),西汉派遣有游历西域经历的傅介子带兵赶赴楼兰,但楼兰王不愿出来相见。傅介子就故意将丰富的金银财宝和锦绣展示给当地的翻译看,并让他转告楼兰王及附近的小王国,说汉朝使者准备大摆宴席,并将财物分赐给大家,轻装回中原。于是楼兰王安归就带着大臣前往汉使居住地。一时间,玉碗盛来琥珀光,葡萄美酒夜光杯,觥筹交错,没过多久,许多人都喝醉了。楼兰王也一副醉眼蒙眬的样子。傅介子就凑近楼兰王的耳朵悄悄地说:"你随我来,天子派我来私下报告大王一些事情。"说完,傅介子起身,楼兰王跟随其进入帐中。两个人坐下开始单独叙话,忽然,幕后闪出两位壮士,拿着刀斧从后面斩杀楼兰王,不几下,楼兰王就呜呼哀哉了。楼兰王带来的官员和贵族受到这种惊吓,准备作鸟兽散。傅介子立即大声告诫说:"楼兰王有罪于汉朝,天子派我来处决他,你们应该马上改立曾经留在汉朝为人质的太子为王。如果你们不听号令,胆敢妄动反叛,汉朝大军在此,一下子就能把你们和你们的国家灭了!"

亲汉的尉屠耆被立为楼兰王后,傅介子就带着原先的楼兰王的首级回京交旨,一时轰动京师。汉昭帝下诏令说,楼兰王安归曾充当匈奴的间谍,暗中侦探汉朝使者,派兵杀戮抢掠卫司马安乐、光禄大夫忠、期门郎遂成等三人,以及安息、大宛的使者,偷走汉使节印以及安息、大宛的贡品，极端违背天理。平乐监傅介子拿着符节出使，诛杀了楼兰王安归，把他的头悬挂在北面的城楼上，以正直之道回报有怨恨的人，没有劳师动众。汉昭帝封傅介子为义阳侯，赐给食邑七百户。士兵中刺杀楼兰王的都补官为侍郎。

楼兰的历史从此改写：尉屠耆主持国政，国名改为鄯善，迁都扞泥城（今新疆若羌附近）。而楼兰城，除了少数居民外，主要由汉政府派遣吏卒在这里驻军屯田，与此同时，在玉门关至楼兰一带，沿途一路设置烽燧和亭障。但之后，也有些居民自迁徙到扞泥城后不适应，又陆续返回楼兰城。

魏晋及前凉时期，楼兰城成为西域长史治所。随着塔里木河水流的减少，以及其他种种神秘原因，楼兰这座丝绸之路上的重镇，在辉煌了近五百年后渐渐沉沦，在历史舞台上无声无息地消失了。

一千多年后，一九〇〇年，来自瑞典的著名探险家斯文·赫定带着人马进入塔克拉玛干沙漠考察。这一年三月初，斯文·赫定探险队沿着干涸的孔雀河河床深入罗布泊荒原，露营时，发现他们的铁铲遗失在昨晚的宿营地。没有铁铲，就无法继续挖掘考察，斯文·赫定派他的助手按原路返回去寻找。助手回来后，不仅带回了铁铲，而且带回了几件木雕的残片。目睹这些残片，斯文·赫定异常激动，双眼放光，像守财奴看到了金子，深觉有什么神秘的东西仿佛正在等着他。他决定发掘那一片废墟。

一九〇一年一月至三月，斯文·赫定再一次带着他探险队的伙伴们来到了塔克拉玛干沙漠，对找到木雕残片的沙漠废墟进行挖掘，竟意外地发现了一座佛塔、三个殿堂以及带有希腊艺术风格的木雕建筑构件、五铢钱、一封佉卢文书信等大批文物。斯文·赫定等人喜不自胜，随着他们的继续挖掘，又在废墟东南部发现了一些被沙子掩埋的烽火台。接着,他们的发掘一直延续到罗布泊西岸的片区,就这样,一座被风沙掩埋千年的古城——楼兰重现人间。

神秘的楼兰古城遗址,在这一片荒原上被风沙吞没掩埋了多少个世纪!

如今,楼兰裸体地呈现在斯文·赫定的面前:一个近乎方形的、长宽各约三百米的城垣中间,残垣断壁此起彼伏,有的是高大的佛塔和佛殿遗存,有的如豪华的官邸,有的是无数生土筑起的平民住宅。

在这里,从地下出土了许多古老的用中国传统黑墨书写的残纸片和木简、精美的中原丝织品,这些纸片和木简,就是古老的文书,简称"楼兰文书残纸",是珍贵的历史文物。这些古废纸沉淀着虽遥远但仍温馨的人类记忆,书写的人死了,腐烂成腐土,灵魂也按着他们各自的善恶因果,分别转世超升成了天人、人、畜牲、阿修罗(魔)、饿鬼、地狱生灵,而文书不知这些,文书是人生过去的生命旅痕,隐约寄托着一些人思想灵魂的碎片。

专家认定,这些残纸是研究魏、晋、十六国书法的宝贵资料,是西晋至十六国时期的遗物,残纸中有西晋永嘉元年(三〇七年)和永嘉四年(三〇八年)的年号,其内容除公文文书外,还有大量私人的信札和信札草稿,书体除介乎隶楷之间的过渡性楷书外,还有行书和草书。

这些残纸、木简等等,从一个个不同的角度记载着当时当地的政治生活、经济生活、文化生活和人间的爱恨情仇,人们可以据此一点点揭开楼兰神秘的面纱……还有,图案精美的丝绸、贵重精巧的金玉首饰、中原和西域的各种古老钱币等等,形形色色,斑斑驳驳。

罗布泊,处于塔克拉玛干沙漠东北缘,有"干极"之称。所以,埋在沙粒下的文物,能够穿越历史的时空而不腐烂,保持那一份新鲜与完整,仿佛是一群群跃动的生命。是的,不只是木简和纸质文书,甚至那些人死后的尸体,埋在沙漠里几千年,重新挖掘出土后依然颇为光鲜亮丽,闪烁着生命的光芒。比如轰动一时的"楼兰美女",就是从这里出土的。一九八〇年,自治区文物考古研究所的穆舜英女士带队对楼兰做进一步考古发掘时发掘出一具女性干尸。出土时,这位"楼兰美女"仰卧在一座典型的风蚀沙质土台中,墓穴顶上覆盖着树枝、芦苇,侧置羊角、草篓等等。据科学测定,该女子死时为四十五岁左右,生前身高 1.55 米,现体重 10.1 千克,血型为 O 型,她身上穿着粗质毛织物和羊皮,脚上蹬着粗线缝制的毛皮靴。

这一"楼兰美女",如今静静地躺在新疆博物馆里,让千千万万海内外男女以不同的目光观看、欣赏、注视、解剖……在展馆中,我看到她眼窝大而深,鼻梁高而窄,下巴尖翘,具有鲜明的欧罗巴人种特征。她头上一尺有余的黄棕色长发,被卷压在尖顶毡帽内;肤色红褐色,略微有些弹性——"楼兰美女"是迄今为止新疆出土的古尸中史期最早的一具,距今约有三千八百年的历史。

中国刑警学院首席教授赵成文对"楼兰美女"用"颅像还原"法医技术进行相貌复原:还原后的楼兰美女是柳叶弯眉,瓜子脸,尖下巴,眼眶深凹,偏长的杏核眼,鼻子小而尖,鼻梁挺直,弯弯的菱角嘴,嘴角挂有明显的小酒窝,面色殷红,眼神深邃,微笑动人,只是颧骨较高硬,有点像一个男人。这是赵文成还原的第十五具古人形象,竟然是一个生活在亚洲中心腹地沙漠的古欧洲女人。

楼兰美女早已没有了呼吸和脉搏跳动,而容纳楼兰美女的楼兰又是怎样从繁荣走向没落,直至消失的呢? 很多人根据自己的经验,做出了这样那样的猜测。

猜测一:楼兰的消亡可能是因为一场残酷无比的战争。强大而又残暴的侵略者突然闯入城内,杀光了城里的军民,抢光了城里的财物,或者还把余下的人全部掳走做奴隶,楼兰就这样消失了。

猜测二:气候变化和水流减少,导致楼兰最终被"渴死"。楼兰国繁荣时期,降雨量充沛,供给罗布泊湖水的支流流量很大,足以让那里的农作物蓬勃生长。后来降水量逐年减少,风沙灾害却不断地侵袭扫荡,植物枯萎,生态恶化,粮食歉收直至颗粒无收,楼兰居民只好离乡背井,逃亡般地迁徙别处。不久,风沙掩埋了古城,寂静吞没了人烟。

猜测三:楼兰消失与丝绸之路北道的开辟有关。隋唐时期,哈密(古名"伊吾")、吐鲁番到北庭都护府的丝绸之路北道开通,途经楼兰的丝绸之路南道因沙漠困厄,慢慢被废弃,楼兰也随之失去了往日的辉煌与喧闹。

猜测四:楼兰被一场突如其来瘟疫毁灭。从外地传来的传染性疾病,侵蚀了楼兰的男女老少,在不长的时间内就夺去了楼兰城内十之七八居民的性命,侥幸存活的人带着剩下的亲人和不多的财物逃离楼兰,远走他乡。

猜测五:楼兰被奇怪的生物入侵打败。据说,一种从两河流域传入的蝼蛄昆虫,在古楼兰一带没有天敌,它们生活在沙土中,能以沙漠地区的白骨为食。它们成群结队地闯入民宅,楼兰人没有针锋相对的武器,一时消灭不了它们,只得远远地躲开,弃城而去。

猜测六:由于中亚某个强大的游牧民族入侵,导致本地民族和本地文化被毁灭,当地的居民陆陆续续迁往他乡,随后,楼兰走向了衰亡。

更多的学者则相信水源断绝的假说。楼兰本处于塔克拉玛干沙漠腹地,而当地人所依赖的水源地则是塔里木河尾端的罗布泊。气温越来越高,空气变得越来越干燥,雨水却在不断减少,有时半个月或一个月也见不到一滴雨,而蒸发量却很大,城乡居民用水和农牧业生产用水,更加依赖罗布泊,而罗布泊是依靠塔里木河的供给蓄水,因此,水源成了楼兰城生存的命脉。本来源远流长的塔里木河和孔雀河就在楼兰附近流过,它们汇聚成的大湖罗布泊也曾在古城的旁边。后来,放荡不羁的塔里木河改道了,径流量也越来越少,罗布泊喝不上足够的水,就开始不断萎缩乃至干涸。依水而居的人们,无法在"干极"生活,只好弃城离乡。

北魏郦道元在《水经注》里记载,东汉之后,由于塔里木河中游的注滨河改道,导致楼兰严重缺水。敦煌的索勒(即军队指挥官)率兵一千人来到楼兰,又召集鄯善、焉耆、龟兹三国兵士三千人,不分昼夜横断注滨河,引水进入楼兰,缓解了楼兰缺水困境。到公元四世纪,罗布泊西岸的楼兰,到了要用法令限制用水的境地。尽管楼兰人为疏浚河道和管理用水付出了各种各样的努力和尝试,但人道不能逆天,楼兰古城最终还是因断水而被废弃了。

到清代末叶,涨水时,罗布泊"东西长八九十里,南北宽二三里或一二里不等",成了一个区区小湖。曾经烟波浩渺的大湖,渐渐变成了一片干涸的盐泽。楼兰,盛极一时的丝路南道要冲,黄沙漫漫迷住了丝路驼队远眺的眼睛,尸骨遍野横断了前行者的勇气和胆略。

罗布泊和因它而生的楼兰古国,一度死而复活。它吸引了世界的眼睛,也吸引了国内外很多探险者的脚步——一八七八年,俄国探险家普尔热瓦尔斯基深入罗布泊考察,发现中国地图上标出的罗布泊位置是错误的,认为罗布泊是个移动性的湖泊;一九〇〇年三月,瑞典探险家斯文·赫定率探险队沿着干涸的孔雀河来到罗布荒原,次年三月,他在挖掘废墟时发现了楼兰古城;一九〇六年和一九一四年,英国考古学家斯坦因到楼兰进行大规模的考古发掘,并将楼兰遗址遗物逐个编号,初次揭开楼兰古文明全貌,尤其是他发掘了两具楼兰男性头骨,并经英国人类学家基恩证实为欧洲白种人;一九〇八年,日本大谷光瑞考察队的橘瑞超踏上楼兰的土地,发现"李柏文书"——前凉西域长史李柏写给焉耆国王的书信,它为研究中原政府经营西域提供了第一手资料;一九二七年,斯文·赫定组织中瑞西北考察团再次进行楼兰考古,考察队员伯格曼在孔雀河的一个支流找到许多楼兰古物,并发掘出一具女性木乃伊,因其衣着华贵,被称为"楼兰女王"。而斯文·赫定发现并提出了"罗布泊游移说"——罗布泊存在南北湖区,河水带来的大量泥沙,沉积后抬高了湖底,水往低处流,原来的湖水自然向另一处更低的湖底流去,又经过许多年,抬高的湖盆由于风蚀会再次降低,湖水再度回流,这个周期为一千五百年。一九七九年十二月二十二日,新疆考古学家王炳华带领考古队在这里发现古墓沟墓地,将楼兰文明推至三千八百年前的青铜时代,并发现古墓沟所葬者为原始欧洲人种。这次发现,具有某种划时代的意义。

二

罗布泊是一个神秘恐怖的"死亡禁地",如今却突然复活。

罗布泊在中国西部大开发的隆隆号子声中苏醒,在"一带一路"倡议中死而复生。

死亡的罗布泊,如今又有了滚滚的人烟。

罗布泊诞生了一个新的城镇,即罗布泊镇。楼兰消失上千年来只有黄沙漫漫、杳无人烟。而今,这里诞生了一个新的城镇,炊烟再次从这里袅袅升起。

罗布泊镇像一把刀,插入了塔克拉玛干大沙漠的心脏;罗布泊镇是一粒埋在罗布泊心中的种子,等待时机孕育繁华与希望。

为什么在这么一个地方建一个城镇?因为二十一世纪初的一天,这里发现了一种白色晶体——钾盐。它似霜雪,却不散发寒意;它犹如白云却不虚无缥缈,而是有着沉甸甸的生命重量。沉睡千年的罗布泊,终于被发现是一个钾盐的聚宝盆、钾盐的摇篮。于是,一家巨大的钾盐厂屹立在荒原上,几万人从四面八方来到这里上班,吃饭、睡觉、谈情说爱、嬉笑怒骂,而后自然有了城镇。一条哈罗铁路,穿越沙漠腹地,从哈密直通罗布泊。

楼兰消失了,罗布泊镇却应运而生。

罗布泊镇隶属于新疆巴音郭楞蒙古自治州若羌县,该县专门成立了一个罗布泊地区管理委员会,管理罗布泊镇。

罗布泊有了新居民,有了人影、人气、人烟,有了热热闹闹的盼望。

这一切,都源于罗布泊的钾盐。

罗布泊二十世纪七十年代干涸后,成为生命的禁区。就在这生命的禁区,蕴藏着丰富的钾盐矿。据专家考证,罗布泊的钾盐可与青海察尔汗盐湖和美国大盐湖媲美。

钾盐到底是一种什么东西,有什么不为人知的秘密?

钾盐看上去是一种盐,其实它不是我们生活中的食用盐。钾盐是一种天然含钾矿物,通常被称为“品质元素”,是我国七种大宗紧缺矿产之一。世界上百分之九十五的钾盐产品用作肥料,百分之五用于工业。

由钾盐制造出来的钾肥十分有利于植物、农作物的生长发育,对提高粮食、瓜果、蔬菜、棉花等农作物的产量与品质大有裨益,可以让油料作物的含油量更多,可以让纤维作物的纤维长度和强度有所改善,可以增加淀粉作物的淀粉含量和糖料作物的含糖量,可以增加果树的含糖量、维 C 和糖酸比,使果实味道更好……还可养花,让花朵青春勃发、繁花盛开。具体地说,就是适用于种大田与经济作物、各种植物,如水稻、小麦、玉米、烟草、水果、油料作物等,可以让它们焕发生命的奇异光彩,让农人获得大丰收的喜悦。

从若羌县一路向东,映入眼帘的是无边无际、寸草不生的戈壁荒漠,历经三百多公里的行程,就到了"死亡之海"罗布泊。途中,远远地可以看到一个军事哨所——以前紧挨着哨所,有个罗布泊商城,管旅行者的吃喝拉撒睡,后来不知什么原因撤掉了。大路两边是茫茫戈壁荒滩,有些地方属于军事禁区,入境者需出示身份证,让卫兵登记身份信息,然后才能继续穿越。据说,过哨所,沿着马路远行,还能到达米兰镇等地。

进入罗布泊镇,几座办公楼和厂房跃入眼帘。一座小办公楼是罗布泊地区管委会和罗布泊镇镇政府办公地,远处的工厂是著名的国投新疆罗布泊钾盐有限责任公司。

好像是一九九八年,我作为一名省报新闻记者,跟随新疆地矿局的人马第一次进入罗布泊,穿越荒草与土堆相融的雅丹地貌区,深入金黄金黄的大沙漠,先是惊奇地发现沙漠上搭建着一些高高大大的铁架子,据说是移动还是联通的信息接收发射台。之后,我们察看了地矿人员人工打出的水井,并现场品尝了罗布泊里的沙漠之水,回来写了一篇《罗布泊打出第一口淡水井》的新闻报道。但我一直不明白,他们为什么在没有人烟的罗布泊打井取水?当时还以为仅仅是为了向世界证明并宣告罗布泊盐碱旱地藏有丰富淡水。

今天终于明白,那是为了在罗布泊探宝开矿。

据悉,一九九九年秋,新疆哈密金矿、哈密地区化工厂、哈密地区鄯善县水泥厂、哈密市盐硝公司等四家企业,在新疆东大门哈密市大地上率先发起成立新疆哈密金泊钾盐公司。两个月后,在该公司的基础上,由新疆三维矿业股份有限公司、新疆哈密金矿、新疆德隆(集团)有限责任公司、新疆有色金属工业公司、新疆天山建材投资有限责任公司、新疆地质勘查局第六地质大队和第三地质大队、化工部长沙设计研究院等八家股东发起,重新组建了新疆三维罗布泊钾盐有限责任公司,注册资金由几百万元增加到五千七百二十五万元。之后,在当时轰动全国的中国股市"大庄家"新疆德隆集团的酝酿下,聘请了国内盐湖开发的一流专家加盟罗布泊钾盐开发,组成一个专家型的管理团队,至此,罗布泊钾盐的开发锣鼓开始敲响……

机缘如此巧合。二〇〇〇年,党中央、国务院拉开了中国西部大开发战略的序幕。此年九月,在新疆维吾尔自治区党委、政府的关心支持下,按照"五统一""一共同"(统一勘探、统一规划、统一部署、统一开发、统一经营、共同受益等)的原则,由自治区计委牵头组建新疆罗布泊钾盐科技开发有限责任公司,形成了以国有经济成分为主、民营资金参与、研究和勘探、开发一条龙的强大团队,公司户籍地也从东疆哈密迁至乌鲁木齐,并进入高新技术开发区,注册资金新增二千万元。

罗布泊从此否极泰来。

罗布泊有足够的蕴藏与底气东山再起。

从二〇〇〇年三月至该年年底,科研人员在罗北试验基地对罗布泊卤水进行研究和试验,他们与化工部长沙设计院和连云港设计院携手探索罗布泊钾盐的秘密。从探索性试验到小试、中试，历时三年的千辛万苦，终于完成了关于罗布泊钾盐的一项国家"十五"科技攻关项目课题，研究出了国内外独一无二的知识产权技术，并于二〇〇三年年底通过科技部验收，最终获得国家科学技术进步一等奖。

二〇〇二年九月，罗布泊这个"死亡禁地"响起隆隆的机器声。年产两万吨钾盐项目破土动工。次年十月，一年之间，流水线上走下来了达标的硫酸钾产品。从此，寂静千年的罗布泊迎来了男男女女的欢声笑语。

罗布泊不再是一个没有人气的禁区，不再是只有风沙和鬼怪统治的魔鬼王国。

一袋袋"罗布泊牌"硫酸钾产品，流出罗布泊，经一双双中国劳动者的手，走向全球。它饱含着塔克拉玛干沙漠的气息和古楼兰国的气味，饱含着罗布泊神秘的符号，饱含着当代一个个中国科学家和劳动民众的血汗与智慧。

之后，现代新罗布泊人不断地进行项目改扩建，以增加产量、降低成本。

二〇〇四年夏，公司股权结构再一次发生了大幅度变化：新疆冠农果茸股份有限公司入主，之后，新的改扩建完成，达到了十万吨的年产规模。

这一年的十一月，公司各股东与国家开发投资公司正式签署增资扩股协议，公司注册资金一下子增加到了五点四亿元人民币，国家开发投资公司出资百分之六十三，成为公司的第一大股东，公司户籍再次由乌鲁木齐变更至新疆南疆的库尔勒市，并更名为国投新疆罗布泊钾盐有限责任公司。

罗布泊钾盐的开发经历了"女大十八变"：从无到有，从小到大，从民间到官方,从地方到省区再到国家,它不是变得越来越弱小、越来越边缘化,而是恰恰相反,越变越大,越来越丰腴美丽,越来越散发出巨大的魅力甚至是魔力,让更多的人钦慕、赞叹。

醒来的罗布泊就像当年的楼兰国一样,成为众人争夺的香饽饽,最终成为国家手上的一颗掌上明珠,新丝绸之路上的一个藏金窟。

屈原说:路漫漫其修远兮,吾将上下而求索。

二〇〇六年的春天,也是罗布泊的又一个春天。

罗布泊钾盐开发被列入国家"十一五"重点建设项目,国家投资四十八亿元,建设年产三百万吨钾肥项目一期工程、年产一百二十万吨硫酸钾工程、哈密铁路专用线以及哈密办公基地和红柳井第二供水工程等配套工程。这是罗布泊嫁给央企后收到的第一份厚重的彩礼。

从无到有,从小到大,从踏入罗布泊进行探险勘探的第一枚脚印,到无数厂房大楼在楼兰古城废墟上凌空崛起,罗布泊终于从噩梦中醒来,重新有了自己的脉搏跳动,有了自己不菲的身价。如果说,哈密民间点燃了第一把火,那么自治区政府的介入,则将一群资本界的散兵游勇聚合训练成了正规军,最后,国家的提携、国企的注资,让罗钾开发团队有了充足的粮食、"弹药"、信心和正确的方向。火焰越烧越旺,越燃越高,万众一心,罗布泊开始登上新时代高地,让东方瞩目,让世界眼红。

二〇〇八年十一月十八日,一百二十万吨硫酸钾工程投料试车成功,优级品的硫酸钾产品源源不断地流出……公司年产值最初逾三十亿元,利润逾十三亿元,之后更是一年一个台阶,年年登高望远。

西部大开发者就是一批踩着死亡之地创造奇迹的人!

二〇一二年在北京首映的一部电影《生死罗布泊》,是天山电影制片厂拍摄的,讲述了八位地质先遣队员深入"死亡禁区"罗布泊,在荒无人烟的寂寥之地进行钾盐调查勘探的故事,他们从罗中到罗北,每前进一步,都面临着生与死。一路上,一个接一个地质队员或陷入沙海而死,或迷途失踪而死,或因不适应恶劣环境病死,一个个在沙漠上献出了自己宝贵的生命,七十三天后,只剩下了三人,且已经奄奄一息。但他们最终背出了满满一壶富钾卤水,向全世界证明了罗布泊地下钾盐的存在——有可能还是潜在的大型卤水矿。

是电影里所表现的这些地质队员打响了开进罗布泊的第一枪……

二十世纪六十年代从北京大学地质系毕业的王弭力女士,是中国地质科学院研究员,中国第三代找钾人,她对钾的追踪已有三十多年历史。一九九五年开始,她有缘牵头罗布泊钾盐项目组,承担并组织实施了罗布泊钾盐资源调查及开发利用等多项国家和部门重点科技攻关项目,先后八次进入罗布泊。她曾在柴达木盆地找过钾盐,认为塔里木盆地与柴达木盆地一样,具备已去世的著名地质学家、中国科学院院士袁见齐先生提出的"高山深盆"成盐环境。但同时,她和同事们还发现,盆地沉积中心会受新构造运动控制而迁移,因此,他们用新理念换来新眼光,新眼光又催生新发明:先是锁定了塔里木盆地东部的罗布泊地区,后来在罗布泊北部,那个罗北凹地的干盐湖,发现了巨厚的钙芒硝沉积——传统理论认为,有钙芒硝沉积断然不可能有钾,因为钙芒硝是盐类蒸发系列中位居碳酸盐之后、石盐之前析出的产物,属于盐类蒸发的第二阶段"硫酸盐阶段"的沉积物,可谁也想不到罗北凹地却是个例外,穿过薄薄的石盐沉积,富钾卤水竟珍藏地下!

不久,一座迄今为止世界上最大的硫酸盐型卤水钾盐矿床"浮出水面",储量达两亿多吨!

……如今，罗布泊这一死亡禁区，终于涌现出百里盐河和万顷盐池，重现碧波荡漾的情景，生机勃勃的大场面又一次浮现在这丝绸之路古道的南道上。

截至今天，国投罗钾形成了年产三百万吨钾肥的生产能力。洁白的罗布泊钾盐已经成为若羌县乃至巴州这个蒙古自治州经济发展的重要增长极。

经过几千年沧海桑田巨变的罗布泊，无数的痛苦和迷茫沉淀为结晶，给今天的人类催生了无限的财富：丰富的硫酸钾、硝酸钾、镁盐，还有锂、硅、硼、金、镍、铜、芒硝、锰、铁……潜在经济价值超过五千亿元人民币！

除了国投罗钾，还有四十余家探矿企业在罗布泊地区从事勘探开发工作，表皮十分贫瘠的罗布泊变成了内在丰富、深含韵味的富饶之地，是无数时间积累的苦难酿造而成的珍贵晶体。是的，就像人一样，是无数的贫穷与苦难，造就了一代代成功的政治家、文学家、科学家、艺术家、企业家和大学者！

罗布泊，昔日的生命地狱，如今的希望之海。

二〇〇二年四月四日，一个城镇在罗布泊地区诞生了，它就是罗布泊镇，管辖面积达五万平方公里，是全中国面积最大的镇。

罗布泊镇党委书记刘文春回忆说，罗布泊建镇时只有两个帐篷，办公室是像集装箱一样的铁皮房子。罗布泊虽然富含钾盐等矿产，但自然环境极其恶劣，方圆几百公里渺无人烟，陆地上没有一滴淡水，在罗钾开发前没有人行路、车行道和通信设施，终年风沙肆虐，夏季地表温度高达六七十摄氏度，冬季天寒地冻，温度接近零下三十摄氏度，寸草不生，冰冻三尺，是一片真正的不毛之地。

但钾盐的发现和开发改变了这一切。

罗布泊镇新崛起了一个罗布泊盐化工工业园——是以钾盐开发为主导，其他矿产资源开发和新能源（太阳能、风能）产业相结合的工业园区。这个工业园总产值、增加值两项指标连续多年占若羌县县域工业经济总量的比例达到百分之九十以上，企业上缴税金占全县财政收入的百分之七十以上，二〇一三年生产硫酸钾一百三十九万吨，完成工业总产值四十亿元，实现增加值二十七亿元，上缴税金十亿元以上……之后年年刷新纪录。

为什么要在罗布泊这个生命禁区建设一个镇？

罗布泊镇副镇长陈俊锋解释道："罗布泊建镇，就是为了与钾盐攀亲，为钾盐的开发和生产服务的。"

是罗布泊钾盐诱惑着仁人志士，是过于咸苦的命运让罗布泊重生。

截至二〇一四年，罗布泊镇辖有一个社区和四个行政村：罗中村、红十井村、八一泉村、楼兰村，总人口四千二百人。

国投钾盐人和罗布泊镇人在向生命禁区要"物质财富"的同时，也用心书写着一种新的罗布泊精神，那就是："青春战火海，死海创奇迹！"

当代罗布泊人一步步完善了罗布泊镇，他们修起了卫生院、派出所、宾馆、商店等，协调电信企业安装了信号塔。哈罗铁路二〇一二年贯通，钢铁巨龙呼啸着从哈密市直达罗布泊中心，迎送人员和货物进出罗布泊。二〇一三年，罗布泊镇安装了路灯，开通了网线，开辟了一条条新的街道，城镇的肌体和活力将在这里——呈现。也许，多年以后，这里将催生几万居民……一个新的楼兰城忽然浮现。

罗布泊的夜里，不仅仅只有黑暗与狼嗥，也有了人声与光明，有了新的人和新的梦，有了美丽的诗和远方……

七上天池

天池静静地高居在天山上，一晃就是万年。

人与人相识是缘，人与自然相识又何尝不是？我此生与天山天池结下的缘，许是几千年前种下的因。那时，我可能是天山上一名隐居修行的道士真人。

以香港梁羽生的武侠小说《七剑下天山》为蓝本，徐克先生导演了一部电影《七剑下天山》。而我从一九八五年自天堂城市拿着杭州大学毕业证独自进疆，在尘世挂单乌鲁木齐二十六载，有缘七次登上天山天池。七个剑侠下天山，与一个诗人七上天池，没有什么必然联系，却有一种数字上的偶合。当我打开电脑想写一篇天池的散文时，最初想的是五上天池——因为我喜欢"五"字（五者，悟也）。但我算来算去，并不是"五"次，而是"七"次，那么，我只好顺其自然，用《七上天池》了。

尔后，我又忽然有所悟："七"者，易经八卦中的"兑卦"也。兑卦，对应自然即是泽，湖海江河；对应人类，却是少女，年轻女子或女儿中排行老三。天池不就是一个美丽的湖泽吗？以人比喻，天池多像是一位不老的少女？"七"是与天池唯一对应的数字。看来，在我需要动笔写第一篇有关天池的诗文时，我已七次上天池，这，也是一种机缘巧合！

一上天池:隐逸的少女

记得,我第一次上天池好像是在一九八六年,那一年,是我自愿跑到新疆的第二年。我所挂单的新疆铁道报社举行集体活动,同事们一起登上了天池旅游。

那时,我所拥有的是青春和梦想,是清高和特立独行。作为自愿支边的大学生,自治区科干局让我自主选择单位,但我刚刚吃了一块西瓜,还没有做出选择,就被来访的乌鲁木齐铁路局的人事干部"请"到了铁道报社。作为该报社新时期第一位名牌大学毕业、长得又不算丑陋的采编人员,人们对我的微笑是很慷慨的。

天山天池,成了我与同事的第一个活动景点。它离乌鲁木齐很近,一百公里左右,又那么美好、著名,自然成了自治区首府人集体出游的首选。而那时,同为高山冰湖的喀纳斯湖,还深深地隐藏在阿尔泰山的深山中,没有露出笑脸。

第一次上天池,颇觉山高路险。那时还是沙石路,一路上坎坎坷坷、颠簸起伏,有的地方被水冲断了,有的地方是悬崖峭壁,可谓险象环生。尤其是快到达天池的时候,车行在濒临万丈深渊的路上,曲折攀登,让人惊得哑然失声。那时我还不知道,这条石子路还是从一九六八年才开凿出来,而且经过了不断的修补。在那以前,人们上天池旅游、敬香都是骑马或步行,途中要五次跨过冰冷的河流(仅从阜康到天池四十公里路就要走两三天)。当年国民党元老、大书法家于右任在西北大将军张治中陪同下登上天池,是自己坐轿、随从骑马上去的。

那时,天池真像在天上一样,似乎高不可攀。

在古代,天山天池更是因为遥不可及而被称作瑶池。

我，一个在千岛湖、西湖边成长的江南书生，觉得湖就是躺在平整的陆地上，懒洋洋的；湖就是一面城市、镇子昼夜梳妆使用的手边的镜子。谁能想到，要见天池这个塞外的湖一面，必须爬到近两千米的高山上，要冒那么多的风险！诗人、书法家毛泽东那"无限风光在险峰"的诗句，仿佛是写昔日天池的。

　　见到天池之前，我们先在险路边会晤状如圆月、含羞幽深的西小天池。随行者说这是当年西王母的洗脚盆。仙人就是仙人，连洗脚的水也这么清澈动人。

　　相传，西王母是一位天山的仙人，类似于王母娘娘。但我总觉得，她是古代西域母系氏族时期的女王，与《西游记》中的王母娘娘、神话中的王母娘娘不是一个人。

　　《列子·周穆王》记载了周穆王与西王母约会于天池的故事："穆王不恤国是，不乐臣妾，肆意远游，命驾八骏之乘……遂宾于西王母，觞于瑶池之上，西王母为天子瑶，王和之，其辞哀焉。"

　　高山湖就是高山湖啊，有一种本质的清高。清光绪时的方希孟在《西征续录·瑶池篇》，和稍晚的裴景福在《河海昆仑录·博格达海子》中都对天池有如此描述："……松山山顶有海子，百丈见底，清极而绿，绿极而黑，洁不受物，寸草片木投之，必逐于岸。"天山天池，其品性可谓是像雪莲一样"出淤泥而不染"。

　　隐逸高山的天池是一位大隐的少女。

　　她隐于天山修炼，博格达雪峰怜惜地护卫着她，那是她忠勇的护法神。

二上天池：诗的泉浆

二十世纪八十年代是一个诗歌和梦想的时代，不像现在的时代换成了金钱和现实。那个时代，人们的心里流动着一种诗的韵味。

一个老诗人从杭州这个诗的城市来到边塞，我们三个塞外年轻的诗人陪着他上了天池。

那是一九八七年，年近七十的老诗人炼虹，一个怀着一颗单纯的心和满腹激情的诗人，受邀来到塞上。他是浙江文联的专业作家，一位行吟诗人，是浙江二十世纪八十年代文艺青年所崇敬的诗歌老师。他朗诵起诗歌就像黄河一样气势磅礴、波涛汹涌，而且节奏抑扬顿挫、旋律起伏回旋。

他行吟到了塞外。

我拉上诗人北野，北野又拉上在阜康林场工作能够帮上忙的诗人傅玉堂，还有从奎屯陪同炼虹老师一道来乌鲁木齐的写诗者沈小龙，五个人一起登上了沉淀着无数诗意的天池。

我们在草地上谈论诗歌，在天池的岸边朗诵惠特曼，朗诵北岛、舒婷……湖水在阳光里荡漾，轻轻地拍打着湖岸，激荡着诗的激情。那时，天池在我眼里，是一池山泉，一池才情，是一本没有杂色，没有晦涩，没有错别字、韵味十足的诗歌集子。

塔松齐齐地站在山坡上眺望。看见它们，我不由得想起了大诗人、学者郭沫若写天池的诗句："一池浓墨盛砚底，万木长毫挺笔端。"

我们坐在天池的岸边吃鲜红、甘甜的西瓜，天山的云朵望着我们不断地微笑。

我记得炼虹老师穿着灰色的中山装，身材颀长、精干，笑容如天池岸上灿烂的野花,没有一点矫饰。

掠过碧绿湖面的和风叙述着一段段传说和往事……

数年后,想不到,我偶然在《诗刊》上看到了炼虹去世的消息。而沈小龙也再没有见过面,傅玉堂也几乎没有来往,只听说他调入了林业厅。与我最要好的挚友北野,当了我的同事却丢失了朋友的意味,后来只身远走他乡,跑到了山东的某处海边,不再是面对天池,而是面对着大海歌唱……

三上天池:古老的道场

好像是在一九九九年深秋的一天——那时,我已挂单在《新疆经济报》报社,我写过多篇画评的大画家王念慈突然邀我同上天池。他说,天池管委会邀请他去作画,昌吉的诗人张侠也去。

记得,我们一行数人在天池北边的西王母大酒店落脚。想不到天池风景区有了这么一个繁华、空阔的水泥建筑,与绿色的自然风景似乎有点不太协调。

秋天的凉气从野外飘到店内,还没有供暖的房子有点冷飕飕地。

从二十世纪九十年代初新疆作协举办"孤岛散文研讨会",并引起一些文人争风吃醋,引发一阵"腥风血雨"以后,我毅然放下诗、文之笔,转而去一个人静心研究易经,故而远离了新疆所谓的诗坛、文坛,远离了那些喜欢聚堆吃喝的文人们。

通过王念慈,我已知晓张侠不仅写诗,而且也搞易经八卦,如此,我们既是诗友又是易友。王悄悄告诉我:张侠听说我被人誉为"新疆第一卦"很不服气,要与我"天山论剑"。此刻,我们避开众人在房间里探讨由先祖伏羲发明、周文王修订、孔子演绎的玄妙易经,既在哲学理论上,也在预测实践上。预测卜筮,最初借用五十根蓍草推算,到西汉时,京房发明了以三个铜钱摇卦代替。张侠嫌京房易术还是过于复杂,摇六次才成一卦,他便"发明"了一种一次成卦的摇法。京房易术不是不可以改进的,但我觉得以我们现在的修为,想找到一种更简单、准确的方法代替,仍然只能是一个遥远的梦。然后,我拿出某一个卦,我们一起判断它的寓示。我们的断卦结果相近,但我比他断得更细、更明确。他哈哈大笑着说:"你厉害,你是新疆第一卦!"恰恰就在此时,有人闯了进来,于是,我是新疆第一卦的传闻进一步传开了……其实,这世上没有第一。即使真有第一,也是后人得出的结论。何况老子说,"圣人之道,为而不争""与世无争,故世人莫能与之争"。

张侠,一个外表像北方汉子,名字像大侠,诗写得如女子般柔细的人。想不到几年后,有一次,爱喝酒的他突然晕倒,抛下妻儿离开了这个世界。

天池的相会,仿佛是一次永别。

人生无常,"易"就是变;易经就是道家揭示宇宙和人"变化"之经典!

天池上清朝时期香火旺盛的八大寺——铁瓦寺(福寿寺)、达摩庵(又名西王母祖庙,娘娘庙)、东岳庙(卜克达山神庙)、龙王庙、王母庙、无极观、庞真人祠、土地庙,后来一个一个彻底消失,不是战乱就是土匪烧毁,不是土匪烧毁就是住持无能自毁长城……铁瓦寺的变迁就是一个例证。

天池八大寺之首的铁瓦寺,因"青砖砌墙,铁瓦铺顶"而得名,相传最初建于元明时期,是为纪念长春真人丘处机天池布道而修的。《阜康县志》记载,清乾隆年间重修了铁瓦寺。清朝平定准噶尔叛乱后，乾隆皇帝赐博格达山这座神山以"福寿山"之名，铁瓦寺改名为福寿寺，供养着玉清仙境的元始天尊、上清仙境的灵宝天尊、太清仙境的道德天尊等"三清"，和伏羲、轩辕、神农等三皇。仅此寺几十年间就经历了多次生死、多次转世。

第一次被毁是在一八七〇年，阿古柏入侵，战火纷飞，道人避乱，寺庙渐渐荒毁。到了一九二八年，弃政悟道的原伊犁镇守使杨飞霞，带头募集了一万余两白银，大兴土木，重整山门，并增建钟鼓楼，铸挂两吨重的铁大钟。杨飞霞本准备在此出家修行，但后来却突然打道回府，回了云南老家，并留言说："南山压着北山头，清观不到头，凶山恶水，脉气混浊，勿留。"许多人不解，认为他是信口雌黄，但后来铁的事实证明，杨飞霞是一个先知先觉的高人！杨走后三四年，即一九三三年，马仲英窜入新疆欲夺盛世才的地盘，部将马世明（马者为"午"，为南方，为火。明者也类似之意），焚烧了铁瓦寺，残杀了三十多名百姓及个别道士。到一九三五年至一九三七年，铁瓦寺重修，七八年后，乌斯曼手下的"土匪"又窜入天池，抢劫烧杀，庙宇再次被毁。一九四六年，国民党元老、书法大家于右任登临天池前夕，铁瓦寺又重修，可到了一九五〇年，铁瓦寺道士"被迫"下山还俗，寺庙荒毁。后来，铁瓦寺的经卷、木鱼、法器等文物被废，两吨重的大钟也兀自不知去向……看来，杨飞霞的确是一个高人，居天池首位道长任元亨和后来的任蕴空两位坐化升天的高人之后。

几十年过去，王母娘娘祖庙（即达摩庵）和福寿寺（铁瓦寺）等，又以新的面目耸立在了天池上。"变"，也是不变；不变也常常在变。

执着有时是一种坚守，不是放弃；执着有时却不是某种坚持，而是一种我执。所以，佛家要破除我执，求四大皆空；道家要清净无为，天人合一。

天池，是一个古老而崭新的道场。

四上天池：金庸、聂卫平对弈

很久以前就听说香港武侠小说大师金庸先生受邀担任母校杭州大学中文系的教授（后为杭大人文学院院长，浙大人文学院院长）。而我二十世纪八十年代初进入大学读的第一本长篇小说就是金庸的《书剑恩仇录》，那还是乡友学长的女朋友，从她任职的大学图书馆里给我特别借出来的。那时，偌大的杭大图书馆，只藏有两本《书剑恩仇录》。

金庸本名叫查良镛。他的哥哥查良铮是著名诗歌翻译家，我杭大时代捧读的《普希金诗选》就是他哥哥查良铮翻译的。

二〇〇一年八月，"炎黄杯"名人围棋赛在天山天池上拉开战幕，金庸亲率"炎帝队"，与聂卫平率领的"黄帝队"，在天池上论剑。我有幸随行全程采访。

远远望去，雪峰缠绕的博格达峰，多像是金庸武侠小说里的缥缈峰；而他自己言谈中的幽默、青春，则让我不断想起他小说里的"天山童姥"。

此时的金庸年近八十，而"棋圣"聂卫平才人到中年。但主持人却称他们为俩老。这场围棋赛，与其说是比赛，不如说是给许多名人一个相会于天山天池的噱头、一个理由。

我陪同着来自我母校的老师金庸在天池边游走，爬雪莲山看雪莲，一起谈他的武侠小说，谈我们的大学。金庸老了，但依然精神矍铄，谈吐严谨中偶露锋芒。

金庸塑造了许许多多天山上的武侠人物，甚至江湖上还不断出现一个个神秘的"天山派"。他们有好有坏,忽正忽邪。所以,绝大多数人都认为金庸以前到过新疆,阅读过天山。其实,他自己说,他几十年前写那些武侠小说时,他从没有踏上新疆的土地(二十世纪八十年代,他第一次来到新疆。此次是第二次来疆)。"不过,"他说,"新疆,我可能前生来过,说不定还是一个新疆人。"

这个出生在徐志摩的故乡浙江海宁的小说家,成名于香港,与新疆隔着万里之遥。空间上的远,反而为他小说里天山的形象提供了更多的想象空间。可不是,他来过新疆以后,再也没有写过有关新疆的武侠小说。

下山后,金庸在尔鲁格开了一个文化讲座。讲座后,读者提问:金庸老师,我亲基本后一部小说《鹿鼎记》中的韦小宝,机智勇敢,又讲义气,又赋予他权势钱财美女娶了几个靓女作老婆!这个人物形象是不是您心中追求的理想形象? 一听此话,金庸气坏了,大声喝斥道:你这是在污辱我!韦小宝是一个两面三刀的小人,他的得势是小人得势,在小说的最后,我让这样的小人倒霉,让他倾家荡产,家破人亡。

以前,我们都说香港是文化沙漠,但我要说,香港只要诞生一个金庸,就不能这样说它是文化沙漠。何况还有梁羽生、古龙等武侠小说家,成龙、李小龙等这样的影视巨匠!

……今天,天池既是一个对弈的舞台,也像一个活的棋盘。一朵朵浪花像一枚枚棋子,在绿色的棋盘上随意移动。

五上天池:冬天像一幅水墨国画

与一个人一样,天池在不同的空间角度和不同的时间角度,有着不同的形象。

在春天，天池是荒疏的、破败的初醒。冰融的湖面漂着碎冰，雪融的塔松雪泥点点，有点像一个化了妆的女人，其粉妆被汗雨冲刷了一样，一道道乱痕模糊地泻着。半醒半睡的草儿，也显示着一种乱码和丑态。春天在南方是极美的，而在新疆乃至新疆的天山天池，却是慌乱的。到了夏天，天池显出了它的美，在蓝天白云下，湖水碧波荡漾，抑制不住青春的饱满和骚动。绿色的草地和云杉、七彩的野花，花团锦簇地围着公主天池，像给她织锦似的。而到了秋天，天空更幽蓝，湖水更清澈，满山的草金黄金黄的，煞是辉煌，一些阔叶树黄叶飘飘，像小天使最后的舞蹈。冬天的天池，则是冰雪的天下，山和水都成了雪的俘虏。

而现在正是冬天，是二〇〇〇年的冬天，我第一次在大雪封山以后登上了天池。

新疆旅游局的人要在新疆推冬季旅游，于是，自治区首府乌鲁木齐近邻的天池风景区就成了一个重要的试点。我们一些记者被请去给他们做报道。

我登上天池，映入眼帘的是一片白色的世界：五平方公里的天池，全部变成了冰雪王国，一池荡漾的碧波哪儿去了？

白的湖，白的岸，白色的草地，与远远的博格达雪峰浑然一色。

近处银色的塔松，和黑白相间的悬崖、巉岩，一道道，一片片，黑白相间、水墨交错，一幅天然的水墨国画。

据现场专家介绍：天池湖面现在的冰层有一米多厚。而古文献记载，天池冰层一度厚达二米。

在湖面的白冰上画着一个巨大的圆圈。有几个小小的黑影在圆圈里快速地闪动，一会儿左，一会儿右，一会儿南，一会儿北。走近一看，是几个人在滑冰。在天池的湖面上滑冰？是不是闻所未闻？

在天池冰湖的西岸边，那里辟出一片冰地，设置了骑马、马拉雪橇、狗拉爬犁等冬游项目。人们坐在装饰一新的雪橇或爬犁上，乐呵呵地喊着、唱着、呼号着……声音飘在一望无际的冰湖上，也带有丝丝凉意……

这一天，我们碰到了一群海外游客，是泰国、新加坡等东南亚的游客，以老头儿、老太太居多。他们以前是夏天来天池，这是第一次冬天上山。他们赞叹说，想不到天池冬天这么洁白美丽，让人耳目一新。

回来后，我写了一首短诗《冬天的天池》，只有十几行，后面很多行我都忘了，只记得开头两句：

天池静静地睡去了

枕着一片片白色的梦

六上天池：铁瓦寺的佛像

二○○五年，我告别摸爬滚打了二十年的新闻界，调到了文联，躲进小楼成一统。相比而言，新闻界离社会更近，更能够干预一些世事——虽然很难；而文艺界离现实较远，离心灵更近。因为我大学时代就课余写诗、写小说，毕业后停写小说，继续写诗并写散文，偶尔还练练书法，搞搞书画评论，对文艺倒一点也不陌生。本来应该早早地到文艺界挂单，从事更接近心灵的文艺工作，但一种渴望救世的热情燃烧着我，让我头脑发昏，不愿年纪轻轻就半隐起来，一心照顾自己去。然而，世事难料，在不少新闻界的文人，或躲入文联或退至大学时,我也被迫侧身进了文联。

也就在这一年,天池上消失了几十年的铁瓦寺要重修。重修,就要重塑道观里的道家仙人像、佛家菩萨像。因为我吃素并研究佛学、易经和道学多年,我被作为"专家"邀请到阜康、邀请到天池,给新塑造的仙像佛像的样品模型提意见和建议。

铁瓦寺(又称福寿寺),是道家修炼的道场,本来供养的都应是道家的始祖,如元始天尊、太白金星、玉皇大帝、王母娘娘、九天玄女、张真人、长春真人等,但是,与中国许多道观一样,铁瓦寺也供养了佛家始祖,尤其是救苦救难、人见人爱的观世音菩萨等。国民党元老于右任就对天池铁瓦寺道观供养佛家菩萨不太理解,提出了质疑。但实际上,今日重修的天池西王母庙(即原达摩庵)也是一样,道观里供养了观世音菩萨……这种佛道融合的道观,在中国大陆并不少见。一些佛庙也掺杂了道家财神爷、土地仙的塑像,为的是"恒顺众生",满足更多香客的心理需求。而究其实质,道家和佛家,在本质上有许多相同、相通之处,道家的无为,佛家的虚空,几乎是一样的道理。在吃素和独身修炼方面,其实,道家的许多高人都是素食主义者,而全真教的弟子也与佛家弟子一样不能娶妻生子。佛道本一家,不分你我他,都在追求一种真理和醒悟。只是佛家更重视时间上的继承性,重转世因果,求灵魂解脱;而道家注重空间上的升腾,希望长生不老,带肉身成仙成道。二十世纪的高僧弘一大师就与道家修行者交往密切,不分你我,这也显示出一种海纳百川的大家气度。

此时,我感觉到:天池道场是一座心湖,一个心灵的浴场!

七上天池：一块上品碧玉

二〇一一年夏天，我现在挂单的文联《西部》杂志社在天池上举办了首届西部写作营活动。我与柴燕被安排到机场迎接全国各地来的文人墨客，最后与他们一起上天山天池。

此时正值七月，是阳光最充足、天山最绿的季节。

大部分来自西部和小部分来自东部的几十名诗人、作家等与会者和我们这些会议工作人员，没有住在天池上，而是住在山下一个叫"黄竹山庄"的地方。别看这里只是一个大型央企新疆公司的集中培训地，却是一派迷人的乡野风光。

黄竹山庄没有黄竹，也没有青竹，此名起源于唐朝诗人李商隐一首追忆西王母与周穆王相会天池的诗：

> 瑶池阿母绮窗开，黄竹歌声动地哀。
>
> 八骏日行三万里，穆王何事不重来。

此山庄有一个漂亮的湖，湖边有不少粗壮、遒劲的大榆树，看它们曲折、刚强，布满肌肉疙瘩的沧桑样子，许是上百年前就站立在这里的清朝遗老。湖上有人工的小桥弯弯穿行，湖里停泊着小木舟。如果你会划船，就可以乘兴在这塞外小湖上自由漂游一会儿。

天池正在变化。不仅天池上的景致多了，由清末时的八景延伸出几十个景点，就是在山下，还新开辟出了哈萨克汗王宫等一些新景点。

激情荡漾的天池，太阳光里无比璀璨、阴天里十分忧郁的天池，在众多作家、诗人眼里是什么呢？在尘嚣满世的众生眼里是什么呢？

是一方挥洒墨汁的砚台,一块上等无瑕的碧玉!我记得天池在大诗人、书法家郭沫若的眼里是:"里加游览忆当年,此地风光胜似前。歌舞水边迎贵客,云笺天上待诗篇。一池浓墨盛砚底,万木长毫挺笔端。更喜今晨双狍子,盛宴助兴酒如泉。"尤其是"一池浓墨盛砚底,万木长毫挺笔端",成为名句。

因小说《麦客》而成名的甘肃作家邵振国,是否想到了天山的侠客或牧羊人?来自陕西、青年老成的诗人、年轻有为的杂志主编阎安,是否从湖中听到了西安钟鼓楼的古老钟声?还有,以黄河命名的杂志的主编、作家郭文斌,以一个吃素者的心境来到洁净的天池,是否觉得天池还算是一块净土?还有,在那来自贵州茅台酒厂的诗人姚辉的眼里,天池是不是一瓶储藏百年的酱香型茅台酒……一个诗人的一阵微笑,与天池岸边的某朵花遥相呼应;一个作家一种姿态,像天池山上的千万棵树。

近几年,上天池的路修得越来越好,人与天池的距离被拉得越来越短。天池,龙者之穴也,如今却有越来越多的游人,鱼贯而上。虽然,阿勒泰山上的喀纳斯湖的名声,近些年间似有后来居上的态势,但它离乌鲁木齐有上千公里的距离,空间上太远,而近水楼台先得月的天池,像你身边的一个解饿的面包,一块眼前的碧玉或翡翠。游人自然蜂拥而来,蜂拥而去,尝了还想尝,赏玩过了还想赏玩。

天池,或许就有这样的魅力、此般的芬芳!

玉石之路

《易经》说"一阴一阳之为道"。如果说黄金是一种西方文化的精神,那么,玉则是中国东方文化的一种代表。一为阳,一为阴,犹如太阳与月亮、虚与实。中国人从心底里崇拜玉,就像西方人景仰黄金。

在古老的中国,玉玺,是皇帝最高权力的象征;玉圭,乃大臣上朝的通行证;玉琮、玉璧,是祭天祭地祭祀祖先时必用的礼器;书架或博物架上的玉雕,则是用来渲染财富和高贵。东方的君子和小人虽然人生姿态不同、行为各异,但都喜爱各种玉佩。无论前天、昨天,还是今天,无论是名玉、真玉与假玉……玉镯戴在手上、玉簪玉钗插在头上,玉枕卧在床头。女人美了,手变成玉手,脚变成玉足,整个人都变成玉人,玉树临风般迷人,拍张照片也称之为玉照。外表美如此,心灵美何尝不是呢? 冰清玉洁。宁为玉碎,不为瓦全。一片冰心在玉壶!

玉,已经一寸寸深入我们朝夕相处的生活,深入我们的骨髓和灵魂。

不是现在,是几百年前,几千年前。

在丝绸之路出现以前,早有一条隐形的玉石之路连接着欧亚大陆。早在西汉张骞通西域以前,一直上溯到春秋战国、周朝、商朝甚至更早的新石器时期,中国玉之珍品——和田(古时叫于阗)玉,就悄悄地通过玉石之路,向东流入中原,向西流入西亚。

新疆新石器时期的玉器已发现于罗布泊的古墓群中,那时的古墓沟人就用于阗玉中的白玉制成玉斧,如今日的铁斧那般大小,光滑、锋利。而更早的距今六千年的黄河仰韶文化,也显现出了和田玉玉器的身影。这玉器怎么来的?史载是通过漫漫的玉石之路,从昆仑山运到中原的。"黄帝时,西王母乘白鹿献白环之休符。"《玉海》引南北朝孙柔《瑞玉图》说:"舜时复来献。"《尚书大传》也载道:"舜时,西王母来献白玉琯。"类似的记载也先后出现在《竹书纪年》《大戴礼记》《晋书·律历志》等图书中。我们现在把没有文字实录的黄帝、尧、舜、禹时代都当作了传说,其实,传说就是另一种历史,口口相传的民间历史。

　　殷商是玉的辉煌时代。姜子牙率军攻破朝歌以后,周武王获得商朝宫廷旧玉"万四千"。中华人民共和国成立后,从安阳殷墟发掘出土的玉器有一千二百余件,其中,一九七六年发掘的妇好墓就有七百五十五件,经专家鉴定,其主要玉材就是来自昆仑山的新疆玉(见郑振香、陈志达《近年来殷墟出土的玉器》)。

　　另一部民间文化史书《穆天子传》,则记载着昆仑山出产和田玉这种稀世珍宝。《穆天子传》赞昆仑山:"唯天下之良山,宝玉之所在。""天子(周穆王)于是取玉枝三乘,玉器服物,于是载玉万双也。"书中还记录了周穆王率大队人马,从陕西入河南,经山西到内蒙古,再沿浩浩黄河,过宁夏、甘肃、青海,到新疆和中亚细亚,然后东返,行程三万五千里。

　　可以说,《穆天子传》记载的周穆王西巡的路线,也大致是从新疆昆仑山到中原的玉石之路的路线。"玉门关"因玉石之路而得名。

　　为什么中原有玉,却崇尚昆仑山的和田玉?

　　和田玉从玉质来看是珍品,加上路途遥远、交通不便,更显和田玉之稀贵。在《山海经》《太平御览》《尚书》《史记》《汉书》《天工开物》等名著及许多历代官方记载中，我国产玉之地有一二百之多，如河南南阳产独山玉、东北产岫玉等。但质地最好的玉石当属和田玉了。明代科学家宋应星说"凡玉……贵用者尽出于阗"，药物学家李时珍也说"产玉之处亦多矣……独以于阗玉为贵"。一方水土养一方人，一方水土也养一方玉，昆仑山的绵延、高远、险峻、稀冷，再夹着盛夏塔克拉玛干沙漠催来的热风，锻造成和田玉温、润、韧、和、清、远的特征，比关内的玉似乎更有一种卓越、脱俗、高远的美。怪不得，连那么清高、豪迈的诗人大夫屈原也慨叹道："登昆仑兮食玉英，与天地兮比寿，与日月兮齐光。"

和田玉西行，流入了中亚、西亚、欧洲。《中西文化交流史》披露印度考古报告称，巴基斯坦古城塔克西拉（古称坦叉斯罗），曾发现过公元前一世纪由新疆运去的软玉。姚鉴在《汉代文物的西渐》中论述，高加索、南俄喀尔其等地出土的玉琬，都出自新疆。

和田玉就这样悄悄地向东、向西流动，悄悄形成玉石之路，横贯欧亚大陆东西。

和田玉从昆仑山流到中原，一开始就带着一种高贵的品质、赤诚的心灵，溢满了和平、友爱的气息。正如汉唐以后，中原的丝绸渐渐不断地向中国的西部、中亚、西亚、西欧流入时一样。

母系氏族时期的西域，一代代尊贵的西王母给黄帝、舜、周穆王等中原的"九五之尊"送上和田玉，就表示高贵的友爱、展示永久的和平。后来，一代代先分立后归属中原的西域（清代改名为新疆）统治者向中原皇帝送上和田玉，从中原接收农产品、丝绸（即锦帛），在交流互往中表达的都是一个永恒的主题：化干戈为玉帛。

多少战争，因玉的奉献演绎成了和平？多少痛苦离别的眼泪，在玉与帛的交会中,变成了幸运相聚的欢笑?商人们不惜千里迢迢将和田玉卖到中原,也是送来和平的声音。玉祭天地、玉康人身、玉结良缘、玉示美好……和田玉,点燃了最初的友爱之火;从新石器时代到汉朝的玉石之路,是跨越欧亚大陆东西的和平之桥,是汉唐时发展起来的丝绸之路的前身。玉石之路和后来因其发展演变成的丝绸之路,可合成"玉帛之路",是一条永恒的和平之路、友爱之路,是心与心的桥梁,是情与情的呼唤,是文化与文化的纽带。

玉无言,和田玉无言,只以朗朗品质示人。

诸子百家"第一家"管子(比老子、孔子早二百年左右)给玉总结出"九德":"温润以泽,仁也;邻以礼者,智也;坚而不蹙,义也;廉而不刿,行也;鲜而不垢,洁也;折而不挠,勇也;瑕适皆见,情也;茂华光泽并通而不相陵,容也;叩之其音清专彻远纯而不杀,辞也。"玉,德貌俱美,玉中"至杰"和田玉更是内外兼修。所以人人贵之,不仅将其视为宝藏,而且将其作为祥瑞的精神符号。

"黄金有价玉无价",玉之珍品,极其昂贵,一块玉可以换几座城市,甚至可以换来生命的健康、天地的恩泽、精神的完美。无论是贵为天子,还是一介草民,都喜欢赏玉、佩玉、藏玉,甚至饮玉。

玉,是贵的象征,是美的象征,是吉祥如意的象征。

玉石之路则构建了一条和平、友爱、美好的历史大通道。

丝路蚕桑情

博大精深的蚕桑文化

丝绸的发明,是中国人在世界科学技术史上的又一大贡献。而丝绸的源泉,则是蚕桑。

中国是世界上养蚕、种桑、织丝最早的国家。

我国很早就形成了完整的蚕桑文化体系。

据传说,黄帝的妻子嫘祖发明了养蚕和丝织的技术。根据目前的考古发掘,古老遥远的新石器时代,我国就已经有了养蚕业,有了丝织品。

汉代张骞"凿"通西域以后,丝绸等中原的丝织品就源源不断地被丝路上的商人从长安收购,运到西域、中亚西亚、地中海沿岸和欧洲各地兜售,成为展示古老中国的一面无声的旗帜,亮出华夏的奇彩篇章。这些商人又在丝路的西端采购各种奇珍异宝,通过丝绸之路卖给中原的王公贵族。可以说,蚕桑文化是丝绸之路文化的源泉和坚实的根基。元代诗人马祖常有诗云:"波斯老贾度流沙,夜听驼铃识路赊。采玉河边青石子,收来东国易桑麻。"

丝路西头的欧洲人对丝绸十分痴迷。最早的古希腊人称中国人为"赛里斯",意思是产丝之国。在他们的脑海里,丝绸是长在神树上的特殊"羊毛"。接着,罗马人也集体倾心于丝绸,花高价买绫罗绸缎。在罗马市场上，丝绸的价格犹如黄金，一两黄金才能买一两重的丝绸。到了屋大维执政时期，罗马享乐主义现象愈演愈烈，哲学家赛内加竟然著文《善行》，如此呼吁道："人们花费巨资，从不知名的国家进口丝绸，而损害了贸易，却只是为了让我们的贵妇人在公共场所，能像在她们的房间里一样，裸体（太薄？）接待情人。"罗马元老院也曾三番五次下令，不让在一些场合穿丝绸衣服。然而，"太阳照常升起"，生活照旧如此前行……

丝绸，在西方如此流行，丝绸之路才因此不断地红火着。而这皆来自于随意、闲适的桑树和小小的蚕茧。

怪不得，我国一代代都不断涌现出诗词文章吟蚕桑、写蚕桑、誉蚕桑、思蚕桑，汇聚成一条条汪洋大河，一泻千里……

蚕桑传入西域

西域原来没有蚕桑，西域的栽桑养蚕法，是随着古代丝绸之路的开辟而从祖国内地传入的，以传入南疆为先。

唐玄奘在《大唐西域记》中曾有过这样的记载：很古的时候，于阗国（今和田）以毛毡、麻布和兽皮制作被服，不知种桑养蚕之事。听说东国（中原）人有蚕桑，就派使者去求蚕种，东国"秘而不赐"。于阗王便以礼向东国求婚，得允。于阗王命令前去迎亲的专使告诉公主带蚕种至西域。公主将蚕种偷偷地藏在帽絮里，然后戴在浓黑柔软的发髻上，躲避边卡的检查，至塔克拉玛干南缘。《大唐西域记》继续说："阳春告始，乃植其桑。蚕月既临，复事采焉。自此厥后，桑树连荫。蚕蛾飞尽，乃得治茧。"《新唐书·西域传》中也有类似的记载。

于是，大漠边上兴起了蚕桑之事。

从和田出土的唐代木版画中就绘有这位"传丝公主"传播蚕桑生产技术的图景。无论历史上有无这位传丝公主,蚕桑从内地传入西域却是真的,根据各种史料推断,其年代应该在汉代丝绸之路开通以后。

"丝绸之路"是西汉时张骞和东汉时班超出使西域开辟的以长安(今西安)、洛阳为起点,经甘肃、新疆,到中亚、西亚,以至欧洲的陆上大商道,有南道、中道、北道三条路线。这一命名是世界著名的德国地理学家费迪南·冯·李希霍芬于一八七七年在他的《中国——我的旅行成果》一书中确立的。在这条逾七千公里的长路上,丝绸与同样原产自中国的瓷器一样,成为当时一个东亚强盛文明的象征。各国元首及贵族曾一度以穿着中国丝绸、家中使用瓷器为富有荣耀的象征……而丝绸的原材料则主要得益于蚕桑。

听说,和田皮山县桑株乡的桑株河谷中有古老的桑株岩画。

我在克孜尔千佛洞还目睹过画上的采桑图……

大地浮沉,沧海桑田。塔克拉玛干在亿万年前是一片汪洋大海,金鱼翻越,浪花簇簇,海兽露出脊背,沉稳而超然。忽如庄周一梦,悄然而去,面对的又是一番苍凉景象。

生命之水流逝了,土地开始瘫痪。

人类诞生以后,这里的人用太阳融化雪山冰川而流下的冷冷泪滴,喂养马、牛、羊、毛驴和自己的生命。有了蚕种后,又从沙漠里开垦出绿意点点的桑田。他们把自己所有的梦想和爱都交付给沙漠边上的小屋,这古老而朴素的家园。

他们孕育了桑田,而桑田又支起诺亚方舟,将他们从穷山极恶的风沙里夺回,引渡向幸福。有晚清杨至灼的词为证:"蚕事正忙忙,匝地桑桑。家家供奉马头娘。阡陌纷纷红日上，士女提筐。零露尚瀼瀼，嫩芽初长。晓风摇飏漾晴光。果树森森同一望，点缀新装。"

在和田，在南疆，在塔克拉玛干沙漠周围，种桑养蚕织绸，从生存土壤里过滤出来，形成一种美与生存合一的蚕桑文化。

从桑葚到和田桑皮纸

桑树，一种落叶乔木，高约三至七米。桑树树皮呈灰褐色，桑树叶子多卵圆形，四周如粗钝锯齿；花朵单性，颜色为黄绿色。新疆南疆，有许多百年桑树，浓郁苍翠。

新疆植桑历史悠久，由内地传入至少已有一千七百多年。

桑树不仅叶子可以养蚕以供丝织，而且果实可食用。桑葚，桑树的果穗，见于《唐本草》。长圆形，有柄，紫红色或黑色，也有白色的。

全国已收集、保存有近三千份桑树种质资源，相对集中于新疆、河北、云南、四川等地。各桑葚品种中，口感好的，是雅安 3 号、绿葚子、江米果桑等；产量高的，是紫城 2 号、琼 46、长青皮等；药用价值高的，是新疆药桑；抗病性强的，是打洛 1 号、琼 46 等；还有的综合性功用优秀，如白格鲁等。

新疆桑树树种资源十分丰富，有本土地方品种资源、疑似野生种资源、引进的外地桑种资源等。有鸡桑、长穗桑、华桑、白桑、黑桑、广东桑、长果桑、鬼桑、鲁桑、瑞穗桑、滇桑、蒙桑、唐鬼桑、细齿桑等十四个桑种的种质资源。

黑紫色的黑桑桑葚，以和田地区各县市和喀什地区的叶城、莎车等地最多；白色的大白桑桑葚，主要产自喀什、和田、阿克苏、库尔勒等地，它被维吾尔族人称为"阿克玉祖木"（意为白色的葡萄）；还有粉红或紫红色的粉桑桑葚,主要产自洛浦、叶城、伊宁等地。药桑(别名毛桑)是产自和田、阿克苏、喀什地区及巴州、克州古老的果树。药桑成熟较晚,树冠圆形,叶片厚而大,叶色浓绿,桑葚紫黑色,果实比一般的要大些,有大拇指粗,二至三厘米长,果味酸甜,味如杨梅,可入药,有温肾壮阳的功效。中医本草用其根皮、嫩枝、叶片、桑葚做药;《维吾尔医常用药物》一书也把枝、叶、果入药,功效与中医医书所述基本相同。

桑葚是第一种来到南北疆大地的水果,在新疆被誉为"瓜果中的报春花"。

新疆桑葚个大,汁多,味甜,性寒;鲜食时,其味酸甜可口,生津止渴。桑葚还可制成桑葚罐头、桑葚酒、桑葚膏、桑葚果冻、桑葚果汁饮料、桑葚酸乳、桑葚果酱,提取桑葚红色素等等。

两千多年前,桑葚已是中国皇帝御用的补品。《随息居饮食谱》载:"桑葚聪耳、明目、安魂、镇魄。"

在新疆,桑树还有另一种妙处,就是用来制造桑皮纸。

和田人制造桑皮纸,是一种古老的手工艺。

桑皮纸曾经一度是造纸行业的主角,被称为人类纸业的"活化石"。它记录着我国传统的造纸工艺,是人们了解纸文化的另一个窗口。

一九〇八年,斯坦因在和田城北一百多公里的麻扎塔格山一座唐代寺院中发现了一个纸做的账本,上面记载着在当地买纸的情况。这说明早在唐代我国造纸技术发明以前,和田一带就有了桑皮纸。桑皮纸结实而有韧性,被用于印制书籍、印钱、制扇等。精致的桑皮纸还是维吾尔族姑娘绣花帽必用的辅料。

据史料记载,在宋、辽时期,和田地区的人即以桑树皮为原料制作纸张,已渐渐成为当地维吾尔族一种重要的家庭手工艺。到了明清时期,新疆使用桑皮纸的现象仍然此起彼伏,二十世纪初,桑皮纸还曾被短暂地用于印制和田的地方流通货币,二十世纪四五十年代,许多公文、契约和包装都还在用桑皮纸。

中华书局一九三六年出版的《我们的中国》一书中说:"和阗桑皮纸,为全省官厅缮写公文的必需品。"

和田、吐鲁番等地区,从古至今桑树遍野,绿影婆娑,为桑皮纸的制作提供了可靠的原料。以桑树皮为原料制作古老的桑皮纸,用来印制书籍、印钱、制扇等,对于古老的西域民族来说,也许是一种物竞天择,而对于整个中国文化来说,又增添了一种神奇的色彩!

蚕桑的历史变迁

据史料记载,新疆自汉朝末年开始学习内地的养蚕制丝技术,蚕丝业开始处于自发状态。公元二世纪以前,西域还不能生产丝绸,所有经西域运往中亚甚至欧洲、北非的丝绸都来自内地。

新疆丝绸生产大约开始于公元三世纪到四世纪,到魏晋南北朝时,新疆的养蚕丝织业已具相当规模,它的技术技艺自然也是从内地引入的。

考古人员曾在尼雅遗址里发现了一只蛾口蚕,时间不晚于公元四世纪;吐鲁番阿斯塔拉—哈拉和卓古墓群出土文书中的"建初十四年严福愿赁蚕桑券",记载了"赁叁薄蚕桑"的情况;文书中的"北凉玄始十二年兵曹牒为补代差佃守代事"记载了当地官府已使用佃农看桑,兵曹雇用阚相平等二十人看护桑田的史实。此外,文书中还有"用兵先囤粮,养蚕先栽桑"的记载。这些出土文书,透露出公元三世纪至五世纪,新疆地区的蚕桑业已比较兴盛,有相当的规模了。

新疆地区的人们在学会栽桑养蚕的同时,还向内地学习了缫织技术,尝试着丝绸用品的生产。

哈拉和卓古墓群出土的一张"某家失火烧损财物表"上标示着"蚕种十薄、绵十两、绵经纬二斤、绢姬(机)一具"等字样;在"高昌永康十年用绵作锦缘线文书"中,也记载了"须绵三斤半,作锦缘"一事。另外,还有许多有关龟兹锦、疏勒锦、高昌所作龟兹锦等的记载,可见那时的尼雅(今民丰)、龟兹(今库车)、疏勒(今喀什)、高昌(今吐鲁番)等地已经有丝绸生产,织绸机的声音响起在苍凉的边塞大漠。

唐朝是一个非常开放和中国历史上最为兴盛的朝代。精湛的养蚕织绸技术也自然被来往于长安与新疆之间的丝绸商人获得。因而,从唐朝后期直到宋元时期,新疆本土制造的锦、缎已出现了质的飞跃,与内地的同类产品相比独树一帜,特别是图案设计上有一定的民族特色和地域特色,被列为贡品,声誉传至宫廷内外。

一九六六年和一九七二年,吐鲁番阿斯塔那墓出土了有联珠对孔雀的贵字锦、对鸟对羊树纹锦、胡王牵驼锦、联珠贵字绮和联珠对鸟纹绮等品种的丝织品,其中"联珠"是第一次发现的特殊纹锦。在新疆吐鲁番和民丰的墓葬里,曾发现过大批的唐代丝织品,大多是联珠对禽对兽变形纹锦,如对孔雀、对鸟、对狮、对羊、对鸭、对鸡和鹿纹、龙纹、熊头、猪头等象征吉祥如意的图案。墓葬里还出现了团花、宝相花、晕花、骑士和贵字、王字、吉字等新的纹饰。

历史的书页翻到明代,郑成功下西洋大获成功,打通了海上丝绸之路。东方和西方的贸易交往大多通过海上完成,陆地上的丝绸之路遭受冷落,新疆蚕丝生产和蚕业技术交流受到影响,新疆的蚕桑业因此一步步走向衰落……

清光绪九年,新疆建省以后,一些有识之士如左宗棠等,大力倡导"陆防"观念,对新疆强化了管理。新疆的蚕丝业由此复兴,走上了一条曲折回旋的上升之路。

时任钦差大臣并督办新疆军务的左宗棠,把新疆蚕桑业的复兴作为筹划新疆经济蓝图的一个重要组成部分。翻开左宗棠的《左文襄公奏稿》,可以看到他的一些发展新疆丝绸业的思想。首先,他认为,新疆人民不需要以高价"度陇趋蜀,以买新丝",即远赴甘肃、四川去买丝,而应该自己生产,使其"耕织相资,民可致富";其次,俄国、印度、阿富汗等邻国的商人常来新疆购买蚕丝,部分还远赴四川,如果新疆当地的丝绸能供其所求,新疆"近水楼台先得月",有大利可图;再次,民得利而富,则"厘税有增,可稍纾军储之急",由此增加国家税收,填补军需之用。

具体如何振兴新疆的蚕桑业?左宗棠认为应先从南疆开始,因为南疆塔克拉玛干沙漠四周的绿洲遗留的桑树多,容易取得立竿见影的效果,南疆发展起来后,再发展北疆。

为了实施这一计划,左宗棠在南疆各地区筹划建立并推广蚕桑业的官方组织机构——蚕桑局(一八八三年在疏勒设立),引进他故乡湖南的桑树"湖桑",改良新疆原有桑树品种;并先后从我的故乡浙江一带招募来了四十多名养蚕工和纺织工,到和田传授技艺,以图复兴边陲的养蚕事业,并帮助更新设备;选用良种;在困难中筹措兴办蚕桑业经费等等,使边疆的蚕事初兴。但由于南疆气候干燥、昼夜温差大,土壤含盐碱较量较大,有的地方煮茧用水混浊等原因,短期内丝茧的产量和质量并没有得到显著的提高,加之一部分官吏以倡办蚕桑为名行沽名钓誉之实,甚至还想方设法盘剥桑农,以至左宗棠一走,新疆蚕桑业又陷入低谷,举步维艰。

后来又怎样了呢?

清光绪三十三年,近代著名学者王树枏任新疆布政司,重振南疆蚕桑业,他征召了熟谙蚕桑的浙江绍兴人赵贵华全面负责蚕桑事务。

我的这位前辈老乡赵贵华,走访了南疆八大城镇,边了解情况,边搞种桑养蚕的技术表演,宣传蚕桑的妙处。同时,他通过四处寻访贤能,找到领工匠韩庭秀、老养蚕工徐永高、提花匠毛金芳和织绫罗绸缎的大工匠蒋光贤等四位来自江南的老手艺人,以及和这四位齐名的维吾尔族兄弟夏木西、司奈木、阿合毛拉、巴海等,踏上了艰难的复兴之路。

再后来,新疆蚕事得到了空前规模的发展,具有民族特色的"艾德莱斯(或称爱得来丝、艾特莱斯)绸"也由此兴起,和田出现了艾德莱斯丝绸生产基地。古代和田是丝绸之路南路的交通枢纽,是重要的丝绸集散地,是西域三大丝都之一。

"艾德莱斯"一词,泛存于印欧语系和突厥语系词汇中,通常读音为"阿特拉斯",维吾尔语变音为"艾德莱斯"。艾德莱斯绸,最早产于和田洛浦县西北部的吉亚乡,玉龙喀什河中下游的东岸。它的生产工艺流程是:先将蚕茧煮沸抽丝—并丝—卷线,然后经过扎染—图案设计—捆扎,最后分线—上机—织绸,形成成品。

艾德莱斯绸是新疆喀什、和田特色传统手工艺织品,其扎染技术独特,质地柔软,轻盈飘逸,图案层次分明,布局对称,组合严谨,色彩艳丽，具有浓郁的民族特色，把新疆歌舞之乡、瓜果之乡极富艺术风韵的特点集中于尺幅之中，深受新疆维吾尔族和乌孜别克族妇女的喜爱。随着不断地对外开放，新疆生产的艾德莱斯绸已远销巴基斯坦、吉尔吉斯斯坦、沙特、土耳其、德国、美国、日本等地，深受中外客商及用户青睐。

据近代历史资料统计，仅和田境内，当时蚕桑树就种了二百余万棵，大批大批的蚕茧、蚕丝销往美国、俄罗斯，每年收回的白银就有八万两之多。

民国时期的谢冰在他的《新疆游记》中，这样描写新疆蚕桑的盛况："自莎车至和田，桑株几遍原野。机声时闻比户，蚕业发达，称极盛焉。"一九一五年，和田共有养蚕户三万二千四百四十户，年产蚕茧五百五十吨、生丝三百零七吨。

这一切，似乎很遥远，想想二十一世纪初的今天，在南疆和田一带，为了以新的政策、新的经济林果快速拉动当地经济，正在有计划地成片成片地砍伐桑树，一步步远离蚕事……世事如烟，不由得不引起人们对沧海桑田的感慨。

蚕桑今昔之叹

二〇〇二年，和田地区七县一市掀起了一场砍伐桑树、发展新的经济林果业的浪潮。有人认为，古老的桑树虽好，但没有经济效益（有的地方少有人养蚕、制丝，做衣服和被褥），耽误了脱贫致富的大好时机，所以要拿出二十世纪九十年代初大种桑树的精神勇气，来大规模地砍掉那些"无用"的桑树，腾出空间来种植核桃、杏子、红枣、葡萄等,发展现实经济。

此令由和田地区一经发出,各县、乡镇、村庄纷纷开始按上面的砍伐指标行事。例如,在洛浦县,要求一个月砍掉农毛渠边五百公里的桑树。于是乎,桑树像是遭遇了一场突如其来的巨大变故,抑或犯了什么大罪,纷纷成了"刀下鬼"。"桑树"之"伤",这次却受之于它们自己。塔克拉玛干大沙漠南缘历经沧桑的桑树,一棵棵倒下,一排排倒下,一片片倒下,无论是百年老树,还是刚刚长出的小桑树,几天之内就从地球上彻底消失了……一些农民的房前屋后,砍倒的桑树垒积成山,当柴火烧也烧不完。

和田地区蚕桑科学研究所的一串数字令人震惊:二〇〇二年,和田地区共砍伐了五分之四以上的桑树。这里曾经有七千万棵桑树,如今只剩下一千多万棵。

然而,沙漠边沿有两个乡却依靠乡领导和桑农的庇护,加之有沙漠当前,桑树才得以幸存下来。这两个乡就是洛浦县的杭桂乡和墨玉县的喀尔赛乡。

乡领导以真情、真实、常理劝说那些上面来指导、检查砍伐桑树的干部,而农民则找上门来说:要砍桑树,还不如拆了我们的家,毁了我们的地!

毕业于苏州蚕桑专科学校的买买提明·阿布都拉,现在是墨玉县喀尔赛乡的乡长,他说:"我们乡没有砍掉一棵桑树。"该乡现在生存着九十万棵桑树,年产蚕茧一百五十吨左右。

桑树是不是没用了呢?在今日的浙江,蚕茧用来做蚕丝,蚕丝做的蚕丝被既暖和又轻薄,许多生活条件好的家庭和高档酒店里,用的都是蚕丝被。经济走在全国前列的浙江,都没有集体砍伐桑树,改种其他果树。在一些农村,还是靠种桑养蚕而获得过年所需的资金。

在有着悠久蚕桑、丝绸传统的湖州等地，很多人仍然靠着蚕桑养家糊口或发财致富。

而在未伐砍桑树的喀尔赛乡，养蚕也是有明显的经济效益的。这个乡，每年可以从蚕茧上获得三百万的经济收益，蚕农不需要远行卖茧，到了季节，和田地区丝绸厂就派人到乡蚕茧收购站现场收购，最好的蚕茧为特五级，二〇一五年前后每公斤十八元左右，接着是特四、特三、特二、特一、一级、二级、三级、四级、五级，最差的五级蚕茧收购价是每公斤十一元四角。

墨玉县的喀尔赛乡和洛浦县的杭桂乡，一棵棵桑树，撑着绿色冠盖，站在路边、渠边、桑园、村边、沙漠边，站在村民的房前屋后，装扮着黄沙漫漫的家园。它们有的已抗拒了上百年的风沙，给人们染了上百年的绿色，结了上百年的桑葚果，或许还无意中在哪一年的战乱、饥荒中以自己的桑葚救了谁和谁的性命。

人各有命，蚕桑业似乎与人一样，也有自己的命运，起起落落。

不说远的，自中华人民共和国成立以来，新疆和田地区的蚕茧产量就显示了这种起伏：一九五〇年四十四吨，一九五九年三千八百吨，一九七八年七百吨，一九九五年五千四百吨，二〇〇一年三千三百七十吨，二〇〇五年二百吨……直至出现了低谷。

与此相比，桑树就自强不息得多。一旦长成以后，无论在什么野地、田间地头，还是沙边沟岸，一代代地生生不息，甚至斧头也不能让它们低头，以自己的绿给沙漠绿洲竖起一片生命的色彩，一到春末，就第一个长出果实，无私地将桑葚供给经过的每一个需要的人，从不要求人们感恩。它们能抗拒风沙，但最终抗拒不了人类的斧头。二〇〇二年，和田地区无数的桑树还是被莫名其妙地执行了死刑判决,五分之四的桑树被处以"腰斩之刑"。种大一棵树,可能需要很多很多年,流很多很多汗水,然而砍掉它,却只须一瞬间⋯⋯

有一件令人欣喜的事是:二〇〇二年年底,在自治区科研院所改革与发展专项资金的资助下,"新疆桑、蚕生物工程育种重点开放实验室"成立。

到二〇〇六年,该实验室与农业部设在西南大学的蚕桑学重点开放实验室共同建立了"新疆蚕桑基因资源研究中心",进一步收集、整理、研究新疆乃至亚洲中部干旱地区特有桑树种质资源,建立了具有地域特色的中亚桑属植物遗传基因库。

据他们初步研究统计,新疆桑树树种资源十分丰富,有广东桑、鸡桑、长穗桑、华桑、白桑、黑桑、长果桑、鬼桑、鲁桑、瑞穗桑、滇桑、蒙桑、唐鬼桑、细齿桑共十四个桑种的种质资源,其中分别有本地品种资源、疑似野生种资源、引进桑种资源等等。

桑树是西域的古老树种。根据在民丰县尼雅废墟所发现的"汉末晋初时的桑田遗址、枯死的桑树,和多枚那个时代的蚕茧"来看,和田地区种桑养蚕已有一千七百多年的历史。

南疆的维吾尔族人尤其喜欢种植桑树。在他们心灵深处,桑葚是救命果,在大地上种下一棵桑树的人可以吃到天堂里的果子。在和田,在喀什,在库尔勒等这些生态脆弱的环塔克拉玛干沙漠绿洲,桑树像一个个平凡的英雄,冷静地防风固沙,是农田和家园的保护神。一到春夏之交青黄不接的时节,满树的桑葚又是桑树无私赐予饥饿人们的食粮。因此,沙漠边缘的和田人对桑树的厚爱包含着一些莫名的崇拜,所以,有一句谚语代代相传:"桑大不可砍,砍桑如杀人。"

而在我国的汉文典籍中,桑树被称为"东方自然神木"。

可以这样说,没有桑树,就没有我国五千年历史的蚕桑业,就没有丝绸,更没有丝绸之路。从这个意义上看,丝绸之路不仅是一条路,而且是中国桑树生命的一次延伸,是桑树在植物文化学上由东向西的一次再生。

品味香梨

我国的梨子有白梨、沙梨、蜜梨、红梨、白梨、鹅梨、秋子梨、哀家梨、香梨、鼠梨、杜梨,和进口的洋梨等许多个品种。

在古代文献中,梨又被称作檖、檖、沙棠、果宗、快果、玉乳、蜜父等。《诗经》有"山有苞棣,湿有树檖"和"蔽芾甘棠,勿剪勿伐"的诗句,说明在春秋战国之前,梨树就在我国中原地区作为果树被种植。《吕氏春秋·木味篇》赞叹梨子味道的香甜:"果之美者,沙棠之实。"

我青少年时在江南吃过梨子,不过那时候生活穷,一般都只能在一些节日才能吃点从镇上买来的水果。记得江南的梨子很大很圆,像皮球似的,不知是什么品种。表皮是青黄之间的一种颜色,上面如天空的星星一样落满了银白色的点点。吃之前,我们必须先用清水洗干净,然后犹如削苹果皮一样削掉果皮,露出光洁的白色肉身再一口一口享受——汁水如泉水一样冒出,有点儿甜,也有点儿酸,十分解渴;但吃着吃着,仿佛咬着沙子似的,嚼出许多渣滓,不得不吐出来。

这就是内地的梨子,圆、大、水多,但质地粗糙。渣滓粉末如不和谐的音符一样,让你感到别扭,感到夹藏多余的东西太多。

那时,梨子还是一种奢侈品。

在粮食都吃不饱的年代还能享受到水果,自然不能再挑剔什么。挑剔只有在面对更多选择余地的时候才会自然产生。一个人所挑剔的,是他已实现的理想,而不是理想本身。

来到新疆工作后,我才有幸看到、吃到与南方的梨子完全不同的新疆梨子的代表:库尔勒香梨。

《新疆百科全书》称,库尔勒香梨是西洋梨与中国白梨的天然杂交品种,因其早期在库尔勒培育发展,因而被称为"库尔勒香梨"。库尔勒香梨主要分布在巴音郭勒蒙古族自治州境内的市、县、团场。

库尔勒香梨给我的第一印象实在不好:又小又青又丑。

一方水土养一方人,南方人个子长得矮小、秀气,新疆人个儿普遍长得又高又壮。一方水土也养一方水果,哈密大枣、和田薄皮核桃等都比南方的枣子、核桃大得多,怎么就新疆的香梨长不大呢?

库尔勒香梨出现在我面前的时候,有点像矮小、丑陋的齐国大夫晏子,出现在楚国朝廷上一样,颇为难看,显得有些猥琐。然而,这又小又青又丑的库尔勒香梨,一放进嘴里嚼开以后却是又脆又甜又嫩,出奇地好吃,远胜于内地那些又大又圆的梨子。犹如春秋时期的晏子,最后不是以外貌,而是以内在的才华、品德,以无畏的精神、忍耐的意志,征服了楚国人,终于不辱使命。

库尔勒香梨貌似丑陋,其内心却是很甜美的。与口蜜腹剑的小人相比,它更像自古以来的那些君子、那些忠臣,看上去满嘴意见,笔下全是批评,荆棘般扎人,其实内心里一片纯洁,满腹装的是无私的大爱。

我感觉,私心杂念就像梨肉中的渣滓一样,破坏着人们的胃口,阻碍着人类共同走向文明和美好。

因此,我每次吃起库尔勒香梨,都不能不想起晏子,想起诸葛亮,想起魏徵,想起范仲淹,想起刘伯温……一位位靠内在德才发出巨大光芒的圣相、君子!

当然，我还不仅仅想起这些。

梨，作为我国的一种有着至少两千年以上栽培历史的植物，有着其独特的文化蕴含。

"梨"字，是名词，有时还被当作动词用，因而在《辞海》中又有"分""割"之意。《汉书·扬雄传下》"分梨单于"意思就在于此。

"梨"者，离也。我们吃苹果、西瓜，都可切开，与人分着吃。然而，梨子，无论多大，也不能这样做，只能独自整个儿享受，切开分着吃，就预示着分离：不是生离，就是死别。在古代，没有现代的汽车、火车、飞机、轮船，人们外出依靠步行、坐轿、坐马车；也没有电报、电话、网络，一离别外出就可能是一年或数年杳无音信。对我们这个乡土传统观念很浓郁、家园感根深蒂固的农耕民族来说，外出离家是很伤悲的事情。"离"情"别"意，有多少诗人徘徊在其中。送别诗，答别诗，思念诗，使多少男儿肠断天涯、泪湿衣襟！

一个梨就代表一种圆满、一群完整。切开，就是一种分离、一群破碎。

新疆的库尔勒香梨，像鸡蛋那么大，一般一人一次可以消灭好几个，不需要分开吃，自然无分离（梨）之愁，无别去之忧。

梨子是花结的果，是爱最终的浓缩。

梨树每年都在春天开花。那白色的花朵，绚烂地开放在山坡、野地、庭院、街边、路旁，犹如洁白的祥云降临人间，又恰似雪花铺满了人间。一片片，一群群，云簇锦涌，连绵起伏，令人仿佛进入天堂，飘飘欲仙，不知所踪。

也许正因如此，女人的名字起成"梨花"——唐代河西走廊一带的樊梨花就是一例。樊梨花，一个边塞女子，不仅花容月貌，而且有一身好武功。她没有像中原绝大多数女子那样在"父母之命、媒妁之言"下结婚生子，做一个不问丈夫事业的贤妻良母，而是自己主动追求心仪已久、才貌双全的薛丁山——征东征西大获成功的薛仁贵的儿子。这位西番女子，不仅以她的外貌，更以她的武功、爱情、宽仁和忍耐，让薛丁山这个堂堂七尺男儿一次次输在她的山寨前，输在她的石榴裙下，最终不得不娶她为妻。传说中，樊梨花能够撒豆成兵，将武功、法术演练得炉火纯青，使薛丁山有如神助，攻克顽敌势如破竹，一泻千里。

唐代军旅诗人岑参的诗句"忽如一夜春风来，千树万树梨花开"是描写塞外雪花美景的，也提到了梨花。我觉得借此诗来赞美那个边塞女人樊梨花和她的调兵遣将，似乎也是情景交融的。我想，樊梨花的故乡，一定有梨花开遍山谷，就仿佛今日那个叫库尔勒的地方。

梨树是坚韧的，梨花是美丽的，梨子是诱人的。

那么，长满梨树、开满梨花、结满梨子的梨园呢？自然是犹如仙境。

爱江山更爱美人的"风流情种"唐玄宗，相中了梨园的意境与风情。他专门将宫廷的歌伎舞伎安排到风情万种的梨花园里排练，让音乐伴随着盛开的梨花，让袅娜的长袖在梨花徐徐拉开的幕景中，翩翩起舞。

《旧唐书·音乐志》记载，玄宗曾选坐部伎子弟三百人和宫女数百人于梨园学歌舞，亲加教正，称他们为"皇帝梨园弟子"。于是，自然界里的"梨园"，自唐以后又有了人类文化的烙印：戏班子。戏班成为"梨园"，戏曲演员就成了梨园弟子。大诗人白居易《长恨歌》写道："梨园弟子白发新，椒房阿监青娥老。"

再后来，"梨"在我国演绎出了更多的梨文化现象，出现了"梨园戏"——一种戏剧剧种，根据地在福建闽南话地区和台湾；出现了梨花大鼓——曲艺的一种，源自山东，又称"山东大鼓"。

　　到清代末年，我国东北还诞生了一个"梨树县"，是由奉化县（此县名后来南飘到浙江省，成为蒋介石的故乡）改名得来的。当年的梨树县就在今日的吉林省四平市西部、毗邻辽宁省的地方。

　　是的，梨子是诱人的，梨花是美丽的，梨树是坚韧的，梨园是多义而辽阔的，梨文化是简单而又丰富的。然而有时候，梨子和梨花也是无限脆弱的。

　　库尔勒香梨就是如此。它甜美鲜嫩，却也脆弱易碎。采摘时，须小心翼翼，碰伤就烂；若滑落到地上，香梨就一下呜呼哀哉，化为一堆果酱了。传说古时候当地的国王设宴招待客人，席间一位女宾不慎将一盘库尔勒香梨打翻在地，她赶快拿起盘子，发现掉在地上的香梨只剩下了梨核和一大片梨汁。清代诗人肖雄赞美库尔勒香梨"皮薄肉丰，心细甜而多液，入口消融"（《西疆杂述诗》），库尔勒香梨的确是容易消失的小东西。所以有人想象，库尔勒香梨是《西游记》中所记载的孙悟空、猪八戒偷吃的"人参果"之原型。《西游记》中描写此人参果能"五遁"："遇金而落，遇木而枯，遇水而化，遇火而焦，遇土而入。"库尔勒香梨易碎这一点，倒真有一点儿像人参果。

　　梨子如此，梨花有时也如此。春天是梨树开花吐艳的青春季节，然而此时关内多梅雨，新疆多风沙。新疆的风沙是春天不请自来的常客，那种疯狂和暴虐，不是玉门关内的人所能想象的。若盛开的梨花遭遇大风沙强暴，梨园内一地的断枝、一地的残花，一派的无奈、一派的茫然，其情其景自然又是一副惨不忍睹的景象！

　　此时，我想起了白居易《长恨歌》里的那句美丽而忧伤的诗句：

"玉容寂寞泪阑干,梨花一枝春带雨",想起"红楼梦"中林黛玉的"葬花"和她愁肠百结的葬花词……

　　……梨花雨啊,瓣瓣是美人的眼泪!

走不出吐峪沟

吐峪沟,在维吾尔语里,意为"走不通的山沟"。

我以前常常听到吐峪沟去写生的画家朋友说,吐峪沟怎么原始怎么古老怎么原生态怎么神秘,仿佛那里是一片未开垦的处女地。其实,吐峪沟距离吐鲁番市不远(只有五十五公里,但行政上却属鄯善县管辖),但它仿佛是另一个风景王国。

这里,五颜六色的荒山高耸起伏,沙石交错,沟壑纵横,溢满了蛮荒时代的印迹。在它们的护持中,有一个古老的村庄"吐峪沟麻扎村",闲适地守在沟中的一片开阔地,安静、清幽,像是一个被荒凉的大山隔开的世外桃源。

一九九二年,一条被称作"连心路"的公路从半山腰上探了进来,车来车往,打破了几千来年的寂静。但是,没有车,人还是不能来这里探幽。二〇一二年春,我有幸与《西部》杂志的同仁来到这里寻访春天,寻访古老的文明遗存——原始的生土村庄,和世界两大著名宗教佛教和伊斯兰教的文化交会之地。

与闻名海内外的吐鲁番不同,这里没有古城、新城,没有坎儿井,没有博物馆,没有纷扰的人群……只有生土建筑的古朴的村庄,一群在悬崖上睁着无数忧郁眼睛的千佛洞石窟,一座伊斯兰教最早传教者的墓地……峻、险、奇、幽,让人生发无数的感叹号和无数的问号。

火焰的山

吐峪沟,是一个乡的名字,它因吐峪沟大峡谷而得名,古时候称该峡谷为"丁谷"。

作为一条大峡谷,它坐落在火焰山的中段,北起苏巴什村,南到麻扎村,绵延十二公里,从北向南将火焰山纵向切开。说透了,这条山沟仍然是火焰山的一部分,不仅如此,这里还耸立着海拔八百三十二米的火焰山最高峰。

是的,吐峪沟大峡谷把火焰山纵向切开。其沟谷两岸,赤裸的火焰山拔地而起,挺着野性的傲骨,露着结实的肌肉。由北向南奔向吐峪沟风景旅游区,我先是看见平缓的山坡向天际处绵延,接着,路两边山的距离越走越近,像两个外星球的巨人,冷冷地俯瞰着我们两辆小小的轿车穿越它们的领地。

路过苏巴什古墓群处,看到两边的山在淡淡的阳光下呈淡红色和灰褐色,淡红色的外形极为细腻,仿佛是细细的沙子铺上去似的,灰褐色的则是片石组成的块块山体,隆起在淡红色的细沙山上。

一条小溪蜿蜒而来,将古墓地旁的平整谷地切出了一道七八米宽、十米深的深沟,如龙一样扭动着渐渐远去……沟两边则是大地垒砌的皇天后土,凹凸不齐,高低起伏。

随着汽车再往南方向,也即向麻扎村的方向行驶,峡谷两边的大山越来越神奇。

奇峰百态,怪石嶙峋,一道道山的皱褶,呈现着火焰状。山岩,有的如刀削似的,有的如斧凿般的,有的如人捏似的,有的如犁耕过似的,或突兀如柱,或壁立如屏,或像雄鹰展翅,或像盘龙腾空,还有的像野马群狂奔,像野猴嬉戏……峡谷亿万年以来一直在静静地上映播放着一部部山的子民的动态电影。

最让我惊叹的是,有一片山体仿佛是天神用巨犁犁过似的,从山顶到山下,留着一道道弯弯曲曲的龙沟和龙垄,像无数条巨龙在蜿蜒着向上爬行,摆动着尾巴。它们是风的雕刻之作,还是洪水的杰作,抑或根本就是鬼斧神工?

据说,亿万年前的吐峪沟地区,与塔克拉玛干一样,是一片浩渺的海洋(相去不远,还有古地名"洋海"村)。而今天,海水退去,被水吞噬的大山露出了真容,赤裸的山体还印刻着海浪的花纹。那时的海洋生命,鱼、乌龟、贝壳、海中龙……很多都变成了无语也无欲的化石。二○一二年四月,在鄯善县境内,意外发现并发掘了中国最长的恐龙化石,震动了海内外。

这些山体,不仅形态壮观、狂野,而且色彩以暖色为主,兼有其他杂色,涂着红、黄、赤、赭等多种色彩,红的、赭的像晨曦,像火焰,像晴天的夕照;灰的如炉灰,如颓废的城市地面;黑的像煤炭,像黑夜里游荡的幽灵;青的如苔藓;还有褐色、黄色等夹杂其中。吐峪沟色彩分明的山体样貌,被地理学家称为"地球书页"。

有人说吐峪沟峡谷有四大美,即山体之奇、山岩之美、涧水之秀、珍果之甜,所以它被中外游客、学者誉为"火焰山中最壮美的峡谷"。

这些山,像鬼神,像护法使者,也像小丑。

吐峪沟大峡谷的火焰山,让我想起孙悟空、猪八戒、沙僧、牛魔王,形形怪状,与众不同,深藏着西域文化无数的秘密。

火焰山温度最高时达到六十摄氏度,峡谷两边红黄色的山峰,被誉为"天然火墙"。也许是激情太多,也许是青春的热血滚烫,终于将它们的衣服、头发、汗毛都烧光了,没有树和草遮体,他们的肤色烧成了"赭红色""灰褐色"。如今,他们只能赤裸着身体,以赤子的心态面对着人们,面对着未来……

绝顶的荒凉,反而孕育着无限的生机。

就在吐峪沟的南出口处,吐峪沟麻扎村南面,有一片片开阔地带,以黄红色的沙子土壤,种植出最早从地中海沿岸随宗教一道传来的无核葡萄——吐鲁番最甜却没有籽的白葡萄,让吐峪沟变成吐鲁番无核白葡萄的古老故乡。

一株株葡萄树绵延的绿色,夹杂着一棵棵古桑的绿叶,给这个红黄色的、死亡般沉闷的峡谷口带来些许绿意,引发出生机勃勃的生命和一个个盎然的春天……

"死亡战胜不了任何一片土地。"我又想起了一个西方诗人的诗句。

土垒的古村庄

我从没见过这样的村庄。

在今天,在二十一世纪第一个十年,新疆仍保留着这样一个生土筑成的原生态村庄。

这个村庄的名字就是"吐峪沟麻扎村"。

土的墙、土的垣,土的屋,土的"街",它们仿佛是从土里自然生长出来似的,排列有序,错落有致,仿佛是一个中世纪的迷宫、《天方夜谭》传说中的某个场景。

民居的屋顶一色的平整,或是圆木架起后铺上了竹子和柴草,或是镂空的生土葡萄晾房,那一间间房屋土黄的原色调,使古民居散发出亲切、朴素、温馨的味道,给人一种世袭的家园感。

在这个峡谷里看到这仿佛是千年前的维吾尔族古民居，我心里有一种莫名的激动。为它的孤傲与亲切？为它的悠久和温情？还是为它的贫穷和落后？抑或是为它的纯真与自然？是，又似乎不是。

　　这里的一座座方形、长方形的民居，颜色与周围荒山的颜色很接近，仿佛它们拥有同一个血统，来自同一个母体，都一样的原汁原味、一样的古色古香。

　　虽然，十多年前，我在南疆喀什见过类似的古屋，但因为建在陡坡上，它们看上去一层比一层高，一层比一层呈递升式，"是房子上面还有房子，房子上面还有房子"……而且，被附近的新楼、高楼映衬出一种古老与现代的文化反差——即使它们也正在被拆除的过程中。而这里，没有映衬，全都是土屋，以黄黏土制坯建成的窑房，有大有小，有高有矮；一层、两层、三层的都有（但我没有看见四层的），有的上面翘然立着夏天晒葡萄干的晾房……有的独立于山坡一角，有的是沿山势缀连成片。

　　无论新旧，它们都是一间挨着一间地聚集和绵延，在土色的两山之间绵延……仿佛混合着泥巴、血泪，混合着笑声、哭声。

　　有几间建在村边的土房，屋顶已经消失，留下一面面颓废的黄色土墙和几间废弃的土屋，在那里旧旧、空空地屹立着，仿佛在随时等待老主人的归来……

　　这个村的古民居是这样生活的，是温暖而清苦的。

　　它甚至也是一种姿态、一种信仰。

　　在吐峪沟，我看到古民居的大门基本是木门，有的雕了花纹，有的涂上了彩色颜料，有的就是木头本色。而土屋泥墙上的窗户，有方格状的，也有菱花格子式样的，将阳光和月光剪纸似地弄成一种白天和夜间阴阳不同的图案，传达出一种精致的美，一种丝绸之路上的宗教文化。

这个村庄与黄黏土文化一起，默默地存在了近一千七百年，赢得"民俗活化石"美誉。至今还保存着维吾尔族最古老的民俗生活习惯和民族风情。而夹着它的两边又高又陡的大山却是一派黄沙浩荡、褐崖茫茫的景象！

也许原始的是落后的，也许最落后的与最先进的距离最近。

一些维吾尔族人居住的院子里，一棵棵古老的桑树、杏树、白杨树，还有上了年纪的葡萄藤，从黄土的气氛中，撑起一片片绿意，有的还将脑袋、手臂伸到了墙外，与过路的行人嬉戏。

在这里，我看到一个古老的桑树园，几十棵历经沧桑的古桑树聚集在一起，像古希腊的元老们在召开元老院会议。在赴霍加木麻扎的台阶旁，我看到一个满是疙瘩的古桑树，沧桑得有点儿萎缩了，树身上挂着一块木牌子，上面写着"长寿树，六百岁"。而在我们吃饭的那个农家乐院子里，也有几棵一二百年的古桑树，其中一棵主干在一米多高的地方被剥去了一块棋盘大小的树皮，露出了树肉，树肉上天然地长着一个圆圆的年轮圈，一圈圈波纹般地扩大……让人欣赏，让人揣摩，也让人为它感到疼痛和回味。

村边的杏花刚刚开过，枝条狂舞的桑树刚刚吐出细细的新芽，透露出春已来临的信息。

这里的人们，日出而作，日落而息。

古老的村庄一片和平与安详，布谷鸟咕咕的叫声、鸽子的哨音不经意间在林荫深处响起，掠过我们的耳朵，飘过一座座土坯房的屋顶。村旁，有农民们正在淡淡的阳光里劳作，偶尔有牛的叫声、羊的叫声传来。但我们没有听到鸡的叫声、狗的狂吠……甚至也没有看到它们的身影。

一条潺潺的小溪从村里流过,给静穆的村庄带来动感,让干热的炎夏有了凉意,固态黄土绘画中也突兀地响起了自然的音乐。小溪以清纯的乳汁哺育着古老的民居,使村庄里的男男女女一代代不断繁衍……

在村子里,我看到一个围着纱巾的维吾尔族妇女,一手牵着个小男孩儿,一手提着一桶水在土路上走着;我看到两个妇女正在院子里围着一架马车或驴车,慢慢地卸下一捆捆的柴火;我看到一个戴着帽子、穿着红毛衣花裤子的三岁小女孩儿,站在自家院子二楼的木楼梯旁边,双手捧着饮料喝,眼神纯纯地望着端着照相机给她拍照的我们……

还有一个戴着白帽子的维吾尔族白胡子老汉坐在溪边的大树旁怔怔地望着我们。我决定给他拍一张照片,刚按下快门,他就站起,走过来,用他掉了一些牙齿的嘴说:"五块钱!"同时用老桑树一样粗筋暴露的手,指指那块挂在他身后横绳上的"拍照五元"的牌子。既然收钱,我就干脆让小张给我拍一张与他的合影。快门响过,老人又向小张伸手,要第二张照片拍照的钱。我解释说:我给你五元钱行了,她是给我们拍合影。他摆手,再摆手……这时,几米远处的几个维吾尔族妇女不断给我们使眼色,劝我们快走,于是,我给了这位好像叫白克力·达吾提的老人五元钱就黯然离去。

千佛洞,另一只眼看世界

凡人都追求繁华、热闹,但修佛学道之人却偏偏选择那些偏僻、寂静甚至是绝顶荒凉之地静修禅悟。凡人都好追求权力、美食、美色,而真正修行之人却偏偏弃之如敝履,皈依内在心灵的纯真与寂静、智慧与慈悲。佛庙和千佛洞都建在偏远的、人迹罕至的净地,有的还筑在高高的山顶,甚至开凿于荒凉的悬崖绝壁之上,远离人间烟火。甘肃敦煌的莫高窟、南疆阿克苏的克孜尔千佛洞是如此,东疆吐鲁番地区的吐峪沟千佛洞也如此。

吐峪沟的千佛洞,则是吐鲁番地区建窟较早、保存早期壁画较多的石窟。

那天是个微晴天,我先是在山腰处的公路上俯瞰了峡谷谷底的黄土石崖上蜂窝般的洞窟,那一个个暗洞尤如一只只穿越苦难的深邃眼睛,仿佛要看透云天,看透山石,看透芸芸众生……后来,到了谷口,穿越了那个生土筑成的原始村落,沿水流逆流而上,与佛窟面对面地对视交流……

吐峪沟的千佛洞,最早开凿于两晋、西域十六国时代,是新疆著名的三大佛教石窟之一,距今已有一千七百多年的历史。公元四四三年至四五〇年,沮渠氏家族在当地称王时,吐峪沟佛教(以小乘佛教为主)已经是枝繁叶茂、百花盛开了。到公元五〇〇年之后,麹氏统治高昌诸侯国时,小乘佛教达到了顶峰。

所以,吐峪沟千佛洞还曾是丝绸之路上佛教——尤其是早期小乘佛教东传到中原的重要驿站。那些佛法和梵音,随着飘动的丝绸,一点点撩动着人们的心,安抚着贫穷、灾难和心酸的泪。戈壁上跋涉的商旅们,依赖一种恒定的小乘信仰,战胜着孤独,战胜着一个个艰难困苦的风沙之夜。

这时,中原佛教刚开始兴起,而且多是小乘和不究其里的"外道",真正的大乘还没有播种于九州大地……百余年后,菩提达摩从印度来到广州,先在建业(南京)见到了热衷于建寺修庙的"外道"代表——南朝梁武帝,因与其修心的本意相背,就直接用一苇叶渡江,北上洛阳,隐居在少林寺面壁九年,然后以"直指人心,见性成佛,不立文字,教外别传"的方式传播大乘佛法。一年又一年,依靠他的定力和无限爱力,渐渐让本意佛教传遍了中国的大江南北、长城东西。

这时候,中原的大乘佛教反过来沿丝绸之路向西传播到西域,这个时候,处在吐鲁番这个交通要道上的吐峪沟千佛洞又担当了另一个心灵驿站的重要角色。

实际上,吐峪沟千佛洞在历代高昌王国最高统治者的精心呵护下,已成为新疆的一个佛教重地。

新的切入灵魂的大乘佛教西传,不仅给中原也给西域,带来了真正的荒漠甘泉,给处于心灵驿站地位的吐峪沟千佛洞带来了崭新的春天。

唐代文献《西州图经》称吐峪沟大峡谷为"丁谷",说"丁谷窟有寺一所,并有禅院一座",然后还仔细描绘道,在吐峪沟中有随山势展布的重重寺院,它们背依危峰,下临清溪,四周绿树掩映,佛寺、禅院密集,佛乐飘飘、烟火不断,游僧云集,人行沟谷深处竟难见星月。佛寺中的高塔,耸入云霄。横跨沟谷东西的桥梁,如彩虹在天。往返沟谷东西,如履平地,毫无攀援、跋涉之苦。这样看来,那时的吐峪沟颇似人间仙境。

当我到达时,那连接东西山体的彩虹桥是没有了,耸入云霄的佛塔也没有了,佛寺、香火、佛乐、人群都不见了……唯有灰黄色的土崖,留着一个个洞孔,残存着苦难和遥远时代的记忆。

一个,两个,三个……吐峪沟的土山壁上现有四十六个洞窟,沟底有一泻水流过,被人工围成一个湖。石窟悬在两岸的石崖上,而最里面的佛窟群正在搭着铁架子维修。以前,佛教鼎盛时,曾有九十四个洞窟,容纳着修行人和前来参拜的香客。

我与我的同事们，走过一些皲裂的洞口，看见只有泥土和空空的墙壁，没有佛像和壁画。有一两个，则是残留着一点点模糊的画图——那是未被破坏殆尽的文化遗存。

据了解，吐峪沟壁画百分之九十以上已经毁圮，在现存的、有编号的四十六个佛窟中，仅有八个窟残留着少量有回鹘文题记的壁画，以历史的余温给今人展示古代文明的风采。令人惊奇的是，在1、2、3、4号石窟内，有"佛坐胡床"的景象——那是维吾尔族人家古老而典型的摇床，摇床上镂刻的图案，是分别代表着佛教和摩尼教的符号，为国内所罕见。

这，也再一次有力地证明了这样一个不争的历史事实：以前，回鹘等西域少数民族曾经都是信仰佛教的！

而那些消失的佛像，有的被地震等自然灾害毁坏，有的被个别后来改信其他宗教的宗教狂热分子毁坏，有的则被近代西方探险家挖走，寄存在西欧、北欧等地的一些博物馆里。

写有《新疆的地下文化宝藏》的德国探险家冯·勒柯克这样写道："一九〇五年，在吐峪沟还见一座大型佛教庙宇，它像燕巢似的紧紧依附在近似垂直的岩壁上。而一九一六年的一场强烈地震，使这座庙宇整个坠入峡谷，再也不见踪影。"

这里，曾出土过一些佛经残卷，像留在沙滩上的贝壳，隐隐镂刻着佛海的历史波涛。

喧哗已经退去，荒山依旧，高崖依旧。

在今日的静寂中，只有很少的画家来写生，只有零星的游者来踏青，只有一些日本、韩国、美国、印度等国家和我国港澳地区的游客或学者来此一游，或考察访古，留下一些惊奇的感叹。

圈起来的吐峪沟麻扎

小小的吐峪沟是佛教的圣地,后来却又成为伊斯兰教的圣地。

在峡谷两侧的山体上,零星地布满了仿佛永远睁着眼睛的佛窟;而在离村庄近些的后山坡上,则有一片用土墙围起来的墓地,有几个圆顶建筑在那里面立着,其中有一个大的圆圆的拱伯孜(圆顶)最为醒目,在暖暖的阳光下闪着绿幽幽的光芒。

我站在对面的山坡上,远远望去,它像一片独特的、不能随意进入的某个人的领地。

而事实上,它的确就像一个私人领地或特权领地。

我们持着吐峪沟景区的十五元门票想进入参观时,几个看守者说,要另外买门票,每人二十元——比整个吐峪沟景区的门票还要贵些。

这个我们没能进去的领地,就是"霍加木麻扎"——维吾尔语的意思是"圣人墓"。

"麻扎",即坟墓之意。在伊斯兰教信徒的眼里,麻扎墓地不仅是一个埋葬死人的地方,而且也是麻扎崇拜的基点——尤其是修行圣人的墓地。

传说公元七世纪时,伊斯兰教诞生后,其创始人穆罕默德的弟子、古也门国传教士叶木乃哈带领五个弟子,最早深入中国传教。像所有传教者一样,他们翻山越岭,历尽坎坷,终于东行来到吐峪沟。在这里,有一位携犬的牧羊人接受了他们的思想,成为第一个信仰伊斯兰教的中国人。从此,叶木乃哈等六人便留了下来,在这一带住下来长期传教……

时光悄悄地流逝。他们去世后,当地的伊斯兰教信徒将叶木乃哈等五个外来传道者和第一个信仰伊斯兰教的中国牧羊人的肉身，以及那条牧羊犬的尸体，一起埋入了吐峪沟的一个山洞。这个墓地，通过几次改造扩建，终于形成了吐峪沟麻扎现在的规模。因为有七位圣人和一条狗在这里长眠，所以又有人称此地为"七圣人墓"——那里现存土坟七座和一个犬状石，是一种诠释，又带给人们无尽的想象空间。

如果这是真的，那么，那个"戴着"最大绿色拱伯孜的麻扎，就是叶木乃哈先知的墓了。因为，在大众的视野里，绿色圆顶墓地的主人身份似乎最为尊贵。

据了解，这个墓地有千余年的历史，是世界伊斯兰教七大圣地之一，也是中国境内的第一大伊斯兰教圣地，有"中国的麦加"之称，有的信徒到中东麦加朝圣之前一定要先到吐峪沟麻扎朝拜。而据德国探险家冯·勒柯克记载，直到二十世纪初，偶尔仍有来自中国大西北、土耳其、印度等地的穆斯林到这里朝圣。

有时历史就是这样奇妙。吐峪沟这样一条火焰山的小沟谷，却是新疆两大宗教文明和一个维吾尔族古村落文明的交会地。正如以色列的耶路撒冷，一个小小的城市，却是犹太教、基督教和伊斯兰教三大宗教的发源地和它们各自信徒朝拜的圣地。

这也是一种聚散无常。

从某一时空来看，聚者更聚，散者更散。所以，大海的水越聚越多；而干枯的沙漠却愈加干枯，连地下液态的石油也在被慢慢吸干。而一旦发展到了极限，一切都会反过来，聚者不再聚，开始大散；散者不再散，出现大聚。无常回到常，胜、败转换，祸、福轮回。

就像吐峪沟和塔克拉玛干，一万年前是巨浪滔天的海洋，突然有一天，地壳发生剧烈运动，海洋变成了干涸的陆地。

塔克拉玛干南道记忆

和田地毯,让我想起沧海桑田……

记得是在一九九〇年,恰逢中国丝绸之路两千一百年纪念。

新疆文物商店将六十一块古旧地毯作为异地风景抖出,展示了东方民族艺术的精粹。地毯名目繁多,什么五指花、团花、几何图、石榴、四瓣花、麦形花、花鸟山水等等。其中三块最受瞩目的地毯则是和田产的,而且皆有上百年的历史。

地毯之一:花鸟山水地毯。一条大河平波渺阔,河上一叶小舟带有舱房。河对岸傍水而立的房舍绵延无边,俨然是江南风光。画面的一角凸现出了伊斯兰教的拱伯孜,背景为巍然耸立的天山。

地毯之二:龙凤毯。一条金龙腾出海面,一只凤凰迎龙而舞,一轮太阳高照,溢满珠光宝气,一个龙宫的尖顶在海底隐现。好一幅龙凤戏珠图!

地毯之三:中国物产形象图地毯。江南的鱼米之乡,东北的大豆高粱和老虎,中国宝岛台湾的倩影……

它们都已成为美的象征。

地毯与大地不可分离,又与天空的斑斓有种默契。一方面,它织出了创作者的遐思和心迹;另一方面,它又的确离不开这片土地以及这片土地上的桑事。

大地浮沉,沧海桑田。

亿万年前,塔克拉玛干是一片汪洋大海,后来,生命之水流逝了,土地开始瘫痪。

人类诞生以后,这里的人用太阳融化雪山冰川而流下的冷冷泪滴,喂着马、牛、羊、毛驴和自己的生命。有了蚕种后,他们又从沙漠里开垦出绿意点点的桑田。他们把自己所有的梦想和爱都交付给沙漠边上的小屋,这古老而朴素的家园。

一八八三年,清政府在新疆建省后,在疏勒设立蚕桑局,并先后从我的故乡浙江一带招募来了四十多名养蚕工和纺织工,到和田传授技艺,复兴边陲的养蚕业。后来,我的前辈老乡赵贵华又寻访到领工匠韩庭秀、老养蚕工徐永高、提花匠毛金芳和织绫罗绸缎的大工匠蒋光贤等四位来自江南的老艺人,开始了漫漫征途……再后来,新疆蚕事得到了空前规模的发展。据历史统计,仅和田境内,蚕桑树就种起了二百万棵,大批大批的蚕茧、蚕丝销往美国、俄罗斯,每年收回的白银就有八万两之多。

在和田市皮山县桑株乡的河谷峭壁上,桑株岩画像小孩子的涂鸦图像。

而克孜尔千佛洞的采桑图也历历在目。

这一切仿佛很遥远,但仍然勾起我对沧海桑田、人生无常的感慨来。面对昨天、今天和明天,面对苦难和爱,年纪轻轻的我有时真想一头栽入蚕茧温暖的怀抱里,独自美丽、孤寂着,进入永恒的童贞。人说"春蚕到死丝方尽,蜡炬成灰泪始干",春蚕乃是为梦而死的,是为了将魂灵藏在自我编织的丝笼里窒息而死的。它为自己而生,为守梦而死。那我又为谁而生,为何而死呢?

我茫然了。

她们，已无影无踪了。她们，就是那些在清末和民国前后奔赴这塔克拉玛干苦海南缘养蚕的江南乡姑。她们大多是我的老乡，先我而来，先我而去。她们已经消逝了。仅有的也如沧海一粟般暗淡。仅有的和消失的，都使我茫然。还有使我怅然的呢：古代留在塔克拉玛干沙漠深处的"精绝国"没有了，而今天的侏儒王似乎俯拾即是。

"我不入地狱，谁入地狱！"一个声音忽然响起。

远离天堂之故乡而亲近炼狱之所在。在经历了火的千百次煎熬之后，我的心突然一如死灰。我想：假如能够做茧，并且将自己的光影包括才华、爱心和梦想全收集到这小小的世界里，一起销毁，也算上天的一种造化。然而，我却不能！

不是吗？

走入芦苇林

塔克拉玛干沙漠与昆仑山之间的路，是古代丝绸之路的险恶南道，在二十世纪八十年代它是亡命之徒常走的路。

而丁卯年——一九九七年的盛夏，这条路更是愁肠百转的路。

此刻，我在和田车站等车。

这车站和新疆许多汽车站一样，在那二十世纪八十年代由着自己的情绪醒来或睡去。时间对新疆来说，还是太抽象了些，特别是夏天，而此时正是夏天。你说六点，他却说是四点，而另外一个人和另外一个人都可能坚持说是五点、三点。为什么呢？因为新疆流行着四种计时法：北京夏令时、北京老时间、新疆夏令时、新疆老时间。边疆嘛，就是边疆。你还能说什么呢？

还有些草原牧区和沙漠深处的小村庄，还是日出而作、日落而息的呢。

在喀什长途客运站，我曾吃过一次苦，倒不是因为时间概念问题，而是由于这里长途汽车根本不讲究这东西。开车时间到了，可是除了抻长脖子盼望，便是骂娘的了，晚了整整一个多小时。正因为如此，当我再次在和田汽车站，公鸡一样蹲在地上默默等车时，也就安之若素了。看来随着习惯和适应，心情也会随之起变化。

边疆这片土地上的人们的生活是安适悠闲且反理性的。生活的旋律概如平缓的河流，悠悠流去。假如吾独以先觉者去提醒他们乃至鞭笞他们，除了自寻烦恼外，不会有什么好的结果。

发车时间在早晨八点半，可到了十点半，才有一辆破车很不情愿地接近我们。然后，又折腾了一阵子之后，便"嘟嘟嘟"叫了几声，走了。

向东的意旨是不可违抗的。

一路上，我过着和尚斋戒日的生活，不敢在汽车所停靠的车站吃饭、喝水乃至吃瓜。到了策勒县，见到巴扎(市场)，口水便溢出，可仍不敢轻举妄动。思之良久，兜了几个火炉子烤出的烤包子上了车。这才发现有几个没有头脑的人早已这般地去做了。

沿塔克拉玛干沙漠南缘一路向东的漫漫长途，困苦而无聊。

你，还有你们，在沙漠边上旅行，除了打瞌睡外，别无什么渴望。梦让你们忘记阳光、灰尘、死神的阴影以及其他。因而，我一路察看抑或是东张西望时，你们是不晓得的。我忽然发现天空上飘来一朵云，特别得洁白明亮，而且连四周的红霞都黯然失色，我不禁大叫了一声："看，这云多美！"

人们被惊醒，一边擦着混沌的眼睛，一边探头向外望："什么？出了什么事？"

我看到他们在空空的天上找了会儿，什么也没发现，便又吭吭叽叽地倒头睡去了。

一片秀丽无比的芦苇丛趁你们沉睡之后突然蹿到我们的前方。谁会想到荒凉之极的地方，会出现一排生命的风景？

青春的、淡淡的、长发披肩，衣带飘动，别有一番趣味在这炼狱，独存几种情愫在此绿洲。

芦苇，一根一根挑着绿意，走到一起又连成一片，将泥沙的温馨缝缀成昆仑山下的一种精神。有时，它尖锐深刻，铁一般的，而且意境博大无边。它在与风沙的对抗中从没被风沙掩埋过，相反倒还一点点将风沙消化在胃里。当我们的老破车穿过在清风中哗哗啦啦响的芦苇丛时，我想起了一个概括亲爱的芦苇丛的名字：秀美。

这是一个名叫喀拉克尔的地方。

我没有将这些美丽的精灵与孙犁的荷花淀里的战争和阴谋联系起来，而只想到了夸父逐日渴死沙漠途中，化作灿烂的桃林。我不禁要问：这绿了天空湿润了云朵的芦苇丛，又是哪位烈公烈女的魂灵涅槃而成？

实际上，在昆仑山与塔克拉玛干沙漠之间，芦苇已修炼成一种不灭的精神了。

还有哪些红色的花呢？

在那些芦苇丛的头发上，我看到了一些笑得特别热烈、特别自然、特别真挚的红花，那莫非是修女们的梵音？我，一个因被城市侮辱和诅咒而出走的人，此刻如此地欣喜而不安起来。难道这一切是因我这浪子的归来而笑得如此灿烂？

细细辨认，才识得那是红柳故意举起的生命的火把。

越过青林和红花，再望向高远处，就可看到地平线上胡杨的远景。这些立于太阳与沙漠氛围中的彪形大汉，魁梧、雄奇、严峻的模样给我们心里投下了莎士比亚悲剧中王子的影子。一弯一折的粗枝，一点一块隆起的疙瘩结，是痛苦和力量的象征；神伞般撑起的蓬发，是由一种狂舞之姿突然凝固成的生命状态。在天空和孤日的映衬下，胡杨更加冷漠怆然。在冷漠怆然数百年上千年之后，大漠胡杨们似乎练就了一种超然的境界："沙漠无岸／它的簇叶间却永住着春天／黑暗有极／它的根系却深藏着曼陀罗的欢喜。"

这之后，我到了若羌县城，却意外看到了胡杨，它们被伐倒后悲壮的身影，被剥了皮后躺在一起。我不由得怜悯起这些被伐倒的英雄来，隐约地看到它们在地上泪痕依旧，灵魂的气息依旧……

什么男儿西北有神州，莫滴水西桥畔泪？

什么谁在玉楼歌舞，谁在玉关辛苦？

什么莫愁前方无知己，天下谁人不识君？

地下有个声音说："苦海无边，回头是岸。"

又一个声音从天空传来："我不入地狱，谁入地狱！"

昆仑山下采玉人

宁为玉碎，不为瓦全。

丽华秀玉色，江女娇未颜。

洛阳亲友如相问，一片冰心在玉壶……

玉，自古以来作为美的尤物而被传颂着，有时它还是忠贞圣洁人格的象征。可以说，它和黄金等价，不仅在货币价值上，而且在延伸的意义上。黄金有黄金的精神，高贵而灿烂；玉有玉的风骨，纯洁、优美而典雅。

这一对尤物都在新疆大量孕育。北缘的阿勒泰是黄金的故乡，南缘的昆仑山是玉的摇篮。

相对于贫困的沙漠，它们显得太富有、太奢侈了。

昆仑山的玉，最好的是和田玉，差些的叫昆仑玉。最早的记载见于《穆天子传》，其中称："西域文良山（昆仑山），瑶玉之所在。"司马迁则说过"于阗之西，水皆西流，洼西海；其东，水东流，注盐泽……多玉石"，屈原则赋诗赞曰："登昆仑兮食玉英，与天地兮同寿，与日月兮齐光。"中国的考古学家认为，西汉中山靖王刘胜夫妇墓中"金缕玉衣"上的两千四百九十八块小玉片皆采自昆仑山。现北京故宫所藏的一万多斤重的大型玉山——大禹治水玉山，也出自和田，那是嗜宝成癖的乾隆皇帝派大批人马拉运、转到江浙雕琢而光耀于京都的。

和田玉分白玉、碧玉、墨玉（当地还有个墨玉县）、青玉、紫玉、黄玉等。水晶般雪白透明的羊脂玉为上品，其他次之。采玉方式也很简单：下河采玉、戈壁挖玉或上山攻玉。

记得是在二十世纪八十年代，人们才初识和田玉。那时，很少有人佩玉。乌鲁木齐只有一个玉雕厂和一个工艺美术公司经营着与玉有关的东西，而且都是轻轻淡淡的——玉，还没有形成市场。想不到历史一跨入二十世纪九十年代中期，和田玉专卖店和和田玉市场不仅风靡和田、喀什，而且风靡了乌鲁木齐，乃至内地许多省市，私人的玉石市场、门面更是如雨后春笋般长满了大街小巷，一时琳琅满目、真假难辨。"玉"变成"欲"，人类欲望的象征！

现在，让我回到过去，回到二十世纪八十年代。

此时，我们走在去往克里雅河的路上。

我们不是别人，是诗人孤岛和赵老头子。

两个外地人，想赶到克里雅河赏识一下斑斓的玉石景象，一个人找些玉,另一个写些诗。

"和田遍地都是玉,和田人踩着玉石过着贫穷的日子。"赵老头子颇有感慨地说。

对于赵老头子,我经历了从尊敬到蔑视,然后又从怀疑到喜欢的过程。

我是在和田客运站见到他的,然后一同上车,一同被两个维吾尔族大汉挤到车尾坐在一起。他说他是湖南长沙人,曾在中学教英语,退休后在家闲暇无事,跑到大西北转转。在当今开始为名利而趋之若鹜的气氛里,一个年逾六十的老头儿不远万里,独自闯荡大西北,涉沙漠而过干河,体验最后一段美丽的人生,实在是让我激动得几乎要脱帽致敬。不是吗?有人说经书里有过这样的论语:人生下来的目的,就是到地球上来走走,从这一头到那一头。何其复杂而又何其简单!

后来,他却对我透露了真相。

也就是在蜀地和闽地的两位生意青年逃离之后,只有我俩在房间里时,他打开旅行包,悄悄地拿出了一些迷人的玩意儿:一对飞马、一个玉佩、两个知了、三十个戒指……总共价值数千元的玉雕。他说,这次来新疆就是为了买些和田玉和阿勒泰黄金,给他表妹带到加拿大去,卖个好价钱。哎,也是一个寻金觅宝者,又一个为钱而绝力奔波的人!

看来,我只好将他与其他人放在同一行列了。

看来,我这种自己掏腰包浪迹天涯的傻瓜已经绝迹了。

再看那些玉雕,一个个长得细腻、光滑、动人。如今,这种美丽无比的艺术品大多被只知经济不识艺术的手传来传去,成为罪恶的发源地和某些人发达繁荣的基石;而另一些懂得美的人却无缘吟诗作赋。一瞬间,我的脑海中竟闪过将这赵老头子杀死的念头,抢走这批玩意儿置于我的书房。一瞬间,我不认识自己了……作为诗人,我讨厌被叫作"人民币"的纸张,却喜欢用它换来的啤酒和阿诗玛——难道我渴望回到物与物交换的古老年代吗——以及发出美的光芒的艺术品?我从不做梦成为一个百万富翁、千万富翁、亿万富翁,坐在藤椅里吐起惬意的烟圈儿;但又很担心让自由精神因一贫如洗而逃之夭夭。我不知道大多数艺术家是否如此这般地经历着断裂的痛苦?为什么一定要断裂,而不能合而并之、兼而有之,为什么?

我们朝着太阳升起的方向走去。

我们漫无目的地环绕于维吾尔族庭院的土屋夹缝里,并误入了野外几棵大树高撑其上的菜地。克里雅河未如期出现,我们却已无路可走。

退回原地,赵老头子的目光鹰爪一样在街道地面上抓来挠去。可嘴唇却一张一合着与我谈天。他捡起一块晶莹透亮的小石头,说是玉石,并递给我。我为了证实,将它摔在地上,变为两截。他又在马路街头捡到了一块翠绿的石头,说是翠玉,放入怀里。我也极力学着他的样子灵找神秘的暗语。

在客运站大院里,地面上散放着大小不等的新搬来的石头。可能是为了铺地面用的。

他捡起一些石头,敲敲听听;然后又捡起另一些石头,如此这般,好像是真的一样。有时声张一下,并把石头给了我;有时则一声不吭地将石头藏入怀中;有时,他还用大石头将捡来的小石头砸开,以辨别真伪。我想发笑。我不识玉石,但认准了这样一条真理:他自己藏起来的一定是真的,而给我的皆为假的,最多是次品。

但我已经喜欢上这老头子了。

有块又白又亮、质地柔软细腻的石头，被藏入他怀中。他说这是羊脂玉石，好不高兴，回去一秤竟有半斤多重。

"我这趟走完，可以写一部书，题为《新疆流浪记》。"我边走边说。

"这题目不好，还是改为《边塞探奇》吧！"他皱了一下眉头，歪着腮帮子说。

"对，《塞上巡礼》如何？"我突然叫起来。

"不好，不好，不如《边塞探奇》来得神秘。"他摇了摇头。谈话间，他的眼睛总东溜——西看，鱼一样摇头摆尾，而嘴唇则一张一合，很像机械运动。

走过北疆，走过塔克拉玛干沙漠以北以西以南至于田，与大自然的恋爱过程达到了难舍难分的热潮，但仍未最终与之婚居。而如今，我却急着给未来的婴儿起一个与其父亲无关的名字。这个名字却要显现她母亲的风采。不仅如此，我还津津有味地表白这婴儿应有的相貌和个性：通过纪实、抒情、梦境、幻觉等手段，集景、情、思于各种文化心态之中，达到一种风情散文、民俗通论和流浪人生、宗教哲学等兼而有之的边缘文体—— 一个混血儿。

赵老头子最后说："写文章就像采玉，第一步要深入生活，观察体验——如我到和田找玉石；第二步要识别生活的真伪以及价值——如我鉴别玉石的真假和份量；第三步是动笔写作——如我回去将玉石琢成玉；第四步则是发表出去——如我销售玉制品……"

让我们各自兜满夙愿回去吧！

雅丹奇观

（注：雅丹——大漠边上的土丘陵）

不知匍匐了几许朝代

大漠在一个粉红色早晨

耸起了脊背

站了起来

而且并非秃顶

隐隐作疼的不是被马蹄

践踏的耻辱　乃至

被沙尘数落的风景

而是蔚蓝色的天空正荒芜下去

尖牙错落咬偷情的野风

非哭非笑逃遁而去

从此　这里寂静庄穆　一如

中世纪的神宫

红柳站在高地上摇曳生机

一头优美的春色

谁说不是猎猎旌旗呢

英姿飒爽　千古风流

雅丹　大漠的私生子

给世纪末留下了永恒的怀念

——这是一九八七年我路过塔克拉玛干沙漠南缘时偶尔留下的
诗句。

实际上，"雅丹"是一种风蚀的大漠土丘陵地貌。它主要分布于沙漠边缘,以罗布泊附近和塔克拉玛干沙漠南缘为多。我所途经的亡命之路上,策勒与于田之间,有片神秘的雅丹群;接着在民丰与且末之间又看见了一群。

前者是在白天目睹的,后者是在夜里。

在白天,我看到雅丹星罗棋布,形似小沙山,隆起于蓝色的天空下,煞是奇观。土丘成群结队地出现,个个桀骜不驯,或如虎或如熊,或如奔狼或如坠鸟,或如神或如鬼,千姿百态,如感叹声般纷纷起落。汽车在雅丹群穿行,绕来绕去。一会儿山重水复疑无路,一会儿柳暗花明又一村。一会儿,突然窜出一座土丘挡路,正要相撞之时,司机猛地将车一拐,冲将过去。像古战场的厮杀,又像小孩子捉迷藏似的,三番两次,弄得车上的人摇头摆脑,不知如何是好。

土丘上,长着芦苇或红柳或骆驼刺,稀疏淡黄,可怜兮兮,使我又仿佛看到老人的头发。的确,这些植物如稀发飘荡在沙漠风沙中,狂奔的汽车掠起阵阵呼哧噼啪的怪叫,在白天听起来都着实让人寒入心底,不由得想起土丘下被窒息的灵魂不安地骚动,那些头颅,不知被谁削坠此地的头颅,傲视着宙斯的惩罚……可不是,英灵的头颅即使从脖子上消失,也依然是一座古高地,永存天地古今。

若是在夜里——我正是在夜里渐渐靠近且末的——则又是另一番景象。

越过民丰和民丰外的一条河,车子驶入一片芦苇丛和胡杨林的近影中,尘土飞扬,长龙滚动,使人想起兵荒马乱的日子,逃兵和追兵先后掠过这荒寂的土地。这芦苇丛和胡杨林里如果又突然窜出许多伏兵挡道……黄昏渐渐浓缩夜色,汽车到达了又一片雅丹群中。青幽的夜空下,分布着一座座又壮又大的雕塑;它们上半身的轮廓,若隐若现,似沉似浮。车灯照射之下,才知那是挺着大肚子的土丘。

起初，我还认为是一群蒙面大汉截道来了。后来，透过车窗往靠近了的土丘一看，却看到了坟影。这团锥形的土丘莫名其妙地让我心头一震，顿时想起坟墓和死亡来。

夜幕下的雅丹群比墓地还荒凉阴冷。

一声狼的长嗥从远方传来，尖利地划过夜空，回荡在风中，回荡在过客的心底。

一座又一座荒坟出现又消失，谁的灵魂在此安息？月亮高悬，古远、清丽、沙漠上空的月光，穿过风尘，淡淡地、朦胧地洒下来，这么寂寞、清新、迷人，将我带入梦里。

不知今夕是何年？

不知流浪人的心飘向何方？

月光淡淡，夜空如洗，大地厚重而参差。孰为天神，孰为地鬼？何为祈祷，何为符咒？只听到一阵奇怪的虫鸣八方响起，欲击碎浪子的心境；零零星星，不似歌吟，却如呜咽……

茫茫人生路:沙,沙,沙……

我好像是件行李，被自己扔来扔去。从一辆车到另一辆车，如许地漂泊。如今，我又踏上了荒野之路。

当太阳从前方露出脸蛋，我们已经将不短的路抛却在后面了。

真正浩瀚博大的是戈壁，除了石头和沙子，我们别想见到别的什么，人不过是大戈壁的小玩物而已。此刻，我逆着阳光望向天地之间，似有一层灰褐色的雾霭在飘荡、沉浮，仿佛晨起的纱帐，正在一点点轻轻地撩开。

一条艰难的路，很少有车走的路。

阳光照在我们的前面，沙尘厚积，如千年的灰尘。车辙犁出一条条沙岭和沙沟，深刻地蜿蜒而去。遥遥地望一节节展开在我们前面的沙漠之路，很有些像一棵裂开的粗古树的味道，被解剖和风化的筋骨和血肉深深地刺疼了车上的我。我轻轻地将眼闭上。

等我睁开眼，路消失了，车在戈壁滩的砾石间上上下下乱跳。望望无路的戈壁滩，我真想问：司机你喝醉酒了吗？你欲将我们带到什么地方？是侏儒国，是女儿国，还是神话世界？

谁放了个很响的屁，逗得大家大笑起来。

太阳在前面照耀着我们，引诱着我们，太阳下，有截当作路基的古树被什么拦腰折断了。"可能是突发性洪水咬碎的。"一个戴眼镜的中年男人如是说。是的，是的，戈壁滩干燥时，腾起的热浪如炼狱的火焰。而一旦雷雨交加，戈壁呕吐的洪水汹涌澎湃，荡成大海的波涛，卷沙石而来，跳跃而去。等它无影无踪时，就丢下些被它咬坏的道路或桥梁之类的毁坏物，一片战争后的狼藉。

汽车又拐进了戈壁滩。

颠簸跃动中，传来女人们尖利的怪叫声。太阳依然年轻如当年，与客车玩儿起捉迷藏的游戏，一会儿从车头左右两侧窗玻璃上露出酒后酡颜，一会儿又跑到车后的玻璃上惊吓我们；又过了一会儿，却又转到车前去了。

在茫茫沙海里，太阳也会迷路的。那该怎么办呢？虽然有江南故友在我离杭赴疆时赠给我一首诗，让我"作荒原里太阳的向导"，但我位卑才疏又势单力薄，恐怕难以遵命。

大路两旁铺展的戈壁上，隐约呈现麦秆样的东西，倔傲地扎在那里。这荒凉的戈壁哪里来的麦子？怎么会留下麦茬子喂着常出来掠夺的风沙？难道这里的人家怕风沙这魔怪，必须年年月月献上麦子来祭祀,以平息它的怒气? 我正疑惑不解的时候,一位搞过林业管理的老汉说开了:"瞧,那是芦苇秆子,从老远老远的地方运来埋在这里,插成'防沙网',用来防沙护路的。"

我曾在兰新铁路上,见到过各种各样防护铁路线的防沙墙:起先由作废的旧枕木竖捆成一排排的木头墙,接着,出现了土筑的厚土墙,然后又诞生了由大石头砌筑起并留有通风小孔的石墙……但我还没见过将芦苇埋在一起"捕捞"风沙的防沙网呢! 世上无奇不有,看来我见的世面还少呢!

我的确见的世面还少。虽然六岁死了母亲,八岁离开家,放过牛,砍过柴,种过地,打过铁,然而毕竟以从学校到学校为主旋律,哪里知道社会上的尔虞我诈,哪里知道官场商界文坛的腥风血雨? 当你被欺骗和践踏时,你愤怒了;当你被迫去干你不愿意干的事儿时,你偷偷地流泪了;当你目睹不平的世道时,你呐喊了;当你面对种种与天道相违的事,你重新思考了。而人们总是这样安慰你:你还年轻,你还没见过什么世面。我没见过什么世面? 是的,除了看到几场官们内斗、狗们争食、狐狸向鸡拜年、老鼠合起来捉弄猫的戏之外,我没看到什么……没有看到我像一个真正的人一样生活过,没有闻到温暖的炊烟中飘起生活的童贞意味。至于外面的风景,我没见过的还多着呢!

我看见这场面也是第一次。这场面发生在拜什托克拉克和瓦石峡间的路上。尘沙聚积,沙岭、沙沟出奇地有大力气,将车从地下拖住不动了。无论司机如何开足马力,也没能摆脱陷阱的魔沼。汽车在奔跑时是汽车,在搁浅时完全是块废铁。司机叹了口气,敲敲方向盘,又叹了口气,无奈地走出驾驶室。车上的男人女人也跟着叹气,然后俘虏般,一个个低头走出汽车。

"一二一,一二一,"人们开始撅起屁股双手推车,"一二一,一二一。"

汽车岿然不动。

有人从车上拖出几根又粗又长的圆木,将它们分别塞入车前的沙沟里;然后,众人前后合力,"一二一"地将车推上圆木做成的独木桥,将车一尺尺拉出魔沼。接着,圆木被从车后取出,再抬到车前,放入沙沟……如此这般疯子般重复劳动了些许光阴,才跨越了这段难关。

这样的路况,几年后就很少见了,到处修起了水泥铺就的国道、省道和高速路。因而,这次沙漠旅行成了难忘的永恒纪念。

阳光照着空阔无边的戈壁,照着这幕戏景。人啊,我想,你有什么好狂妄骄横的呢,你还不是大自然手掌上的小玩偶!

看到绿洲……远远地,迎来一片绿色,如同体验到了爱情。而这车上唯有她——穿白衣服并戴着咖啡色眼镜的某女学生——有那么一点像白雪公主,使我莫名地激动乃至伤感起来。但她偏偏摘下了眼镜,却如揭开梦一样,失去了依稀仿佛的魅力。她的小眼睛缺少灵光,她的身材更不像白雪公主,头小而身子粗大。难道是刹那间的错觉? 难道爱情就是一个美丽的错觉? 是因为爱一个人才感觉对方美丽,还是因为她美丽才爱她? 难道这也仅仅是自我错觉所产生的一种幻想?

茫茫人生路,寂寞地响起沙、沙、沙的声音……

第三辑

城市与人

乌鲁木齐：一座游牧的城

一

遥远的西北角，有一座横空出世的山脉，它叫天山。它的东段昂起一座白雪皑皑的山峰，人称博格达雪峰。博格达雪峰的眼皮底下，有一个叫乌鲁木齐的城市。

乌鲁木齐，一座孤独而偏远的城。

乌鲁木齐的远，不仅仅是对大海来说，而且也是对真正的草原乃至真正的沙漠来说。

它是中国一个最遥远的省会城市。距离东方的大海约有四千公里，是世界距离海洋最远的省会城市。在这里，若坐火车赴北京或上海，要历经两天两夜，这还是无数次铁路提速的结果。我记得，在二十世纪八十年代，从上海或北京坐 52 次列车、69 次列车来乌鲁木齐，一路上要在火车上生活四天三夜时间。有人曾经计算过，从上海到乌鲁木齐的机票费用可以从上海飞到美国，也可以从上海去韩国飞个来回。

乌鲁木齐和新疆的新闻曾经常常晚点，不是几小时、几天，而是几十天、几个月。这一现象，在跨入二十一世纪这一信息高速公路时代后才发生了变化。

乌鲁木齐，这个意为"优美牧场"的地方，曾经是流水潺潺、绿草萋萋的大河谷、古牧区，是被绿色淹没的小草原。这里曾经牛羊成群，牧人悠闲地放牧。而如今，它却像一只蛰伏在遥远塞外的年轻的雄鹰，随时准备从古牧区起飞，去搏击太空。

一七五五年，清政府以减轻粮赋的方式鼓励屯垦边塞，在今乌鲁木齐九家湾明故城筑垒驻兵，并将此地正式命名为"乌鲁木齐"，从此兴起大规模开发潮，渐渐地有了一点"繁华富庶，甲于关外"的气息。三年后的一七五八年，清军在今天的乌鲁木齐南门外，修筑了一座土城，"周一里五分，高一丈二尺"，这便是乌鲁木齐城池的雏形。到了一七六三年，乌鲁木齐的旧土城被向北扩展数倍，使城墙周长达到五里四分，乾隆亲自赐名迪化城，于是，乌鲁木齐改名为迪化。

而此城实现大踏步的跨越是在一百年后。一八八四年，清政府在新疆建省（过去在伊犁设伊犁将军府），将新疆军政管理中心由伊犁转到了迪化，迪化变成了省会，统治着天山南北广阔的土地。新疆和平解放后的一九五四年二月一日，迪化又恢复使用"乌鲁木齐"这个旧名。

乌鲁木齐，一个游牧的城。

乌鲁木齐，一座年轻的城。它的脸上也几乎没有什么皱纹。

从科学意义上来说，乌鲁木齐只有二百多年的历史。近些年，因在它的南郊乌拉泊水库南侧发现了乌拉泊古城，一些专家认定它为唐代的轮台城——军事重镇和收税城。边塞诗人岑参曾在这里生活了三年，写下了"戍楼西望烟尘黑，汉兵屯在轮台北"等许多边塞诗。一些人便兴奋地将唐代的它和清代新建的乌鲁木齐城任意贯穿在一起，说它的城市历史有一千三百多年，是一座比北京历史还久远的现代化都市。这显然是一种自我欺骗。唐代的轮台城与现今的乌鲁木齐,是两个时空里的不同概念,没有一点历史的延续性,怎么能算作后者的过去呢!即使早已没有任何踪迹的所谓"乌拉泊古城"真是唐代的轮台城,那也只能增加这个乌鲁木齐新城的历史文化厚度和旅游韵味,而不能延长它的寿命。因为轮台城毕竟是乌鲁木齐上一世或上上一世的事情了。

一条叫乌鲁木齐河的古河,曾经潺潺地从城市中心流过,自西南向北方哗哗地奔腾而去。

一七八五年、一七八六年,乌鲁木齐连续两年暴雨成灾,河水汹涌狂虐,乌鲁木齐河两岸的居民都被洪水折腾得贫穷寒碜,日夜生活在恐惧之中。不久,人们纷纷传言:乌鲁木齐河东岸的红山、西岸的妖魔山(又称雅玛里克山)这条被斩成两截的山之恶龙复活了,大肆兴妖作怪,并努力向二者中间合拢。一旦两山相接,乌鲁木齐河就会被堵塞,乌鲁木齐城将会变成一片汪洋大海,回到洪水时代。一七八八年,时任乌鲁木齐最高行政长官的尚安,便派人分别在红山、妖魔山相望的山头上各建起了一座十点五米高的六面九级八角顶的青砖实心塔,欲用"镇龙宝塔"来镇住山河之妖,保一方百姓平安。

而现在,这条流了几千年的乌鲁木齐河已经彻底消失了,在二十世纪九十年代时,被铺成了一条叫"河滩路"的高等级公路,由南到北直直地穿城而去……

那两座姊妹宝塔,今日隔着这座城市东西遥遥相望,像牛郎织女似的。红山塔是老的,沧桑依旧;妖魔山上的那座塔,经破坏,在二十多年前的一场大风中轰然倒塌,成为残砖断瓦组成的废墟。二十世纪九十年代末又重新修建了新塔,昂扬着蓬勃的青春朝气。

这座城市的出身低微,没有贵族血统,没有令人骄傲的历史,不曾有楼兰、龟兹、喀什噶尔那般的古远沧桑和幽远神奇,甚至还没有伊犁的历史厚重。在乌鲁木齐，你找不到曾经的辉煌，虽然它的南郊乌拉泊那里有几个土堆和泥墙，后来被一些专家确认是一千三百年前唐代的轮台古城，但仍然无古迹可寻——今天屹立的"轮台古城"是二十世纪九十年代新建的，几乎没有什么人在那个"新古迹"上流连忘返。当然，乌鲁木齐也没有留下像楼兰、龟兹城那样令人魂牵梦绕的玄想，和许多令人心碎的故事传说。

它的血脉里流着年轻的血，刚烈气盛。因为它很小的时候就成为这个地区的首府所在地，统治着天山南北一百六十多万平方公里的土地。

后来，它发展成新疆当代最大的城市。

它是一个新贵。

在城市化的膨胀中，它与所有城市一样是某种欲望的缩影。如果说它是一个玄秘的机关，那它就有些像关、开一千九百多万新疆人激情的总闸。很多人从乡镇、地州乃至从内地省市，投奔到此城来生活、工作、创业和恋爱。他们来到这座石头城里，寄托着五彩的希望。

其实在新疆，乌鲁木齐不就是多一些陌生人的脸孔，多一些高楼大厦，多一些奇装异服，多一些闪烁不安的霓虹灯，还有多一些堵车吗？

二十世纪八十年代，曾经雕有两匹白马，站在这座城市中心老市政府门口的街心花园做着一仰一俯动作，一匹在低头吃草，一匹仰头长啸。它们是这个"优美的牧场"的草原象征。但因城市扩张的需要，它们后来被移到了西大桥边上，靠边"退休"隐居了。

异样的游牧气息被越来越多的城市现代公式化所取代。热烈的西北阳光，飞舞的大漠灰尘，与车水马龙的人、车一样涌动在高楼大厦间，涌动在越来越匆匆往来的人们的视野里，让更多的人狂欢，愤怒,悲伤,希望或绝望。

时间是一样的。在今天,乌鲁木齐与中国许多现代新兴城市一样,有着近似的面孔。

这里更多的人,都在早晨和黄昏忙着挤车或自驾车,穿行在大街小巷,赶着上班"为稻粱谋",交错着追求金钱、爱和狂想。

但城市就是城市,不是乡村和牧区,它不相信草原和歌谣,不相信荒芜英雄路,也不相信眼泪,更没有牧歌时代的"爱的温情"。

也许,你年纪轻轻就富贵满脸;也许,你忙到满头白发依然两手空空;也许,你的一滴眼泪引起巨大的悲伤;也许,你一声吆喝,激起城市喧嚣的浪涛;也许,你冻饿在茫茫冰雪的街头而无人瞥上一眼;也许……

是的,如今每一个城市都不断下着悲伤的酸雨,每个城市又都绽放着微笑的露珠。一些人狂欢,一些人悲泣。

每个城市,都是一个不醒的梦。

每个城市,都是一部读不懂的书。

新城乌鲁木齐,是天山南北新闻和故事的发源地和集散地;是喜悦之源泉,是烦恼之根须。是一些人崇拜的高地,是另一些人坠毁的火葬场。

如今,虽然没有了城堡,但每寸泥土都是官府和市民的领地。城堡,高筑在人的心里。

怀疑、拒绝或排斥,一直在意识和潜意识中生发,在语言与不经意一瞥的目光里,在不同的碗筷里,在一举一动的文化习性里,默默地蠕动,默默地燃烧。

二

是的，乌鲁木齐这座游牧的城，很多年以前马就消失了，近些年也几乎见不到毛驴拉着车，"嘚嘚嘚"地悠闲走过大街。

但是，它的成长像野草一样迅猛，像野草一样抒写着无章法的草书。

游牧的城，被水泥、钢铁、塑料、石灰、玻璃、木头合成的不呼吸的虚假生命充塞——那是装饰它外在环境的新形象。

翻开乌鲁木齐的地图，你可以看到它是由东南向西北懒散斜卧的长条形城市。

乌鲁木齐城三面都被大大小小的山环抱着，留着北方一面开口。这使我想起古代皇帝打猎时，三面围扎，一面给猎物留下一条逃生之路。乌鲁木齐的逃生之路，岂是在西北方向？西北方属乾，五行中属金，在大自然是天的形象，在人间为父，是头头。西北方在奇门遁甲里却又恰恰是"生门"。

它的东部有博格达山、喀拉塔格山、东山；西部有喀拉扎山、西山；南部有伊连哈比尔尕山东段（天格尔山）、土格达坂塔格山；唯北部平原开阔……整个城市的地势南高北低，由东南向西北倾斜，与整个中国的地形由西北向东南渐渐下降刚好相反。

小时候的乌鲁木齐在很严谨的环境中长大。在迪化时代，老城从南门到北门，从大小西门到东门，方方正正的，是一个正方形的城市。如今，南门、北门、大西门、小西门作为物质形态的老城门已经不存在了，但留下了地理方位的名字，而东门不仅没有了"门"，连地理概念也消失了。据说，应该在今建国路与东环路交界地一带。

这个寄居边疆的二十世纪的正方形城市，周长约八公里，从南到北、从东到西，都是两公里左右。这一块老城区今天仍然是整个城市的中心。

之后，这个城市一直歪斜地成长着，除清朝建起的老城区街道是正直（方正笔直）的——不是南北走向，就是东西走向，而且基本上都耿直而不拐弯——以外，后来上百年建设的街巷，绝大多数都不正直（方正笔直）。主街几乎没有一条是呈南北或东西走向的，而且常常是弯弯曲曲地行走着，像龙蛇一样扭动。

好端端的新城发展成那样歪歪扭扭的，街道不正不直，楼房也都只好歪着种下了。一条条横街不是东西走向，而是要么西南、东北走向，要么歪斜得无法定出方向。一条条纵街也不是南北方向延伸的，而是要么东南、西北走向，要么根本测定不出其身影方向。还有一些街道弧形拐弯，街的这头到那头拐了几十度。

乌鲁木齐在游牧业发展中长大后，是一个东南、西北方向延伸的长条形城市。认真观察它就会发现，除了清朝老城那块中心地区是方正的以外，所有新区的楼房和街道，都是歪歪扭扭的，都是混乱嘈杂的。

如果你到其他省市去就会发现，它们中的绝大多数，街道纹路都是清晰的，南北或东西走向。比如上海吧，横街都是东西方向，纵街都是南北方向；其中，东西走向的街道一般是以某个城市的名字命名，如南京路、北京路；南北走向的纵街大多以省区命名，如西藏路、新疆路。这既有利于显示城市大方的性格，有利于楼房、街道的通风、通气、采光，也有利于人们辨明方向、识别地理方位，有利于人流和车流的惠风和畅。

我也到过北京、广州、杭州等许多城市，其作为城市血脉的街巷,也主要是东西、南北方向的,像一个个经过严格管教而长大的贵族子女。而乌鲁木齐却像是一个没有教养的穷小子,乱七八糟的。而且,越是新城区,越是没有方向感,越会失去方寸意识。本来,新区好规划、好设计,可以一点点纠正昔日的偏差,然而,却仍然是以那种将错就错的懒惰态度,延续并发展原来的方向性错误。

我想问一问:什么时候游牧新城能够挺直腰杆,像一个有教养的孩子那样形态仪表端正,行为举止也端庄起来,名副其实当一个堂堂正正的大西北汉子?

现代市场经济的潮水,一浪一浪扑打着城市,荡涤着城市,感染着城市。

年轻的乌鲁木齐城也变得越来越骚动不安。

它的面孔越来越像世界上所有的城市,只是偶尔闪现的圆顶、雕花的清真寺,以及模仿伊斯兰建筑风格、有圆顶拱伯孜式样的高楼,显现出一点边疆民族特色。还有偶尔飘过大街小巷的烤羊肉的炊烟和香味,以及藏在酒店宾馆、休闲场所的翠绿葡萄藤和一串串白色、紫色的葡萄,让我想起闻捷的《葡萄园情歌》和采葡萄的姑娘,以及她葡萄般晶莹的眼睛、又长又黑的辫子。这里,存有那么一点点地方特色,但没有南疆阿克苏市那种古典牌楼、亭台楼阁、飞檐翘角的庄重古典美感,也缺少北疆石河子市这一绿洲城市的园林气息。

这个城市,古老的建筑如光阴一样消失。红山上古老的玉皇庙、大佛寺、地藏寺早被军阀盛世才一把邪火烧毁,老城中心、现中山路新中剧院附近的古旧城隍庙中的中原文化建筑则毁于"文革"。顽强地支撑到二十世纪九十年代的中式建筑新疆大学(前身为新疆学院)的红楼,盛世才办公的俄式老楼,也在不久前烟消云散。唯留"八路军办事处""新疆大银行"（现乌鲁木齐工商银行办公处）、文庙等三四处百年老楼,闪着古旧的美丽与忧伤,书写着中式和俄式建筑的阴影。不多不长的历史身影,也在慢慢地从我们眼前消逝……

游牧的乌鲁木齐,是一座混血的城、一个多种语言垒筑的城、一座多元文化交汇的城。但其外在风貌却没能将边疆民族宗教特色与中华汉文化的东方古典特色,以及西方现代的欧式特色水乳交融地融合在一起,成为一个包容、开放的大都市,载着大漠、高山和海洋的梦想。

想不到这个最遥远的中型城市,后来成了我的第二故乡。

我为了深入认识这个游牧的城,在二十世纪八十年代末,与一位因父辈从四川迁居至此而生长在这里的姑娘,各骑一辆自行车,风尘仆仆地绕着它的外围转了整整一大圈儿。我虽环抱过它,但是,我还是不了解它,把握不了它。之后,我又骑车带着一位后来成为我妻子的河南籍姑娘,飞一般地走过乌鲁木齐当时最长也最宽的北京路。北京路当时就已经是六条车道,像六弦琴一样,奏响着新疆四十八个民族的心声。三十年过去了,北京路依然是最宽阔、最整洁、最精神的一条马路。唯一的遗憾是:长得也不够端庄、正直,是从南往北延伸,却不是正南正北方向的。

新疆从汉朝开始就有天下人,悠悠的丝绸之路不断传送着东来西往的使者、商旅。日本著名作家井上靖,在《楼兰》这部中篇历史小说里,就写出了楼兰在汉朝时代就是中原汉王朝主控下的混合文化的城市。

而才二百多年的乌鲁木齐,从它诞生那一天起就有天下人,来自五湖四海的军人和平民、官员,和本地的汉族、少数民族等,共同奏响了新丝绸之路的交响。边疆与中原,科技与宗教,现代与传统,灵魂与物质,在多民族的人群中碰撞、沉浮、游动。一代代人从松花江走来,从秦始皇兵马俑、白马寺旁走来,从老北京、大上海走来,从江南水乡走来,从诸葛亮的"空城"里走来,他们和一代代从大漠、草原走来的各民族人士,聚集在新的城堡里,私下里说着叽里呱啦的地方方言,公共场合却都尽力说着或标准或不标准的普通话。各种各样的方言、习俗和文化特色,熔于一炉,丰富而复杂,复杂却又单纯,盼望糅成一种十分有活力的、开放性的新都市文化。

这个城市很青春,不像上海、北京或广州、杭州等古老城市一样,在历史长期的磨合中,约定俗成了自己独有的城市地方方言和文化习俗,外面的人与城里的人一开口即判若两人。在这里,在公共汽车和公共交往中,吐出的话语都是普通话,虽然或多或少都带着五湖四海的地方口音。在这一点上,它与深圳类似,但比深圳多了一些西北民族音调,这样,就多了一些丰富,多了一些融合,也多了一些需要时间和爱来弥合的缝隙。是的,乌鲁木齐使心胸宽广者心胸更宽广,使狭隘者更狭隘;使大者更大,使小者更小……

是的,这是一个年轻有为的城市。

记得那是在二十世纪八十年代,王恩茂执政新疆的时代,极为尊重人才,专门成立了与新疆人事厅级别相等的新疆科技干部局,出台了一些政策,吸引了约十万全国各省市自治区的热血大学生,来到这里以智慧和汗水开发、建设边疆,希望浇灌更多的新绿洲。然而,随着执政者的更替,随着二十世纪九十年代市场经济蓬勃兴起,因新疆的工资收入不能像内地一样每年水涨船高,而知识、智慧和尊严又渐渐被冷落,最终,乌鲁木齐这个年轻的城市出现了被舆论称作人才"孔雀东南飞"的惶然景象。我亲眼所见,在我作为杭州大学第一个"支边"的学生到新疆后,继之有三个杭大的同学满怀豪情地来到这个边城,然而,不到十年,他们分别迁徙了北京、杭州和上海,只剩下我这座"孤岛"在边疆被轻视和践踏着,偶尔独自发出几声塞上的悲鸣。这些年,我目睹着身边一个个乃至一群群文化、新闻、教育界的挚友,或是当年的文化移民,或是一些新疆土生土长的知识分子,像一群群秋雁一样,列着"人"字队形飞往东部的城市(据说,仅从新疆投奔广东、深圳的新疆新闻界人才,就可以组建一个新疆日报社)。作为"匹夫"的我,心中常常有一种无声的"痛",而空气中似乎常常回旋着某种莫名的忧伤旋律……

三

许多人说,红山是乌鲁木齐的一个标志。

那么,这座坐落在城市中心的红山,是否为上述这两起不雅的黑色事件脸红过,悲哀过? 是否因此更显出它的孤傲和苍凉?

很多人都知道上海有外滩,杭州有西湖,苏州有虎丘……一个城市的简练符号表达。哦,乌鲁木齐呢? 乌鲁木齐的标志性符号又是什么?

乌鲁木齐的外貌正在变得漂亮起来。这里,很早以前就有一个老树笼罩的人民广场,它是新疆最高统治群体的办公区域。二〇〇四年前后,在市中心的红山旁办公多年的乌鲁木齐市政府,搬迁到了当时比较荒凉的南湖湖畔,渐渐又显现出一个更为广阔美丽的占地五十七万平方米的南湖市民广场,无数年幼的新树和小草,衬托着更为年轻的梦。一个巨大到周长几公里的湛蓝色弧形湖泊,波光潋滟,映着天光云影,映着奔跑儿童的笑脸,闪动着扑朔迷离的湖光。据说,它是新疆公园史上最大的人工湖。虽然如此,在我眼里,这两个广场仍然只是乌鲁木齐这个青年外衣上的两个小装饰,而不可能像代表杭州市形象的西湖一样,是文化名城的一种标志。

原本从城中心穿过的美妙的乌鲁木齐河已经彻底消失了,如今幻化成了河滩路。

那么,这个标志性符号应该是红山?但我总觉得它也似乎太柔和、矮小了些,又缺少深厚的历史文化底蕴。清朝末年建起的玉皇庙、大佛寺、地藏寺等建筑已毁于一场军阀之争的大火——现在的远眺楼、大佛寺和神采奕奕的林则徐雕像等,都是二十世纪九十年代新建的;紧邻河滩路的山麓,近年还建起几个幽幽荡荡的人工湖……一些人将汗水留在了那里,一些人将脚印丢在了那里,有些人不小心将爱情和希望寄托到了那里,庙宇佛塔新建起后,又有一些人将灵魂也留在了那里。

青塔赤岩,红亭绿树,湖光山色。

红山和红山公园别有一番风姿。登上红山顶,眺望这座自治区首府城市,一派城市高楼林立、玉树临风的清静,使人获得一种世外桃源观世尘的感觉。向西瞭望,可以看见妖魔山(雅玛里克山),和牛郎织女般站着对望的另一座在旧址新建的青塔。向东南远眺,则可欣赏到终年白雪皑皑的高贵的博格达雪峰。站在红山之上,有一种中心感,然而,我总觉得它矮小了些,难以支撑起越来越阔大的边塞风味的乌鲁木齐这座都市!

在乌鲁木齐城西,从南到北,依次排列着雅玛里克山(俗称妖魔山)、骑马山、平顶山、蜘蛛山(二十世纪九十年代以前叫黑山头),像是山的舰队,向北方以北出发。它们仿佛是乌鲁木齐的监管人,或者亲切一点叫"保姆山"。每当日落时分,乌鲁木齐西城被四山嵯峨横空、或断或连的长条形剪影所笼罩,使这座大西北灿烂而浅显的年轻城市,多了一些朦胧的气息,多了一些神奇的魅力。

尤其是最为高大的雅玛里克山,古时称"福寿山""灵应山",自清朝以后一直被称作"妖魔山";一九八六年,即我从杭州来到这里的第二年,才改名叫"雅玛里克山"。它长约十六公里,平均海拔八百米高,山体面积达四十平方公里,比红山要高大很多。

在乌鲁木齐人的眼里,雅玛里克山一向是荒凉的象征,是穷山恶水的代表。只要一刮风,这里满山的黄沙砾石漫天飞舞,飞沙走石、风声呜咽,像是妖魔在作怪。人们说此处很像《西游记》中那些妖魔鬼怪居住的地方。那时,谁挨近它,谁就会弄得"晴天一身土,雨天一身泥"。多少年以来,人们总是将它与贫穷、饥饿、逃荒、魔鬼、犯罪等词语紧密联系在一块。那时,人们都敬畏它、恐惧它,甚至诅咒它,对它敬而远之。

然而,一切都在改变。

不断成长壮大的乌鲁木齐新城,在一九九五年将目光转向了"妖魔山";次年,对它开始了大面积的荒山绿化。绿树绿草一点点地往上爬,一点点地狂战沙石和风尘。历史上凶神恶煞般的妖魔山终于慢慢地变脸,一点一点变得温柔清雅,一点点有了人间的气息。

也许多少年以后,高傲凛然,拒人于千里之外的雅玛里克山会成为一艘绿色的航母,四处的巉岩沙石将被俊秀的草木彻底淹没。

十几年前还是令人望而生畏的"妖魔山",如今一片片被草树描绿,建起了盘山公路、广播电视电信塔,和房子、亭子、别墅……也许以后还会出现瀑布、湖泊、寺庙。昔日的不毛之地,如今已部分成为"森林公园",并入选乌鲁木齐市新十景之一,成为市民踏青游玩的乐园。特别是近几年流行起野外徒步和"快步行走",每个出晴的早晨和黄昏,乌鲁木齐城成千上万的男女老少,来到这片没有城市尘烟的"野外"，从各个方向登山徒步、散步休闲。一座像我一样孤独冷傲的荒山，如今有了灵秀之气，也成了"香饽饽"。

还有，站在这里，不仅可以像红山一样欣赏千姿百态的乌鲁木齐城，而且还能够俯瞰这座新城，甚至可以一眼望尽整个乌鲁木齐的鳞次栉比、凹凸起伏的帅气姿影！

玉不琢不成器。我想，也许多少年以后，被无数双手乔装打扮的雅玛里克山，有可能真正成为乌鲁木齐的标志！

四

乌鲁木齐是大西北一座神奇甚至是有些神秘的城市。

这座城市不仅是世界上离海洋最远的省级城市，而且还是亚洲的地理中心，是亚洲大陆腹地跳动的心脏（怪不得，在世界级的探险家斯文·赫定、斯坦因等人的著作中，将史称西域的新疆写成"亚洲中心腹地"）。

如果你驾车从乌鲁木齐市区出发一直往西南方向行驶，到了距离三十公里的地方，那个乌鲁木齐县永丰乡包家槽子村，可以看到耸立着一座高高的 A 字形黑色雕塑，它的顶端捧着一个银色的金属球，球的下方就是亚洲的地理中心。假如你伏在地上，也许真可以听到亚洲的心跳声。

乌鲁木齐坐落在那么偏远的内陆腹地，却是亚洲的中心。

作为亚洲的腹地和亚洲的中心，地理上的神奇感和神秘性，使乌鲁木齐人为乌鲁木齐感到骄傲。

然而，乌鲁木齐地理上的另一个神奇和神秘之所在，并不引人骄傲，而是让人感到一种心痛。

有一次,我坐车偶尔到了新迁至乌鲁木齐南湖的市政府北面三百米远的地方,看到了一大片荒野草野茂盛而树木稀疏的荒地。这块地平整而广阔。我感到十分疑惑:这样的省会城市,这样的黄金地段,怎会仍然空着,任其荒芜?

这片荒地,是乌鲁木齐市中部稍偏北的地段,论位置是乌鲁木齐的胸部,是黄金地段。在寸土寸金的今日首府,在地产浪潮汹涌的时节,怎么会有这么一大片方圆几公里的平地无人看管和利用?难道市府要在这里围起一个现代捕猎场,或是建起几个巨大的高尔夫球场?

"这里是煤炭采空区。"一个正在角落练习倒车的中年男人的话给我解了围。

我愕然。一个省会城市接近市中心的地方,怎会有这么一片危险的采空区?

我曾听说南湖那边的房子不能买,六道湾和七道湾一带的房子也不能买,还有哪儿哪儿的房子不能买,因为那下面都因挖煤被挖空了。我一直半信半疑,将它当作一种民间传说。然而今天,我有点为这"传说"动心了。

乌鲁木齐是西北的一座年年有寒冬的城市。在这里,多少年来,一直到二十世纪八十年代,绝大多数人住的都是土平房,靠烧煤生炉子热火墙,温暖一个零下十几度到二十几度的漫长的冰雪寒冬(不像现在都是楼房,都安装了暖气,管道热水一来,暖气片一热,房子就有了温暖)。一溜一溜像沙漠一样黄灰色的土房子,像一个个蜂窝,绵延在这一片"优美的牧场"。那时,作为自治区首府的乌鲁木齐,与新疆其他地方的乡村一样,每一个土房子,都架起一个土煤炉,砌起一面火墙,生火、做饭、烧水,冬季则以铁皮筒将煤炉与火墙连接起来,一生火火墙就热起来。温暖里屋外屋;一烧煤,家就有了温暖的感觉,仿佛煤就是一种黑色的春天。

令许多人惊奇又惊喜的是:不仅新疆到处都是煤,乌鲁木齐市本身就是一座巨大的煤城。

最近,我专门上网查了下资料,发现乌鲁木齐的煤炭资源,探明储量竟然高达一百亿吨,占全疆总储量的近四分之一,不仅煤石遍地,而且埋藏浅露,煤质优良,容易挖掘。所以,乌鲁木齐又被称为"煤海上的城市"。

从二十世纪五十年代开始,人们就开始就地取材,在乌鲁木齐北向的城郊——那时的乌鲁木齐市面积很小,约相当于今日的五六分之一——组织人员挖煤,大刀阔斧向广阔的地下求热量、要温暖。一九五一年建起的六道湾煤矿,就是一座设计能力为年产原煤九十万吨的"现代化"矿井;还有给苇湖梁电厂供煤发电的苇湖梁煤矿,也是乌鲁木齐重要的煤矿,而且也在当时的北郊。

然而,谁也想不到,从二十世纪八十年代以来逐年上升的城市化大潮,使乌鲁木齐在三十年间一下子扩大了五六倍。再过几年,如果现在的乌(乌鲁木齐市)昌(昌吉州,尤指其州府昌吉市)地区真正发展到乌鲁木齐和昌吉合二为一的时候,那么乌鲁木齐市一下子比现在还要往西北方向外扩接近五分之二。今天人们所面对的现实是,煤炭采空区不仅已被乌鲁木齐新城所包围,而且已进入到心肺之地。

五十多年来,一吨吨的煤从地下被挖出,重见天日,地下空出一个个越来越大的暗洞。在乌鲁木齐六道湾路以南、南湖外环路以北已形成一大片朦朦胧胧的塌陷区。据相关专家说,六道湾煤矿的采掘面已经达到四平方公里,塌陷区西起南湖路(外环路东二百米处垃圾收费站),东至原六道湾煤矿西一百四十米处,南以大槽塌陷带南侧边界为界,北到北大槽以北二百二十米处,近似四边形。而最近的采掘边沿，距离乌市南湖路只有二百米，离新迁至的乌鲁木齐市政府仅七八百米。挖煤遗留下的采空区和塌陷区，像乌鲁木齐一块腐烂的心肺，像胸腹中看不见的巨大"伤疤"，让很多不知详情的市民无尽猜想，不断狂躁，甚至免不了要忧郁不安！

乌鲁木齐市的巨大伤疤，是这个走向国际商贸大都市的边塞汉子永远的"痛"，也影响着其作为自治区首府的帅气形象。

啊，乌鲁木齐！一个地下有空洞的城市，一个胸口痛的城市，一个让一部分人担心、让更多人疑惑的城市！

"抢救城市"，掀起一种新时代的呼声！从二〇〇六年起，新疆维吾尔自治区连续几年下令六道湾煤炭停产，并将库尔勒塔什店和呼图壁两处储量可观的煤矿划拨给六道湾煤矿作为补偿。但到二〇〇九年，补偿的煤矿启动了，而从乌鲁木齐矿务局被中国神华新疆公司兼并过去的六道湾煤矿仍在继续挖煤，继续扩大着地下采空区。到了晚上，附近居民一听到两列拉煤的火车传来鸣笛的声音就心慌，不得不投诉。煤矿方面解释说，六道湾煤矿的破产清算资金有上亿元，由国家补助一半，新疆和乌鲁木齐、企业及搬迁户自筹一半，由于资金未及时到位，矿上一万多人又要吃饭，所以煤矿就不敢停止生产，每天仍然在以四千吨的开采量继续采煤。

一边是要救救城市；一边是许多满脸沧桑、布满煤灰的普通劳动者要喂饱肚子，要搬迁房子——据报道，许多挖了一辈子煤的老矿工，一家三代人还挤住在一套小小的平房里。地理和人文，在不断拉扯中畸形成长。

我不知道一年后的今天，挖煤的声音是否还在愤怒地响着，晚上是否还会听见拉煤火车刺耳的声音？人文和地理啊，是否有了天地人的和谐？……反正，我在今年五月二十五日的人民法院报上，看到了署名"乌鲁木齐市中级人民法院"的一则《乌鲁木齐矿务局六道湾煤矿破产文书》。在这个秋天,我也在新疆媒体上看到了有四百余户拆迁者的六道湾煤矿家属院棚户区改造工程终于启动。走出古旧、矮小的平房,就地搬进楼房不再是矿工们的梦想!

而从二〇〇六年起,为期六年或更长时间,投资一亿八千万元的乌鲁木齐城采空区和塌陷区的"伤疤"治疗工程也在一步步有形化。这一计划要对塌陷区和采空区实施土方回填、荒地荒山绿化,并在凹陷区及以西的首府中部偏北区域建起一个三千多亩的集休闲、娱乐、健身于一体的绿色大型体育生态公园。

种十万棵树,让伤疤变成一个个呼吸的心肺;铺上几亿株草,让丑陋多皱的老脸生长成年轻美丽的童话公主模样。

这样,它就可以与南边只有几百米远的绿意盎然、碧波荡漾的南湖市民广场心律和谐,比翼双飞。

让我们再回到山的童话。

乌鲁木齐这个塞外城市有那么多山围绕着:红山、雅玛里克山、西山、东山……而真正能成为童话的山却只有一个。它在我们的眺望和盼望中,它来自大地上的高远之处。如果你站在这座钢筋水泥筑起的现代城堡里,向东南方和东方远远望去,你会眼睛一亮……遥遥相望的天山博格达雪峰,那座银白色的古代雪峰,千百年来像一个沧桑老者那样端坐在高高的云端之上,俯视着这座小城,怜爱着、护卫着它的拔节生长,俯瞰着它的风云变幻。它永远不倒地站在那里,让你只能远远地眺望,心生神往,而永远无法到达。它已成为千千万万人心中的圣殿。

巍峨的博格达雪峰,给乌鲁木齐增添了神秘和朦胧的色彩。

当小小的我们偶尔失落悲叹的时候，当我们忽然因失恋而痛苦的时候，当我们因醉酒而无精打采地在街头游荡的时候，博格达峰总是以它那安详而慈爱的神态、明媚而灿烂的笑容给以我们和蔼的宽慰，让你不由得为一种崇高而伟大的思想而激荡；同时，也想起自我的卑微可怜，收敛起狂傲的野性。

是的，我想没有其他任何一个省会城市，一个有着几百万人口的城市，有着乌鲁木齐城那样地下的、人类自己挖出的魔窟；当然，也不会有地上那天然存在、高远神奇的雪峰景观。

乌鲁木齐地下方圆十几公里的采空区，是另一种饥饿、另一种缺憾。那几十米、几百米矿井下空空的黑暗、碎粒的煤渣，一如破碎的噩梦。如果有一天，忽然发生一场大中型地震，那么，埋进地下的将不再是白垩纪的森林，而是信息时代的尔鲁格人。我不敢想象，甚至不愿想象，那些挖出的煤见了天日，而活生生的人却要因此坠入它的十八层地狱……

而乌鲁木齐大地上高高的博格达雪峰，则是一种超越，是一种九重天堂的无欲无语的境界。

煤炭是黑色的，仿佛是一种人的魔性、一种贪婪；而雪山则是一片洁白，代表人的神性和清心寡欲的一面。

最低的沦陷和至高的超越，天堂与地狱在一起；最热的与最冷的，热的渴求与痛苦，和冷的超越与愉悦，在塞外边城乌鲁木齐组成昼夜交响曲，交织成一种丰富而复杂的美。

但博格达雪峰永远醒着。

它给我们日益膨胀的城市一种神示、一种慰藉，让我们清洁自己的灵魂，减少贪欲和愁绪，消解无奈和茫然，重回坦途，寻找到属于自己的幸福家园！

巧遇刘雨田

人与人的缘分,甚是奇妙,有时你寻他千百度却不能见上一面;而当你几乎要忘掉一个旧友时,他却突然出现在你眼前……

二〇一四年初夏的一天,我吃过中饭,慢悠悠地往回走,正走到办公的文联大厦外,准备穿过一排排钢铁汽车,然后上台阶进入大厅时,抬头望见一个奇怪的身影,一个披着杂有许多银丝直到腰际的长发,穿着鸭蛋青色休闲汗衫、白色长裤的苍老男人,在六七米外向我迎面走来。我奇怪于他这副与这座首府城市格格不入的"野人"打扮,不禁好奇地向他那黝黑而沧桑的脸望去,这一望,让我大吃一惊:那竟然是失联了二十多年的老友、探险家刘雨田!

"刘雨田!"我欣喜地叫了一声。

他抬起头,看到是我,也很吃惊,冷漠的表情忽然绽放出孩童般稚嫩的微笑,头轻轻地摇晃着,有点妩媚,温柔得像个女子。

"我在北京听人说,你调到这红山附近上班了,我想什么时候来见见你,想不到这么巧,就碰上了。"他乐呵呵地说。

刘雨田是一位海内外著名的探险家。

二十世纪八十年代,我与他都在乌鲁木齐铁路局上班。一九八四年,一向规矩谦逊得像契科夫笔下那位小科员的他,突然在不惑之年,毅然决然地舍弃铁饭碗,丢下妻子、儿女,单枪匹马地踏上万里长城,徒步从长城的最西头嘉峪关走到最东头山海关,从此踏上了叛逆世俗的精神孤旅。

誉之者众，不解者众，毁之者也不少。随着各大中小媒体的采访报道，乃至中央电视台"东方之子"栏目等等的宣传，默默无闻的刘雨田一下子名满天下。

二十世纪八十年代是个梦想的时代，刘雨田就是敢于去实现自己的探险梦想。瑞典大探险家斯文·赫定，就是因为十五岁目睹瑞典极地探险家诺登舍尔德从北冰洋探险胜利凯旋的盛大场面，立志做一个探险英雄。

二十世纪八十年代，我从杭州大学毕业，独自支边到新疆铁道报社工作不久，在铁路工作的老友带着我一起去看探险归来的刘雨田，与他认识了。在我眼里，他就是一个用双脚丈量大地的英雄，是当代徐霞客，是东方的马可波罗，是中国的斯文·赫定！

那时，他已经是长发披肩，一张秀气白皙的脸庞被太阳、风雨、风沙雕成了古铜色；他不再是一个穿着中山装，将风衣扣扣得紧紧的循规蹈矩者，一个被"圈养"着的忍气吞声的小公务员，而是有着驰骋天下之自由灵魂的独行侠。只有他笑起来的时候，才显现出谦和、腼腆、温柔的另一面。

有一次，我到一个铁路商店采访，正遇上长发黑脸的刘雨田从玻璃柜台里选购东西，有一个女服务员站在几米开外，悄悄指着他的背影问我："这个人是不是疯子？"

我反问："你说，我是不是疯子？"

"你是记者，怎么会是疯子！"她说。

"我不是疯子，那他就不是！他是我的好朋友，一位'天当衣被地当床'的著名探险家！"

之后，刘雨田又开始孤身一人背着沉重的旅行包，一次次徒步穿越准噶尔盆地、塔克拉玛干沙漠，穿越青藏高原，穿越神农架，攀登格拉丹冬和昆仑雪山，两次试登珠穆朗玛峰……有一次，在塔克拉玛干沙漠探险竟然失踪了，新疆维吾尔自治区领导调动军用小飞机来回地在沙漠上空寻找，找了三天，仍然是杳无踪迹。很多人认为他死了，被大风沙埋没了。众所周知，塔克拉玛干是"进得去出不来"的意思。一百多年前，斯文·赫定率领一支探险队穿越塔克拉玛干沙漠，驼死人亡，几乎全军覆没。在《亚洲腹地旅行记》中他写道："这是任何生物都不能插足的地方，是可怕的'死亡之海！'"二十世纪六十年代，中科院新疆分院副院长、科学家彭加木，就在塔克拉玛干沙漠中心罗布泊附近，永别了人间……二十世纪九十年代，另一位著名探险家余纯顺也倒在了赴罗布泊的沙漠之路上，这是后话。

　　几天几夜，没有刘雨田的消息，许多人猜测刘雨田可能已经被塔克拉玛干沙漠的风沙吞没，葬身沙海。然而，几天后，突然从和田那边传来了刘雨田的消息，他还活着，昏厥在沙漠中后被当地的一个牧民救了出来。后来，他告诉我，"死亡之海"的地表温度高达八十八摄氏度，他背的水喝干了，就只能喝自己的尿解渴；干粮吃光了，就捕食苍蝇、蚊子、蜘蛛、甲壳虫、蚂蚁和四脚蛇……最后，他晕倒在沙漠里，不省人事……

　　记得，我刚结婚时，我和妻子住在铁路局的旧家属楼里——我们和另一对年轻夫妇合住在一套三室一厨的套房里，我们占两间，对方则占一间房子、一个厨房。那时，刘雨田探险归来，有空就来我家与我叙话，我和妻子每每都热情地留下他吃饭。他说，在探险之路上，他拍了许多珍贵的照片，记了成百上千万字的日记。我劝他将探险经历写成书稿，配上图片交由出版社出版。有一次，他拿来了一沓手写稿给我看,是写了八万字的长城探险初稿。我觉得他的文稿誊写得清楚、干净,文字也写得自然亲切。可惜的是,他后来没再继续写下去,他说他心静不下来,一回到城市就感到俗气压抑无聊,就想着要离开,回到大自然的怀抱里去。他的探险已深入他的骨髓,变成了一种习惯、一种必然;他丈量大地的脚已不能停下步伐……我告诉他应该像徐霞客留下《徐霞客游记》、斯文·赫定留下《亚洲腹地旅行记》、玄奘留下《大唐西域记》一样,以文字配图片的形式记载下自己的探险经历,那样才能够给世人打开眼界,给历史留下自己的脚印,留下自己永恒的回声。

但是,人很难控制住自己的内心,他也一样。

有时,为了劝他静下来,探险日记整理成纪实文学作品,我还开玩笑地对他说:"'坐地日行八万里',你用脚走天下,我是坐在家里心游天下。"

记得,我们上一次分手是在一九九三年或一九九四年的一个冬天。那时我因工作调动,家也从乌鲁木齐西北角的铁路局搬迁到了东南角的幸福路。凛冽的寒风中,他穿着一件白色有图案的T恤衫来到我家做客,我妻子给他做了清炖鲤鱼,他吃得津津有味,啧啧称赞,说:"小许,你做的鱼超过了河南人的水平!"他是河南人,我妻子的父母也是河南人,从河南参军来到新疆。

我还记得,他那次感冒了,不断地擤鼻涕,我妻子不断地给他撕纸,后来干脆将纸筒推到他跟前。这样,他就将纸不断地抽出来,拉得很长很长,然后撕断,用一头擦了鼻涕就折叠起来,过一会儿再继续挨着往里擦。然后,放在口袋里随时备用。我说,擦过的那一头就撕掉不要了吧,他说没事没事。

"你穿得太少了。"我真诚地说,"已入冬了,外面都有积雪了。"

他轻轻晃着头答道:"习惯了。去年整个冬天都是这样穿的!"

奇人必有奇态,奇人必行奇事。自那以后,他又奔波在各地,或探险或跟着北漂的女儿,在北京栖息。他先后完成了二百零七个(次)探险考察项目,拍摄了四万张黑白、彩色照片,写下了五百多万字的探险日记和数小时的录像资料。

一晃二十多年过去了。

二〇一四年年初,我突然看到一篇"中国第一位职业探险家刘雨田先生探险生涯三十周年展在北京植物园举行"的报道,重新获悉他的神秘行踪。为了支持他,也为了让新疆更多的人知道当年叱咤风云的刘雨田的近况,我在《新疆文艺界》编发了这条消息,并配上了他长长银丝散飘的近照。

想不到,编发这条消息像是一个药引子,最后牵引出了刘雨田本人……使我们在我办公楼下突然邂逅。

久别重逢,我请刘雨田到我办公室坐坐。

我们谈了一些这些年失联后各自的情况,他告诉我这次回新疆,想将北京植物园办的"中国第一位职业探险家刘雨田先生探险生涯三十周年展"移到乌鲁木齐举办。这首先需要资金,需要有实力的人支持。此时,我们正好谈到了一位新疆搞外贸的某集团公司老总 C,他熟悉,而我在兼任《大陆桥视野》执行主编时,曾派记者对他进行了报道,于是,我立即拿起电话给他的手机拨了过去,接电话的不是他本人,是一个女人的声音,她说她是他的秘书,老总在会见重要的客人,有什么话跟她说,她会转达。我表达了我的意思,她说:"这样吧,约个时间先与刘雨田见见面,后面再细谈此事。"

我们当时还挺高兴的,觉得可能有希望!何况办这个展览花不了多少钱。然后,出乎我们意料的是,后面再联系,连见面也没有见成,秘书总回答说,C总没时间,没时间。然后就没有了下文……

我遇到过一些新疆的大老板,有不少都是这样装样子、摆架子的。不想帮或不能帮,想见或不想见,一句话说清楚不就得了,非要遮遮掩掩,拖拖拉拉,不讲实话,让你自个儿去猜去悟……

邂逅两天后,我约刘雨田和另一位写过刘雨田的女记者一起吃饭。这位女记者提前退休后去北京北漂,刘雨田的这次北京展,她帮忙整理了一些文案和照片。这不,她也是刚刚从北京回来。

之后,没等到C总那边的音信,也没有找到别的单位和企业赞助办展览,刘雨田遗憾地走了。他背着沉重的行囊赴南疆阿尔金山探险。我赶紧打电话给南疆库尔勒的朋友王立华,请他帮助解决刘雨田在梨城的吃住问题。然后,我送刘雨田到乌鲁木齐南站,并且帮着拿铁镐等工具,过五关斩六将,一层层顺利通过新疆非常时期的火车站安检关,将他送入候车室,然后回首依依告别,心中默默祝他好运……

壮士挽歌

壮士余纯顺已经长眠新疆罗布泊六个多月了。想必有雪覆盖他那火一般跳跃奔突的灵魂,寄托他那以脚印吻着中国大地的梦。

"我本南方儿,未谙边地险。少年曾有志,梦萦四海间。蹉跎非我要,而今箭离弦。去乡诚苦远,九死也向前! 刚穷川藏路,又驰四海边。青藏原无涯,唐古拉连天。何以试男儿? 最是赴天堑。世事虽多定,仍须天下先。"这是余纯顺死后出版的其唯一一本遗著《孤身徒步走西藏》中的一首自题诗,写于一九九一年的唐古拉山。这本遗著由著名作家余秋雨作序。而今,壮士不在了,倒在了看似最为平坦而实质最为冷酷的罗布泊沙漠。

壮士,你在赴罗布泊之前匆匆完成的这部遗著里这样写道:"对于死亡,我一向能持相当平静的心境予以接受……这种归宿也可以理解为是一种回家:回到前世,回到来路,回到祖先的家园和父母长眠的地方。"然而,你死在了路上。死在路上,是探险者肉体的归宿。旅行家和探险家永远没有家园,永远流浪在路上或漂泊在海上。你的死留下巨大的遗憾,而你的人生偏偏那么追求完美!

幸喜,你是那么勇敢、坚毅,而且完成了诸多超常的体验:超常的饥渴、孤独、苦厄,在火与冰的熔炉中冶炼,在风鸣与狼嗥中入梦,在尘土与烟雾中冥想……有人活了一百岁还没有开悟,而另一些人破万卷书才得以初蒙,或经历无数人生的惨败才在反思中醒悟。而你却是在不断地行走中觉悟的。许多人只觉得旅行家或探险者只有肉体上的探险或旅行，而没有精神上的历险。你在唯一的一部遗著中所流露出的人生思考，却否定了这种将肉体剥离灵魂的世俗想法。

你说："旅行，尤其是徒步，再造了我。她使我从无知走向充实，从浮躁转为平和，从狭隘渐入宽厚。"

当你在青藏高原独身面对意为"管珠宝的圣女峰"纳木那尼峰时，想的却不是"珠宝"，而是干粮和水。如果没有干粮和水，即使家里开着世界上最大的饭店，在这荒僻的地方也要被饿死渴死。生命，有的时候只需很少的东西，太多了反而成为重负。当然，在另外一些地方，生命需要好多东西，太少了会被轻视。但是无论多或少，对生命而言，肯定有个极限。极限指向哪里？指向你我他的心灵。

在你徒步旅行的八年中，唯独这一次选择六月炎夏独闯罗布泊，真正超越了你心灵和肉体所能承载苦难的极限，因而走进去再也没有能走出来。

你在生前唯一一本著作《孤身徒步走西藏》中，写了这样一段故事：在西藏，你遇到一位头披打髻长发、腿裹绑带的青衣大修行者。他突然出现，并道出了你小时候生活中除你父母以外无人知道的一个重大秘密，然后和蔼地对你说——你走得差不多了，可以歇息了。可你却说还有什么什么地方没有走，走完才能达到完美，所以你必须继续探险。他最后无言地走了。你在书中说，你知道他是来点拨你的。然而你却没有放弃旧日的梦想，最后，你这个东南的上海人，死在了大西北的新疆大沙漠，死在了你的著作出版之前。你离开上海赴新疆后，你年老的父亲心里放不下，用易经起卦后得了个"困"卦，预测你将被沙漠困住，想不到不仅仅是被困住，而是被困死……"进去出不来"的塔克拉玛干沙漠成为你最后的墓地。

我恨你逆天而行,恨你探险超越了自己的极限,恨你活于形式死于形式,恨你为了一段沙漠之旅而弃却了等待你去走的千万条寂寞之路,恨你……

你描述西藏阿里人,说他们生活在"古典的时空"里。其实,你何曾不也是这样?只不过是生活在自己古典的意境里。你即使走绝了全国各地的路,也仍然走不出你古典的心灵,走不出自己。这才是你最大的悲剧,比你的骤死还更大的悲剧。一个悲剧结束了另一个悲剧,而留下永恒的遗憾在时间上空飘摇……

你曾在长江源头沱沱河大桥上,洒酒祭《长江首漂饶茂书》,并赋诗曰:"昔有荆轲刺秦王,别时慷慨易水寒;而今饶君殉长江,岂止赢得不复返。"而五年后的今天,该轮到后人为你写祭诗,吟唱"壮士一去兮不复还"了……

超越死亡的人

吕守庭终于累倒了。

一九九〇年的秋天,他躺在病床上,接受了长达半个月的吊针注射。一滴又一滴葡萄糖注入他的血管,他醒来了。秋风萧瑟,落叶翻飞。这位九死一生的五十六岁的铁汉子,不由得感慨起来。他想起了他所走过的漫长而坎坷的人生道路,想起他肩上挑着两百多万元的奋斗任务,想起工程又要上马,想起他家的老三几次恋爱不成,婚事没有影子,想起……他自己的死,止不住热泪盈眶。当年和他一起开凿隧道的一百多名战友,已有八十多个因患硅肺病相继故去了。一张张熟人的脸闪过,妻子和孩子的脸闪过,一件件与死亡抗争的往事闪过……

一

一九五八年,二十岁出头的吕守庭,加入了开凿天山隧道的大军。他年轻力壮,勇猛好强,在轰轰烈烈的筑路大军中,他格外地突出,如归山猛虎似的,将锋利的爪子深深嵌入悬崖峭壁,凿出一条通向希望的道路。

吕守庭是当时"五虎上将"之一,他带领的上百号人个个都是拼命三郎,无论风霜雨雪,无论险难脏累,都阻挡不住其进击的锋刃。

一个难忘的日子。炮放完,他将别人留在洞外,自己走进去检查。他总是这样做的,他说他是党员,是班长。然而,塌方了。一阵"轰隆轰隆",他被埋进了地下。

"吕班长,吕班长。"人们呼喊着。

他们开始疯狂地扒着泥石。他们想起泥石下的人,就是那个苦活、累活、险活抢着干的班长,就是那个给他们洗过衣服、端过病号饭的班长……泥石刚掀去一半,又"轰隆"一声塌方了。大家的手指滴血了,膝部磕烂了,可都忘记了疼痛。两个多小时的营救,终于将昏迷的吕守庭抬出,送入了医院。

数日过后,他醒来了。

白色的床,白色的墙壁,白色的人影使他觉得陌生。他想起床,可有只腿被石膏紧紧夹着。诊断证明告诉他,小腿骨折了。还有,他发现身上布满了伤痕。他永远站不起来了吗?为将铁路从中原铺到边疆,他付出一条腿完全值得,他想。可是他还年轻,入党才三年,就再也打不成隧道了,成了残废,还得让国家养着,他感到伤心。

领导看望他来了,战友们利用轮休时间步行十公里看望他来了。他按捺不住了,想回到工地上,投入突击热潮中去。他躲开医护人员的目光,拄着双拐趔趔趄趄地来到了工地。

工地沸腾了。有的人跑来搀扶他,有的人含着激动的泪水与他紧紧拥抱。生活是美好的。他想:一个党员离不开的是群众,一个战士离不开的是战场。他拿起铁钎、洋镐,以更大的豪情干了起来……

他的事迹在铁路上传颂。

一九六四年,镜铁山专用线大会战拉开序幕。他不顾身上的伤残,主动请战离开为照顾他而调入的铁路局机关,忍着分离的伤感,挥手告别搀扶着三个孩子的妻子,去遥远的远方……

腿又一次被磕断,他再次体验了医院生活。

一九七一年,南疆铁路艾维尔沟支线 101 大会战揭开序幕。他再次请战,告别了已经落户在乌鲁木齐的舒适温暖的家,带领数百号机修人员奔赴现场。

难道他不想守在首府城市的机关里养尊处优吗?难道他没有做丈夫做父亲的那份情那份责任吗?不!他两进两出大城市的机关,两次别离妻儿,在公与私、奉献与享受之间做出了一个真正共产党员的选择!

石头、风沙、尘烟、冰雪。他在那里一次次地滚爬过,他的腿又一次次地被磕断,他一次次顽强地站了起来。兰新铁路奏出的交响曲中流淌着他青春与生命的节奏。

他结束"戎马生涯"后,到乌鲁木齐铁路局直属建筑段当大修队领工员。他还是那样兢兢业业地和大伙儿一起盖土房、垒砖石、糊泥墙、卸水泥……搅拌机坏了,送到机修所去修,机内又脏又热,没人愿意钻进去敲砸凝固的水泥。又是他这位"老虎班"班长冲进去,挥手砸起来。飞扬的尘粒窜入他的鼻孔、口腔,钻入他的心肺,虫子一般啃噬着他的身体,火花一样炙痛了他。

无形的大手越钳越紧了。这只无形的大手就是职业病——硅肺病。

吕守庭知道自己的硅肺病在一点点加重。然而,他知道,一个真正的共产党员是特殊材料铸成的,于是,他与疾病对抗的精神也随之增强。他对劝他保重身体的人说:可怕的不是死亡,而是自己倒下。

二

一九八三年,他被医生鉴定为三期硅肺病。

医生们研究他的病历时，都惊讶他还活着，建议他提前病退。然而，他在铁路新村挂起了一个"乌鲁木齐铁路局直属建筑段多经办"的牌子。

奉献不是暂时的，而是永恒的。

五把洋镐，十把铁锹，两架临时焊的架子车，一间四面通风的工棚。这位老功臣，今天又带领两名兼职干部和十多名退休职工，以及段上拨的五万元基金，成立了"多经办"。他们开始"找米下锅"，开始外借机械，并组织现场施工。

造价十六万元的乌鲁本齐市植物园内马路铺筑工程定约不久，市园林处怀疑他们机械技术力量不足，准备毁约。怎么办？他心急如焚，他知道竞争是无情的。他脚蹬自行车奔赴园林处磋商，又脚蹬自行车赴某运输公司求书记、经理、队长……借来优质机械。终于将对方感动了，在认可旧约的同时，还额外应允了十二万元的工程承包权。

开工不久，机械出了点问题。

为了及时处理，不耽误工期，他迎着夕阳，不断地返往于办公室与植物园之间的三公里的长路上。汗水渗透了衣襟，又被晚风吹干，气喘胸闷，他一手按着胸一手骑车。老骥伏枥，志在千里啊……

第一炮打响了。他们又接二连三地按期优质拿下了乌铁局文化宫路面工程，民航局住宅区花坛、道路工程，还完成了铁路新村地下管道工程、地窝堡上水工程等等。他们年年出色地完成任务指标，经营收入数百万元。仅仅四个春秋后的一九九〇年，多经办有了十多间办公房子、六十多万元的固定资产，人员也发展到一百多人。

马克思说："人是生产力中最活跃的因素。"作为党员和多经办主任的吕守庭深深地认识到这一点。无论是被各单位推到这里的后进青年职工,还是招来的民工,他都一样地尊重他们、关心他们、爱护他们,以引燃埋藏在他们心底的那一团热情之火。现在,到处流传着他这方面的传闻与故事。"他是个好人,关心别人远甚于关心自己。""他是位能人,到一个地方能把一个地方搞活。"人们这样评价着他。还有一些活生生的故事朴素而亲切,实在而新奇。

故事之一:祁福青忘不了三年前的一件事。那日领父亲到医院看病,当他上楼办完手续下楼背父亲时,竟不见了父亲的身影。他急得乱找,却发现父亲已躺在二楼治疗室。原来是吕守庭闻讯赶来了,当即将他父亲背到了治疗室。吕守庭身患三期硅肺病,自己走路都气喘吁吁,怎能背人上楼梯?!碰巧护士上来说有人正在楼下呕吐,他急忙赶下楼,却见吕守庭吐完后,支撑着身体摇摇晃晃地走了……父亲可以出院了,祁福青想从家里拿副担架去接他。可是,当他下班迈进家门,却见到了父亲的笑容。又是吕守庭干的!

故事之二:有位叫马小平的民工因病治疗无效,死在医院里。病人死后,要送入太平间。可是光着膀子怎么行?临时找不到别的衣物,又不准使用医院的被单病号服,在场的吕守庭毫不犹豫地将自己身上的外衣脱下来,给死者盖上……

故事之三:从小缺少家庭温暖而自暴自弃的青年职工韩新全,被别的部门推到多经办后,更加破罐子破摔了。吕守庭一次又一次找他谈话,当得知他有对象而苦于无房无法结婚的情况时,立即四处托人借来了房子。婚礼也是吕守庭亲自操办的。吕守庭知道韩新全喜欢摆弄机械后,又安排他开压路机。今天,韩新全从后进青年变成了这个建筑段公认的"十佳职工"之一。

三

吕守庭的病情在一日一日地恶化。

他觉得从家里到办公室599米的路程变得那么遥远,不得不歇息几次,才能走完它。他觉得寒风吹来,要好半天才能喘过气。

根据病情,医生限定他从一九九〇年六月开始长期在疗养院接受治疗。然而,他放心不下多经办的工作。根据他的一再请求,医生定下半天疗养、半天工作这种破格的规矩。而实际上,他经常只到疗养院取点药就溜回工作岗位。

现在,地窝堡上水工程要横过大街。市里不允许白天施工,只好连夜干。边塞的夏夜凉风习习,气温骤降。吕守庭忙里忙外地奔波着,一边坐镇指挥,一边还要安排职工的夜餐。渐渐地,他支撑不住了,气喘不过来,脸色泛白,不时地咳嗽。

"你放心地离开吧,我们一定会干好的。"职工们说。

"大家都在这儿挑灯夜战,我回去也睡不着。"他说。得知此事的建筑段段长曾柱柏急了,命令小车司机硬将他拉了回去。

过了盛夏,又一个秋天的雨季到了。

这天的雨是午后开始下的,下雨的时候,他们正在铺马路。吕守庭突然听到拉沥青的车坏在和平渠桥上的音讯。他风风火火地赶到现场,冒着大雨安排修车,之后,又驱车十公里到郊外接人,回到工地后还继续施工。他虚弱的病体被这场暴雨淋透了。他冷得直打哆嗦,喷嚏一个接一个。晚上,肺发炎了,头昏呕吐。次日到医院一看,可不得了,肺上出现了两个疱,危及了生命。

医生忍不住发脾气:"你不要命了?!"然后,告到段领导那儿去,要求禁止他出门。曾段长去看望他,给了他一张工作守则,要他只

"想对策、出主意"，"力不从，免出征"。

仰卧在一九九〇年秋天的病床上的他，接受了长达半个月的吊针注射，一滴又一滴葡萄糖注入他的身体、他的血管。

他醒来了，外面秋风萧瑟，落叶翻飞。他想起他漫长而坎坷的人生，想起他肩上挑着的二百多万元多经办的奋斗目标，想起什么工程又要上马，想起几名退休职工的工作应安排谁来代替，想起他家二十八岁的老三今后的婚事，想起……他在床上躺不住了。

离床后，他写下遗嘱，并自作主张地列了一个自己的"治丧委员会名单"，小心地叠好揣进怀里。然后，他走出了医院。

边塞之冬，冰天雪地，寒风刺骨，人们看见一个戴白口罩、气喘吁吁的铁汉子又出现了。他兜里装着咳快好、螺旋霉素等药品，骑着自行车签合同，下工地……这就是曾五十多次荣获过新疆维吾尔自治区、铁路局等各级表彰的优秀党员、先进个人吕守庭。他的人生格言是："活着干，死了算！"

一九九一年年初，他再一次光荣地登上了乌铁局一九九〇年度先进个人的领奖台。对许多人来说，奖状是一种昔日荣誉与热情回报，而对吕守庭来说，这仿佛是一面催动他勇往向前的令旗，他始终燃烧着自己，温暖着别人。

送君一段路程
——追悼吕守庭

人总是要死的。

但我绝没有想到你竟死得如此出我意料。偏偏在我想见你并且近在咫尺能见到你的时候,你却转瞬消失了⋯⋯

难道我们的缘分自我调动工作、彻底告别铁路时就已结束?难道我与你所有的缘分仅仅是一篇《超越死亡的人》?抑或说,我从新疆铁道报社被贬谪到铁路局直属建筑段接受炼狱之火,冥冥中的一个使命便是完成对你的报道?

近两年,我远离铁路奔波他方,也曾偶然到过你工作的单位,甚至到过你的家,但一次也不曾谋面,皆说你在住院治疗。

而今天,我带着伤心的胃来到了你所住的医院,准备接受切割和洗礼。我想,这次可以毗邻长谈了。然而,我到医院听到第一则消息便是你的死讯,并且追悼会刚刚开完。我是实在的,实在的瘦削和酸楚的胃;望你却没有了,一片虚空,一片茫然。那个九死一生的"超越死亡的人"的肉体也最终被死亡夺走。

你去了哪里呢?是上天抑或入地?是向东还是向西?无论你去了哪里,我都要送君一程,也不枉你我相识一场,留下一段薄薄的缘情。

我只能这样送你了。

带着我正在翻滚的胃疼以及无数迷失的日子,我用笔孤独地迎你又送你。我的父亲,血脉相通的父亲,我也只是用笔在远方之远的地方将他送走的;还有我的老师、诗人炼虹也都是这样的结局。这几年,我听到或接到不少这样那样的与我很是陌生的人的追悼会或葬礼通知,而我的最亲密熟稔的一些亲人、老师、友人的相继故去,却总是获知较晚,到头来只让我用手中的这支孤独的笔为他们送行,将他们一一追念。

那么,我也只能这样送你了,老吕!

"老狼"周涛

孤岛

我与周涛见面不多,但对他了解颇深。我们都在边城乌鲁木齐,但我在西北他在东南,何况在年龄上相隔近二十度春秋。我们都还算得上富有诗意的人,二十世纪八十年代末,进新疆才四年的我与进疆近四十年的周涛,就有过几次戏剧性的交谈,后来随往来增多,了解加深。我很喜欢他并且敬重他,他非常潇洒倜傥,这不仅表现在他的外貌上,更表现在一种雄霸傲然、大智若愚、超然于世的气质和出类拔萃的才华上。诗坛上,有人称他为"老狼"。

我们的第一次见面很偶然,在一次夏夜的诗歌沙龙上。这之前,他已知道乌鲁木齐有那么一个傻乎乎从杭州这美丽的城市跑到新疆来的玩诗的小子。他这次穿一身的军装,被一大群姑娘紧围着座谈。我说我已不写诗了(后真停笔数年),这自然大出乎他的意料。不过,他的回答更出乎我的意料:"改邪归正了,好哇!"可后来,他却在无意中又送了一本《野马群》诗集给我。

他并不富裕,但生活得很高贵,无论从他本人气度还是从他家庭布置乃至他的作品中都可看出。他的祖籍在山西,但在北京度过童年。因为父母被打成右派,贬谪边关,所以他十来岁就被遣送到新疆的戈壁滩。可以说,《野马群》这首诗就写出了他自己那种落魄王子的悲壮情怀:"昔日马中的贵族/失去了华贵的马厩/沦为荒野中的流浪者/面临濒于灭绝的威胁/与狼群周旋/追逐水草于荒漠/躲避捕杀的枪口/但是即使袭来旷世的风暴/它们也是不肯跪着求生的一群啊……"

他早年酷爱打乒乓球,而且在大学生乒乓球比赛中屡屡得胜。他强于进攻,弱于防守。但他后来渐渐地变了。新疆大学维语系毕业后,他带着自己一口不太标准的维吾尔语向西行进一千五百公里,落脚于南疆喀什。假如没有从北京到新疆的第一次迫降和从乌鲁木齐到喀什的第二次迫降,他就不会成为今天的周涛。在这之前,他还在北疆吉木萨尔、伊犁生活过不短的时间,对北疆也有深刻的感受。因而,他写出了成名诗作《天山南北》。浪迹天山南北的生涯,使他在吸收北疆伊犁优美、秀丽的草原气息的基础上,又深藏着南疆的大漠风骨,一种沉雄、刚毅、高贵的西域文化的渗透。因而他的代表作《鹰之击》《对衰老的回答》《野马群》《神山》等刚柔相济、一张一弛,凝聚汹涌的才华、沉着的思索和博大的气势于优美傲然的意境之中。他眼中的"胡杨"是这种形象:"被渴望扭曲的枝条/在空中凌乱地写着疑虑/长满疙瘩和树结的躯干/仿佛吮吸了/贫瘠土地里的全部忧郁"。这是诗人眼中的"北方":

> 你有全世界最低凹的盆地
>
> 和最高大的山峰
>
> 如同你有
>
> 全人类的最高智慧
>
> 和最深的痛苦
>
> ——《我属于北方》

周涛最初是个诗人，最终也是个诗人。他出过《云游》《牧人集》《鹰笛》《神山》《野马群》等等诗集，《神山》获中国第二届新诗诗集奖。当《神山》获奖的消息从北京传来，新疆文艺界为他和因《复活的海》获奖的杨牧举行庆祝会时，他并没有欣喜若狂，他说："我早就想到了！"直率真诚的他不属于诗人又属于什么？

　　当然，他又不仅仅是个诗人。记得，当西部诗坛刚出现困境时，我问他如何突破这种僵局。他说只要突破了自己就行了，突破的方法是通过改写别的题材的作品绕过境界线，到达新的领域，再写诗。好家伙！他突然写起小说、散文和评论来了。由诗《鹰之击》改写的一篇小说发表后被《小说月报》转载。发在《上海文学》头条的系列散文《坂坡村》，通过抒情笔调写出故乡情，从而寓示出一种返朴归真的文化深境。他的《我已经寻找过自己》诗论引起了争论。不过，我不得不承认，他很适合写散文，因为他聪颖而又清醒至极的头脑里更多的是哲学思辩意味，他的潇洒跌宕的气质里更融合着散文化的自由。他的散文大气磅礴、阳刚俊朗、深沉悠扬、撼人心胸。且不说《阳台》《父亲》及获《人民日报》燕舞散文征文奖的《猴子》等小散文耐人寻味，被《名作与欣赏》转载的长篇散文《喀拉沙尔散记》，洋洋数万言，把焉耆古城喀拉沙尔和回民文化写得淋漓尽致、精彩之至！连同行的回族著名作家"猫头警长"张承志都被震住了。在散文这种体材中，他能更加自由地发挥出众的才华，驰骋纵横，如赵子龙入无人之境，把自己对文化心理的思考提到哲理的高度。

　　他最终并永远是个诗人，他很不愿意被人称作"新边塞诗人"，因为他不愿意以地域囚禁自己，不愿意占个山头为王。要当，最少要当个中国诗人，然后到世界上去拿个诺贝尔文学奖。于是，有人说周涛这家伙口出狂言，是"狂涛"也。其实，谁不是野心勃勃的，可表面上又装出一副谦卑状。所以我说，周涛老兄是个真正的诗人，是不掩饰自己骄狂的西北血性男儿！他和他的作品，于超然宁静的氛围中隐藏着一种不安的骚动和傲霜之气。他不卑不亢、沉稳老道，一副姜太公稳坐钓鱼台之势！稳静中，他写出两千多行的长诗《山岳山岳，丛林丛林》，如一个炮弹扔入诗坛，激起波纹屡屡不绝。它虽反映军队题材，但其中所渗透的和平思想和反战意蕴远远超越了国家、民族战争的正义和非正义的范畴，直杀入本质的人性。然而，人的认识会变的，后来一些国际上的战争风云和身边的恶性事件，让他又否定了长诗中对战争的全盘否定，支持拿起枪杆子抗击暴力并拯救正义、挽救民族。

二十世纪八十年代是一个诗性时代。从那时到九十年代中期，我多次从城西北穿越乌鲁木齐城到东南，进入军区司令部院内的周涛先生家，他和他家人热情地接待我，遇到午餐时间就留我在他家吃饭，还一起小酌一两杯。我们谈新疆、诗和诗坛，谈人生与文坛，有时会意地哈哈大笑，有时争论得面红耳赤。每到争论的声音如海浪狂涛时，他妻子以为我们吵架了，赶快从其他房间跑过来过问，并说周涛年龄老大不小了还那么容易冲动，不知道谦让一下。周涛才华横溢，气势磅礴，横扫千军，在中国诗坛、文坛有万夫不当之勇，在杨牧调离后的新疆更是唯我独尊，"一览众山小"。论年龄、才华、名声，周涛都是我的师长，我很敬重他。可偏偏我是一个非常理性的人，爱认死理，在道理和真理面前人人平等，不讲面子。他一直认为以他与杨牧、昌耀等为代表的新边塞诗派或西部诗派，其历史贡献大于朦胧诗派，但在中国诗坛却远没有后者的地位和影响力，他觉得很不公。而我却认为：以北岛、舒婷、顾城等为代表的朦胧诗派，其诗歌展现了"文革"后中国人的觉醒与反思,表达了中国整整一代人的心声,表达了一代人的痛苦和迷茫、求索,是起源于北京文化中心的中心文化,而新边塞诗派或西部诗派则是大西北或西部边疆的一部分人,以自然为喻,借西部阳刚的大自然抒发情感、意志、人生理想的局部诗派、边疆诗派,是边地文化,非中心文化,它的豪放气派、阳刚明朗风格,是朦胧诗派一个十分必要的补充,而不可能成为中国新时期的主流诗派(后来我著有《杨牧周涛章德益诗歌得失论》一文,进一步明确了此观点)。

后来,随着周涛又一批精彩散文《蠕动的屋脊》《吉木萨尔随笔》《游牧长城》等,像一颗颗重型炮弹在九州大地炸响,周涛的声名更加突兀显赫,"老狼"更加像一个战无不胜的将军,立于天山之巅春风满怀。

有一次,他给我一沓稿纸,让我看他新创作的一组河流的诗,等我看完后,他说:"怎么样?我这一组诗是不是把河流写绝了?一下盖过张承志《北方的河》了吧?!"我笑眯眯地回答:"这组诗写得虽很精彩,但比不上您以前写山、马、人之衰老的诗。至于说张承志《北方的河》,两者没法比,您写的是诗,他写的是中篇小说。"他脸一黑,颇为不悦。过了一会儿,他想起一件事,很得意地告知我,冯牧已确定拿出《人民文学》十一万字的版面,来专门刊登他的长篇散文《游牧长城》。我由衷地为他高兴!

我记得,"老狼"周涛唯一谦虚的一次,是那年我从浙江老家探亲回乌,前去登门拜访。他从书桌上拿出一摞诗稿给我,弯身谦逊地说:"我想充分利用当年跟随中央电视台记者、长城学者拍摄长城专题片的丰富素材,写一部关于长城的长诗,我已经写了十几首诗,你看看……"我一页页认真拜读了这沓共十四首关于长城的诗,是分别写玉门关、城垛、兵寨等等的,一首首各自独立成诗,互不关联。我笑了笑说:"周涛老师,这个长诗,您再也写不下啦!""为什么?"他诧异地问。我笑着说:"您抒情短诗的写作方式,根本不是在写长诗。真正的长诗是要有人物、故事情节串联在一起,逐步推进情感思想的,而您这十四首诗独立成篇,各自抒情,互不关联,如何能成为有机一体的长诗?!"他愕然无语。我为了安慰他,建议道:"您可以继续写,写成一个系列抒情短诗,一组一组刊发,或出版系列抒情组诗的诗集单行本。"

新疆天山南北有三座大山:阿勒泰山、天山、昆仑山。新疆新时期有三大诗人:杨牧、周涛、章德益。杨牧从四川逃荒来新疆北疆,后来在石河子莫索湾农场等地生活,以一首《我是青年》扬名天下,后来调回四川,任该省作协领导并兼任《星星》第一主编。不久,周涛也收到山西方面的邀请,让他去任该省作协副主席。周涛没有心动,环顾九州仍傲立新疆,在这里写诗作文。请看他的诗作《我的位置在这个边远的角落》:

我的位置就在这里
这个祖国最边远的角落

地球上最低凹的盆地
世界上最高峻的山岳
就在我的两侧
而春风每年必经的甬道上
却被玉门关
上了一把千年的大锁

....

把我当成种子我就是种子
是种子,就为它生根结果
把我当作花朵我就是花朵
是花朵,就为之增光添色
我的爱情属于这边远的角落
全世界最崇高的山峰属于我
全中国最浩瀚的大漠属于我

我的位置在这个边远的角落
鲜花照样在我身边开放
星光照样在我头顶闪烁
所以我坚信着
每个人脚下都可能是世界的中心
因为——地球是圆的

在新疆这个离海洋最远的偏远省份,"老狼"周涛发出了属于自己的声音。

到一九九三年,我从首府西北边陲的新疆铁道报社调到了新组建的新疆经济报社,我的家也从乌鲁木齐的西北迁到了比周涛更东南的东南⋯⋯距离近了,交往自然就更多了。交往多了,反而彼此之间出现了缝隙,特别是在我给他写了专访、报社领导聘任他兼任我执掌的"大陆桥笔会"文学版之顾问以后,因为一些工作小事,一些做人做事的方式不同,狂傲到其稿件一字不许改的他与执理寸土不让的我,属狗的"老狼"和属龙的"老鹰",发生了不愉快的摩擦,溅出了火星。一九九三年举办了我的"孤岛散文作品研讨会",周涛没有参加我的散文研讨会,给我写了篇短评,后来在会上念读,并在《西部》《新疆日报》刊发了《简谈孤岛散文》一文。

周涛是大才与强者,若遇乱世,定然可与枭雄曹操媲美;而我是一个藏智的仁者,甘愿与世无争、淡泊明志,做一个心怀仁义、身忙琐事的草野隐士或半隐士,尽人事、听天命,仿学躬耕于南阳的孔明先生。

那时,我就觉得我该远远地走开了,我想只有远离山,自己才能成为另外一座山。于是,我与周涛的人生之路就从此展向两头了……

一九九八年,《中华散文珍藏本·周涛卷》荣获鲁迅文学奖,我默默地祝贺他实至名归,并给予诚心地祝福;二〇二三年十一月四日"老狼"周涛突发心梗在乌鲁木齐去世,我为他默哀并惋惜。然后,我撤下《新疆文艺界》杂志二〇二三年最后一期冬天号一些排好版的稿件,特设"周涛纪念小辑"专栏,刊登纪念他的活动、周涛诗歌作品精选,以及怀念他的两篇文章,以缅怀这位溘然长逝的中国文坛宿将。

从独行侠到领头雁

一

二〇一六年十一月十六日下午，乌鲁木齐大雪纷飞。

我驾着雪的翅膀，去看一个有关丝绸之路的摄影展。

乌鲁木齐美术馆的墙上，挂着戴着雪冠的巍巍天山，挂着奔腾如成群野马的塔里木河；数不清的胡杨，从群马间的尘土中举起无数金色小旗……与此同时，有六七幅丝绸之路历史文化古城、古迹的图片一下子吸引了我的眼球——一片灰黄色的土垛有些破碎地坐在东疆大地上，那是交河故城；金黄柔和的沙漠上，横七竖八地躺着一些不知什么年代的灰色古木，还有更多如枪支一样林立着……这是小河墓地遗址，也是尼雅古城，它们的遗址外貌有点儿像。这些古迹都在时光里遗失得太久太久了，仿佛是祖先的祖先的祖先……遗落在塔克拉玛干沙漠的梦。

还有，在爬着皱纹的灰褐色沙漠上，如男根一样雄起的米兰古城；夕阳下，峭立在高台上眺望远方的克孜尔尕哈烽燧；安坐在大荒山下静静涅槃的苏巴什佛寺遗址……仿佛是一群失去活的灵魂却仍然有着温度的生命，给我们诉说着丝绸之路的故事与传说。

这些丝路历史群像，古老而遗世独立，在光与影中闪烁着神奇、神秘、神圣的光彩。它们仿佛站在那里向我们回忆往日的喧闹，回忆风雨雷电夹击的沧桑。

这些丝路文化遗珠图片的拍摄者，就是李学亮先生，一位三四十年来与摄影同呼吸共命运的艺术家。现在他是中国摄影家协会副主席、新疆摄影家协会主席。

二十世纪八十年代中期，我刚从杭州大学毕业来新疆，就在《新疆风物志》上欣赏到了他的风光摄影作品。那一阵子，李学亮酷爱着新疆的风景，并已在边塞大地小有名气。

一九九七年，当很多人纷纷下海开公司做生意时，李学亮也停薪留职，借款六十万元，买专业摄影器材和越野汽车，走上职业摄影之路。摄影能养活自己？他自己怀疑，他周围的人也都怀疑。然而，他内心深处已刻骨铭心地爱上了野外天地宽的新疆风光摄影，他要为自己拼搏一次。

告别熟悉的城市、熟悉的单位、熟悉的家，跑到辽阔而陌生的野外，去当一个大自然的拍客。他一个人一次次开着借贷买来的旧越野车，冲锋陷阵在天山南北人迹罕至的地方，寻找没有被人发现的风光美景，然后，像等待戈多一样，一个人守在荒山野岭，默默地等待光和影最美妙的一刻；一次次遇险又脱险，一次次失望又希望，一次次一个人面对黑夜笼罩下的荒野，面对孤独和恐怖……甚至将时间、金钱、爱，甚至个人的生命安全都抛却九霄云外。为摄影事业，他经历了妻离子散，经历了爱恨情仇，经历了不幸与大幸。

在零下三十多度的大冬天，他一个人跑到新疆最冷的阿勒泰地区，雇一辆哈萨克人的马拉爬犁，坐在爬犁的后面，经禾木，开赴当时深隐深山不为人识的喀纳斯湖……路上，差点儿被冻成僵尸。然而，"无限风光在险峰"。他一路酸甜苦辣，终于在那里看到了喀纳斯的冬容:"冬季的喀纳斯,银装素裹之中,更多了几分静谧与安宁,白雪覆盖的高山雪岭,更有一种雄伟深沉的力度,好似在它的沉默之中,蕴藏着更为撩人的神秘。"(《零下三十摄氏度之下》)他拍到了那幅著名的艺术图片《水墨禾木》——像一幅大自然亲手创作的雪景黑白国画,拍到了晶莹剔透的《喀纳斯双湖》等独一无二的作品。

他到五彩城拍摄准噶尔盆地的地质奇观,黑夜的羽毛覆盖戈壁,大漠上突然出现点点亮光闪动,是萤火虫?他想:新疆五月初,哪里来的萤火虫?他立即跳上车,打开车灯扫射,哇,是狼,六七头狼……在车灯强光的横扫下,它们纷纷逃窜。

又有一次,他由向导带着深入深山野外拍风光照,天色将晚,他动手搭帐篷野营,忽听到背后有声音响动,他以为是向导,就喊他过来帮忙,可是没有应答,猛回头,看见一只大棕熊正在离他十几米远的地方逡巡。情急之下,他赶快蹭蹭蹭爬上了树。一会儿,棕熊踱了踱方步,兀自走了。这时,他懊恼起来:刚才怎么忘了带相机上树,拍下这千载难逢的画面呢!

是的,摄影者必须是在场主义者,不入虎穴焉得虎子!

他十四次进入人迹罕至的昆仑山、阿尔金山,在那里一次次冒着生命危险拍摄高原上海拔四千多米的库木库里沙漠、沙子河和"鸭子湖";在那里欣赏奔跑的藏羚羊、藏野驴和野牦牛,在大风雨里狂奔;在那里,无数次盼望阳光和日出,拍摄到了怪诞的魔鬼谷和神奇的苏拉木塔格峰、犬牙交错的冰川。

他经常一个人深入沙漠、荒原,或跟随新疆考古所王炳华所长等人深入塔克拉玛干大沙漠,寻找消失的丝路文明。在小河墓地,他遇到沙尘暴,迷路掉队了,差点儿葬身塔克拉玛干沙漠这个"死亡之海"……他先后到达了五十多个丝路古城、古迹,留下了不可再生的历史文化见证。

他十多次进入罗布泊，寻找消失的楼兰古城，在盐碱壳上驾车艰难跋涉，"十八公里的路程，却整整走了六个小时"（《触摸千百年前的真实》）。

我无法想象，几个人进入沙漠深处，连带路的向导都迷路时，人心里会有怎样的恐惧与绝望。然而，李学亮却能靠着坚定的意志、冷静的思维判断，带着快渴死、饿死的同行者走出了沙漠。

他在南疆，欣赏到沙与雪水乳交融，在他眼里"雪没有停，沙漠上很快铺上了一层银色，白雪和黄沙相互映衬，一些沙丘半边银白半边金黄"；他看到了塔克拉玛干沙漠胡杨林在起雾后的壮观迷离："骤冷的天气给胡杨树披上了一层白色的树挂，树林粉妆玉琢一般的娇俏，仿佛童话中的仙境。"（《春节七日行》）

就是这次春节期间的尼雅七日行，他从双眼到心里，复活了当年精绝国的历史，并通过图片和文字传达给观众和读者：根据《汉书》的记载，"精绝国"距离长安四千四百一十公里，有四百八十户居民，人口三千三百六十人。目前发现的尼雅遗址规模广大，包括周边地区，东西约七公里，南北约二十五公里。想到两千多年前的西域，人们一定认为那里什么都没有，然而，从多年的考古发现中，尼雅带给世界一连串的惊叹。一九九五年，在尼雅一号墓地中出土了保存完好的织锦，其中一件带有"五星出东方利中国"字样的织锦，被列为我国六十四件"禁止出国展览文物"之一。在尼雅发现的陶器、织锦、文书以及饰品等文物，给我们描摹了超乎想象的高水平的生活场景：穿着华丽的衣服，戴着戒指和项链，穿着时髦的鞋，和爱人在林荫路上漫步。有的人拿着弓箭狩猎，有的人钓鱼，有的人种田，有的人照顾家畜。作坊里制作着漂亮的陶器，商人们从地中海或者南印度洋带来了珊瑚等货品，又把当地出产的货品带到遥远的国度。人们在寺院中参拜，听僧人讲授佛法。王侯贵族死后，将和配偶一同埋葬，长眠于地下……

他一次次登上昆仑山，爬上帕米尔高原，领略像圣诞老人一样洁白沧桑的冰峰，像白色玉笋林立的冰川，那里有的是雄伟、壮丽与崇高，只有到了那里才知道什么叫"一览众山小"。

就这样，《阿尔金山库木库里沙漠》《阿尔金山喀拉礅草原怪石山》《沙子泉》《骆驼峰》《塔克拉玛干沙漠·黑白》《塔克拉玛干沙漠·雪中驼队》《小河墓地》《尼雅遗址》《尼雅古胡杨林》《喀喇昆仑山乔戈里峰》《昆仑山迦雪布鲁姆冰川》《慕士塔格峰》等一批难得的图片面世了。

我曾经在二十世纪八十年代中期，故意放逐自己，一个人流浪天山南北一个多月，经历了许多艰难坎坷，目睹了许多该发生和不该发生的故事。我没有车马，也没有像李学亮那样一次次深入不毛之地，发掘没有人见到过的迷人风景和文化印迹，但我特别理解他那颗远离城市，奔向荒山野壑去寻找大美的自由灵魂。

他说，一出门就奔向几千公里的野外，带着各种摄影器材、成箱的胶卷和胶片，带着矿泉水、榨菜、馕和汽车喝的油、汽车备胎等等，随便一个来回就要花上万元。多少年来，他每年都有一大半的时间在荒山野外，与沉默的山水在一起，与风对话，期盼阳光给他带来明暗交错的好运……二十世纪九十年代末、二十一世纪初那几年，他一年甚至只有五十天时间在家，二百多天时间在野外，比地质勘探队员还有过之而无不及，闹得母亲、妻子都十分不乐意，最后妻子与他离了婚。

他的越野车，一跑起来就是上万里的"马拉松"，每年要跑六万公里的路,每年在摄影上的花费在二十万元以上:胶片十万多元,油钱五万元,还有其他种种……这二十年来,他自驾越野车走遍天山南北,行程一百多万公里,拍摄摄影作品五万余张,不说人累倒了很多次,越野车也先后累坏了五辆,现在他开着的是第六辆越野车。美国著名摄影家艾力·鲍克曼曾对他说:"你是躺在金山上的乞丐。"他的摄友彭戈侠另外一句引用范围真的诗,也常常响在他耳边:世上"没有比脚更长的路,没有比人更高的山。"

金钱、时光的不断流逝,换来的是上万张可以称为"艺术"的照片,那一片片风光、一座座丝路古迹装进胶片,为他自己也为人类收藏了不少珍贵的美。他依靠一批又一批有分量的作品,连续多年获得《中国摄影》反转片摄影十杰称号,二〇〇四年赢得了中国文联、中国摄影家协会评选的第六届中国摄影金像奖(创作奖)。二〇〇七年,他的《风迹》又获得中国摄影家协会举办的第二十二届全国摄影艺术展览金奖。

我记得,二〇〇四年乌鲁木齐晚报社举办李学亮摄影展《穿越新疆》,将一个巨大的金字塔形的宣传广告树到了乌鲁木齐市最繁华的中心中山路中段,让我吃惊和赞叹。想不到效果出奇的好——引来了日本 NHK 电视台记者的眼球,不仅观看了有着西域大美的影展,而且拍摄了有关影像带回日本,该台领导看了后很兴奋,决定邀请李学亮到日本办巡展。就这样,三月三十日至五月五日,《穿越新疆——李学亮摄影展》移至日本京都、东京、名古屋、福冈四个城市展出,在日本引起了巨大震动和连锁反应,不但参展的六十幅摄影作品全部销售一空,而且又补了四十幅作品才满足市场需求。日本人,对丝绸之路文明古迹和新疆沙漠风光本来十分迷恋,再加上李学亮魔术师似的手段，给稀罕的古迹和风景以最奇妙的光影，让许多日本人倾倒，并迅疾掀起了一股新疆旅游热……

他付出了青春、汗水、金钱，但也收获了美与艺术，收获了开阔的胸怀与眼界，收获了种种人生的历练。还有，他又重新收获了爱情与婚姻。

二

没有人一生下来就能找到自己的位置。

李学亮也一样。从小生长在新疆的南疆，膀大腰圆，粗壮好斗，喜欢运动，如果是战争年代，他早就是一名武士，一个拉起自己队伍冲锋陷阵的军人。而他又偏偏喜欢上了文艺，那魁梧、粗犷的外表下面，珍藏着一颗喜爱真善美的心灵。最初踏入社会时，李学亮是新疆歌舞团的一名小号手，二十世纪七十年代，看到一位爱好摄影的同事，被他挂在胸前的照相机迷住，追着人家要拜师学摄影，想不到他从此从乐队小号手改行为摄影师，不久又调入新成立的新疆文化厅艺术研究所拍摄资料片，从此走上了这条不归路，不知道停下来歇息，更不知道拐弯……几十年过去，上天也赐予了他丰厚的回报。

李学亮渴望独立，喜欢自由，在乐队里吹小号是集体演出的一部分，自由度很小；而摄影，哪怕拍资料片，也都是一个人独立来完成。一个人的事业可以更好地展现其个人的才能和境界。

摄影是一门烧钱的艺术。许多人烧了很多钱，烧去了一辈子的光阴，也只是当一个发烧友，最终在艺术的门外徘徊。

而李学亮却不是，他的钱，虽然一月月、一年年，大把大把喂给了摄影器材、胶卷胶片、汽车、油，无声无息地消失在摄影之路上……

但多少年以后，它们却乘着一张张飞出去的迷人的艺术照片回来了。这样的失而复归，令我想起《淮南子·人间训》"塞翁失马"的故事，想起老子"祸兮福之所倚，福兮祸之所伏"的辩证法思想。当然，那也是因为他将摄影这一件事做到了极致。

当然，最重要的是，镜头里的那些天山、昆仑山、阿勒泰山、阿尔金山的奇观：高贵壮丽的冰峰，洁白如象牙一般的冰川，幽蓝深邃的天山天池，犬牙林立的红色大峡谷，高原上的沙漠、草原、湖泊、牧羊人、野生动物；那些深藏在塔克拉玛干沙漠、古尔班通古特沙漠的神奇风光——堆满龙鳞一样盐壳的罗布泊，挣扎在死亡线上仍然有着不灭意志的胡杨，奇形怪状的雅丹地貌，一个个魔鬼城；那些失落在丝绸之路上的遗珠——交河故城、尼雅古城、小河墓地、佛塔、烽火台、千佛洞等等；还有喀纳斯湖变幻莫测的四季风光、哈巴河迷蒙的雪景情影，美丽幽然的那拉提草原、昭苏大草原……新疆的诸多魅力之处有许多被他发现了，藏进了他的胶片。

近些年，在风光片之外，李学亮还拍摄了大量文化味很浓的丝绸之路文化古城、古迹照片。

它们有的昨天还存在，今天已经消失；它们有的现在存在，明天可能消失。它们在时光中不断剥落着，不断地削减着自己的形体，衰老着自己的容颜。而李学亮拍下的这类摄影图片，却可以成为一种不变的文化遗存，永远怀念着文化古迹的美好时刻。

李学亮拍摄了上千张古城、古墓、烽火台、古遗址等丝路古迹图片，特别是他曾经随着新疆考古研究所所长王炳华研究员等人，在瑞典考古学者贝格曼发现小河墓地遗址六十余年后，重新找到被尘封多年的古遗址进行新的拍摄。还有，他与摄友深入塔克拉玛干沙漠深处那历史上"精绝国"所在地——尼雅古城遗址，进行探险考察摄影,为的是一种有形的历史记录,一种有形的丝路文化之大美传播……

王安石在《游褒禅山记》中写道:"夫夷以近,则游者众;险以远,则至者少。而世之奇伟、瑰怪,非常之观,常在于险远,而人之所罕至焉,故非有志者不能至也。"意思是说,越是独特、美丽、奇异、深居简出的风景,越藏在既远又险的、人迹罕至的地方,多数人欣赏不到。越是多数人无法欣赏到的风景,越需要摄影家深入虎穴,通过对大自然的创造性复制与转发,将常人很难欣赏到的美景丽影,分享给天下人。

所以,李学亮每次出行,都是一次孤独的远征;满载而去,却不一定满载而归。

摄影是一门艺术,但有时摄影家就像一个农民,要靠天吃饭。如果老天不开眼,太阳不出来,阴云密布,或者遇到狂风沙暴、大雨倾盆,你都只能面对奇景望天长叹。

所以,摄影家对光明的渴望超过了其他任何一个人。

没有了光,摄影事业只能是一片黑暗。

有人问李学亮,摄影的快乐、幸福在哪儿?

他说:"啥是快乐?……快乐是山重水复之后,意外找到的绝佳拍摄点;是第十次尝试后得到最满意胶片效果的那一天;是在山上摔得鼻青脸肿时,怀里紧紧抱着的相机毫发无损;是背着沉重的摄影包,翻到山的另一面时,被眼前景色深深打动后的惊呼。快乐,是清晨的第一缕阳光中夺眶而出的莫名的泪水,是快门在手指的弹拨下畅意的鸣叫,是镜头里淳朴乡民清亮透彻的双眸,是紧紧地抓住一个闪

电般的想法,把它熔化到胶片里的冲动。"(《啥是快乐》)

在《博格达的呼唤》一文中,他描写了一个有趣的故事:他请了一个哈萨克小伙子当向导,奔赴博格达雪峰。小伙子对他走那么远的路,冒那么大的险,花那么多的钱,仅仅是为了拍风景照片十分不解,问他:"这些照片有什么用,能值多少钱?"他望着巍峨的博格达峰,对向导说:"这么美丽的地方,现在,只有你和我能看得到,而我的相片,把美丽带给了那些喜欢美而无法看到的人。"向导大概听懂后,伸出大拇指用生疏的汉语说:"你是个好人!"

是啊,李学亮作为一个野外摄影家,他所经历的一切的一切,岂可用金钱去衡量?又岂能用值与不值去追究?

付出了艰辛和苦涩,把美丽带给了大家,把美的艺术留给了世界。这,就是摄影艺术家的社会价值所在。

二〇〇六年,大西北摄影界的这位独行侠,当选为新疆摄影家协会主席,从此,他要担当起新疆摄影人领头雁的角色。二〇一一年,他被选为新疆文联副主席,次年被选为中国摄影家协会副主席……他不仅要单打独斗,更要领着一群人一起战斗,去占领摄影高地。

在我国古代,像尧舜禹这样的国之领头人,依赖的是圣德大功,个人在享受洪福的同时,却也挥洒着亮晶晶的汗水和夜晚睡不香的智慧。烽火年代的将军元帅们,哪一个不是靠在枪林弹雨中冲锋陷阵、杀敌无数、夺城拔寨无数而获得成功的。

而李学亮在新疆摄影界,从独行侠到领头人,靠的却是大半生在摄影方面的摸爬滚打,靠的是上万张优美壮丽、令人震撼的新疆风光照片,上千张独特神秘的丝路古迹照片,是国家摄影金像奖,是厚实沉重的专业学问和厚稳实诚的为人处世品行。之后,他开始领着一群人到野外搞摄影。比如,二〇〇六年至二〇〇九年,他们与鄯善县联合搞活动,他带着多名摄影家,带着帐篷,带着干粮和水,深入到县城七十公里外的南戈壁无人区,在一片荒无人烟的魔鬼城里巡守了十八天,晨晨昏昏蹲点拍摄最美的风景,夜夜帐篷被大风吹得如潮水般哗啦啦响。摄影家将这一批图片刊发到全国各地后,引起了轰动,吸引一群群的摄影爱好者、驴友、游客纷纷前往"淘金"。至今,南戈壁无人区变成了鄯善的旅游热点地区。

是啊,喀纳斯湖、库车大峡谷等热门风景区,最早也是因为李学亮等许多摄影家的孤胆深入,将那里深藏闺中的美揭去了面纱,才被世人所认知。

李学亮当了领头人后,心更多地放在艺术追求上。各类摄影展层出不穷、五彩斑斓,两年一届的新疆摄影艺术展,参展人数越来越多,好片子也越来越多。二〇一五年,中国摄影家协会举办全国摄影艺术展,新疆入选的摄影作品多达二十多幅,爆出了冷门;而第二十二届(李学亮的《风迹》)、二十三届、二十五届全国摄影艺术展,新疆三次夺得了金奖。虽然严格控制入会人数,但新疆摄影家协会会员,还是从二〇〇六年的一千二百多名增加到了二〇一六年的三千三百余名,翻了一倍多;而新疆加入中国摄影家协会的人数,也由二〇〇六年的几十人猛增至三百余人。独特神奇的新疆,难道仅仅满足于摄影资源大省吗?不,摄影资源大省可以通过一个领头人和一群人的共同奋发,一步步向摄影大省和强省挺进……

少女与雪

雪后天晴,阳光格外温和甜美。

热热闹闹地在故乡过完春节后,依依作别亲人……

一登上返疆的列车,就忽然听到唤我的声音,回头一看,是个身穿铁青色铁路制服并戴着帽子的女列车员。想了好半天,才认出她就是三年未谋面的友人曹女士。我佩服她那敏锐的眼睛。我本想这四天三夜飘过八千里风云的火车旅途将与孤寂为伴了,而如今忽见故人,且随她的车一直到达塞外新城,自然使人喜出望外。

我是三年以前满怀豪情到戈壁小站三葛庄采访时认识她的。她起初当养路女的真诚和实在深深印在我的心底。后来,我一直想去那地方,却终未能如愿。再后来,我听到消息,她离开了小站,登上了列车,当了征程万里的女列车员。

今日重逢,自然让人高兴。我从她嘴里得知,她早已成家,还有了孩子。虽然,我是天涯孤客,来无踪去无影,但还是由衷地为她高兴和给她祝福。正当我想开口打听她的旧同事里最美丽的姑娘的去向时,她竟先告诉我说:阿华死了,是患白血病死的。

我被这当头一棒打得心里疼痛。一种深深的悲凉钻透我的心胸,我无言。我无法相信这条死讯,甚至不敢相信,更不愿相信!那张皮肤雪一般洁丽、眼神迷离的活泼而丰腴的脸浮现于我的眼前。她那袅娜动人的青春,穿着红外衣露出迷离微笑的情影,让我无言。她当年二十三岁，鲜红动人的嘴唇突然永远合上了，让我无言。的确，我不得不承认她曾经打动过我。不得不承认，我的沉痛除了作为一个男人的私人感情外，更多的则是一种更高的对于生命的惋惜和迷茫。她死了，意思是我们都永远见不到这雪一般可爱的少女了。听说她死时七窍流血，脸色焦黄……我无法相信这样一种事实，甚至不愿相信。

离开小站后的一年，我曾突然在列车上见到这位雪一般的少女。她是硬座车厢的列车员，很得女列车长的赏识。是她最先告诉我小站群友别后的情况的。她依然风度翩翩，老对我甜甜地，带点儿清新、神秘地笑。

我到她家去过一次。在那虽古旧但宽敞、温馨的土房里，她和她的父母很热情地接待了我。后来，我又到那个地方去过几次，可是门都紧紧拴着，屋里没有人。敲门声惊起的是几声不知从何处传出的狗吠。

本来只有一点点遗憾，现在却难以弥补我的心酸。我怎能不心酸呢？一个年轻又十分懂事的少女，如此匆匆地离开了尘世，一生如江南白雪一般的短暂。难道这尘世丑恶的事情太多了吗？你这天上飘下的精灵，才不忍被尘烟玷污，而倏然消失了？归去时依然一片冰清玉洁！

远离南方，亲近北方，列车在向戈壁缓缓地运行，在向我的新故乡和她的家乡运行。我的心潮丘陵般起伏。思绪里牵着缕缕伤感。我再也见不到她了呀，我永远也别想见到这美的精灵了啊！十年生死两茫茫，不思量，自难忘……我好不容易打听到这少女的下落，可她连一句话都没有留给我，就毅然决然地走了。上帝啊，你为什么如此地不公呢？难道美的事物都容易消失，而某些丑恶的嘴脸却容易活跃在人间？难道红颜自古多薄命？

我记得，最后一面，是在边塞新城的火车西站。

我有事儿匆匆掠过一片空地，她叫了我一声。寒风里抬头，见她穿着红毛衣站在路边火一般灿烂地笑，牙齿白洁，冰锥般晶莹剔透。如果我知道这将是我们最后一次邂逅，我怎么会让自己这样匆匆一别，怎么会……人的一生是多么的短暂而苍茫，那么的令我迷惑不解。阿华死了，而我活着；几位才华横溢的中青年诗友、文友死了，而我仍然活着。难道我将注定成为人类悲剧的见证人，成为迎着风雨凝望蓝天白云的古碑碣？

穿过白天和黑夜，火车继续向西行驶。曹女士在忙过乘务工作的间隙，给我讲了少女阿华的故事。我终于知道她爸爸妈妈分到了一套房子，她便随亲人搬到了新楼上。旧房子留给了成家后的哥哥。她在住进新楼房后突然得了肿瘤，渐渐地恶化成了白血病；而后，竟七窍流血，而后……有的人说是那房子有问题，不该她住的。好多人都这么说。

我什么都不相信，我什么都不得不相信。她毕竟消失了。她曾经雪一样洁白，如美丽的光照亮过我；等初春的阳光到来时，她又雪一般无声无息地消失了……

终点站到了。边塞新城，依然是雪后天晴的光景。阳光却没有了上车时的亲切和温馨。我感到这阳光冰一样刺骨，这微风也阴冷得让我哆嗦。

一个没有春天的城市

　　四月款款而来，微信朋友圈和微信群里不断闪现故乡浙江、北京、云南等地的朋友们晒出的鲜花盛开、绿草如茵的照片，赤橙黄绿青蓝紫，溢满了各种勃发的新鲜色彩、各种各样的娇艳春色。

　　瞭望我的窗外，却依然是冬天撤退后的一片狼藉景象：茫茫大地上，不见了五六个月一直寄居在北疆大地上的茫茫白色雪影，露出了灰褐色的泥土、沙子，灰黄色或苍白的草坪，还有光秃秃的树枝在阴沉沉的天空下伸着懒腰，仿佛刚刚从长梦里醒来，依然一副睡眼惺忪的样子……冬天撤走了，春天还未来。这一旬以来，四处空荡荡的，荒凉、寂寥，毫无生机、百无聊赖。

　　偶尔下过一两次雪，一落地就化了；偶尔下过一场雨，飘着飘着也不见了。气温一直在零度上下震荡徘徊，冬天厚厚的大衣是脱掉了，换成了单衣外套，但大多数人外出，还必须在里面穿着保暖内衣、毛衣或毛背心。空气中有种雪化后湿漉漉、冰凉凉的感觉，暖阳似乎休假还没有结束，王者仍未归来。

　　春天还没有正式登场。春天的绿只要一爬上舞台，狂风恶沙就会尖叫着尾随而来，想吞噬掉鲜花、新绿，这常常让我们人类措手不及。等大风沙一批批地扫荡过去，我们揉揉眼再睁开，惊奇地呼叫：哇，太阳热烈，绿色葳蕤，鲜花肥硕，已经是变戏法似的进入了夏天。乌鲁木齐从冬天到夏天，只有一道门槛，轻轻一抬脚跨过去，就从清宁的冰雪王国进入另一个热闹的朝气蓬勃的世界。

所以,乌鲁木齐是一个没有春天的城市。新疆北疆的许多城镇也都一样,春天仅是一闪而过,你还没有看清楚她娇媚的容颜,她就侧身而过,一下子走远了。

乌鲁木齐的青春如白驹过隙,春天的故事还没有发生就结束了。

乌鲁木齐是一个只有夏、冬两个季节的城市,或者说两个半季节——秋天只能算半个季节,一般只有一个半月或两个月时间。

一般情况下,十月底或十一月初,乌鲁木齐就进入了冬天,直到次年的三月底或四月上旬。一场场大雪不断地如约而至,一层层地覆盖着城市、公园、道路,近半年的时间里,边城一直睡在雪床上,盖着厚厚的雪绒被,在做一个长长的梦。

冬天离开乌鲁木齐时,也是一步步撤退的。

等到大雪不再光临,先是那些朝阳的平地山坡上,积雪最先融化,然后可以看到一片片雪变得越来越薄,一块一块消失,垃圾就不断地从雪堆里露了出来……前些年,城中一些小巷或偏僻的地方,还留有天然土路,开春雪一化,烂泥巴就不断地缠绕行人的鞋子与脚。

在该是春暖花开的三四月份,乌鲁木齐却只有裸露的黑褐色的荒芜土地、烂泥巴、大风沙。乌鲁木齐没有真正意义的春天。

在长达半年的冬天里,乌鲁木齐被冰雪打扮得很洁白晶莹、朦胧和谐,特别是洁白轻盈的雾凇雪凇不断地涌现,将边城街道两旁的林带、公园以及新种树木长大了的山坡等等这些草木丰富的地方,一次次幻化成晶莹剔透的童话世界、梦幻世界。

乌鲁木齐的冬天是寒冷、单调的,但也是洁白、美丽、迷人的。其实,白雪无意中掩盖了丑陋、参差,也遮掩了那些乱扔垃圾的恶行。

而现在,我居住的乌鲁木齐站在了冬与夏之间,是春天的时节,却没有春天的绿,没有喷吐五颜六色的鲜花……只有光秃秃的干树枝木然、空洞地站在大地上,仿佛被施了魔法,等待被重新唤醒;只有被漫长冬天欺压得萎靡不振的黄灰色草地,等待着阳光使它得以返青。

这是一个时间的空档期、一种尴尬的表情,或只是光阴老人一个短暂的沉默。

就像乱军撤走后的空落混乱景象——幸有城里越来越多穿着黄色制服的城市清洁工,日夜加班加点清除城市各个角落集聚了一冬的垃圾。如今的边城虽然看上去单调无颜色,没有生命的色彩,但还是干净整齐的。犹如一个一贫如洗的穷人,虽然家里四处黯淡无光,但却因为收拾得干净利索,也还能让人驻足。

乌鲁木齐是一个没有春天、看不到春光荡漾的城市。边陲首府的春天,藏在一个个爱花草的居民家里,那一盆盆花草,是冬天里偌大的边城唯一的春色,也是最早迎接春天的使者。从二十世纪八十年代起,乌鲁木齐有了暖气(二十世纪七十年代以前,靠煤炉取暖,很脏),外面大雪纷飞、白雪皑皑,室内却温暖如春、洁净如兰。谁家都养着几盆花,或是观叶绿色植物,或是赏花的盆栽。花草在室内最早感受到大自然春天温暖的气息,最早接受穿过玻璃照射进来不再冰冷的温暖阳光,也最早释放出自己身体里的芬芳。

乌鲁木齐真正的春天不在外面,而在一个个家里,在一个个愿意侍花弄草当"园丁"的热心市民家里。

春天,有时是一片风景,有时是一种气氛,有时是一个人的脾气秉性,有时也是一种心境。

边城乌鲁木齐,乃至新疆其他许多地州市,被冬天与夏天掰成了两半,挤走了真正意义上的春天。所以,乌鲁木齐人或者说许多新疆人,性格直率简单,冷热两极、爱憎分明,热情时似火焰,一起喝酒吹牛拍肩膀拥抱,好得仿佛可以共享老婆,可一旦翻脸却是冷酷如冰,动不动白刀子进红刀子出,没有中性意识,不会妥协与让步,缺少和风细雨与春光明媚。这是新疆人的特点,也是一些北方人的特点。

有一首歌叫《春天在哪里》,说"春天在那青翠的山林里",在"红花绿草"里,在"唱歌的小黄鹂"的叫声里,"在那小朋友眼睛里"。作者写的肯定是南方的春天,或者是有真正春天的地方。他不知道,像乌鲁木齐这样几乎没有春天的城市,春天只永久藏在一个个珍爱花草的人家里,藏在一个个大爱小爱都满满的善良者的心里。

境由心造。我相信,一个人,只要心里孕育着春天,胸中就会随时随地草绿花开,就会有明媚的微笑,就会有黄鹂婉转甜美的歌喉,言语也如和风细雨一般能感化大地与他人。

心里有着春天,就从此绝灭了地狱,处处幻化成天堂。

北湖：一座精神的湖

　　阳光下，柔柔的波光绸缎般地涌动着，是那样的温柔、平阔、悠然，那样的美丽优雅，仿佛是一位南方少女的微笑，包含着多情与羞涩。

　　望着从准噶尔盆地上幻化出的石河子北湖，无数的感慨从我的心头涌起，一如波涛……那苍郁的林木，依依的江南垂柳，绿油油的三叶草——哦，它点燃了夏日的诗情！组成了北湖的绿岸，与淡绿色的水辉映出绿色交响。

　　在这一片片浓郁的绿色掩映中，红瓦红梁红柱构成的古色古香的听雨楼、飞龙阁、大镜亭，以及楼外楼等一批仿古的汉文化建筑耸立着，燃烧着红色情愫，汇成红色交响曲。这一红一绿之间，不仅展现出自然景观与人文景观的有机结合，而且表达了石河子军垦人丰富的情感和火热的思想。

　　走在曲径通幽、红绿相间的四百多米长的仿古苏堤长廊上，一波一折，一曲一弯，妙趣横生，一会儿山重水复疑无路，一会儿柳暗花明又一村。飞阁、亭廊、花影、绿藤，和亭廊上彩绘着的"文王访贤""三顾茅庐""八仙过海"等等有关历史故事、神话传说的精彩绘画，逼真雅丽，又让我目不暇接，沉浸于一种古典文化意境里，仿佛在南方苏州的私家园林里做客、神游。

　　坐船驶进湖中，回头望岸上那欲飞欲伏的红色亭台与浓墨似的浓荫绿树，忽然间，我仿佛回到了江南故乡，置身于苏杭一带某个名湖，勾起了我心中的美丽和一丝丝忧伤。那是久违了的乡愁！

在新疆，在祖国这个遥远的西北角，不知有多少像我这样来自嘉峪关内的游子，一代代枕着遥远的故乡之念，扎根在塞外，做种种形式的"荒原"拓荒者，以血汗浇灌出天山南北的片片绿洲——那是他们青春的证明！

从张骞、班超……到王震将军，一代代戎装军人，二十世纪五十年代的援疆干部、二十世纪六十年代的十万上海知青支边进疆，二十世纪八十年代的支边大学生、二十世纪八九十年代以来的南方商人……无数的游子，无数的精神移民和生存移民，以种种方式来到多大漠多风沙的新疆，以汗水和泪水一点点改写着新疆自古以来的荒凉，并彩绘着新疆地图上的绿色和历史上的泥色。

石河子便是其中一种缩影。

石河子北湖便是这个缩影中的缩影。

这里本来没有湖，没有这一方广阔的水面和水面中的波光云影。

"这真是一个奇迹，你是石河子人流下的最大一滴汗水。"蛰居石河子的青年诗人曲近在《北湖》这首诗中如此写道。

原来这里没有湖，也没有水库，只是一片片有着芦苇和水鸟的沼泽地。

王震和陶峙岳将军到来之后，一批新来屯垦戍边的军人放下枪炮，拿起镰刀、十字镐、铁锹、箩筐，在离石河子市十几公里的荒滩与沼泽地里，挖出了这个面积十一平方公里的水潭，初名为"大泉沟水库"，当这个水库长得越来越漂亮的时候，有了一个新的名字——"北湖"。

北湖的一切，都是"无中生有"。

"我们这里创造了三个第一：天下第一墙、西北第一廊、新疆第一船。"玛纳斯河管理处处长王来印自豪地说。

在那里，我看到一面数百米长的唐三彩壁画，描绘了从王母娘娘的神话传说、张骞出使西域，到当代屯垦的数千年历史画卷。上海吉尼斯总部新疆总代理聂晶川看到这面壁画后啧啧称赞，主动上门让他们申报了世界吉尼斯纪录。

而"第一廊"，就是那条仿古的苏堤长廊；"第一船"则是一只在大连公开招标买来的八十万元的游船。坐在这条船里踏浪游弋，是那样的安稳、坦然、娴静，像一片移动的大陆。

这里的假山假景皆是人工创造出来的。

从北湖的湖，到北湖的树木、亭台楼阁、三个"第一"，再到水上的北湖文化节、北湖龙舟节、北湖沐浴节，以及种种美丽的神话传说……都是"无"中生"有"——当然不是从天上掉下来的，而是石河子人，尤其是石河子老屯垦、玛纳斯河管理者创造出来的。那是他们生命的一部分，青春的另一种形式，是他们情感、意志的辉煌结晶，是他们的劳动精神和美的心灵交融而成的灿烂乐章。

正因如此，北湖美丽而不遥远，她给人一种可爱的温情、一种美好人性的感觉。

了解北湖的人都应该知道，北湖是创造它的人心迹的一种委婉表达。所以，北湖不仅美丽，而且北湖沉淀着一种精神。

北湖的精神就是"无"中生"有"的精神，是兵团人创造美的精神。

北湖，是劳动者的故乡，也是享受者的天堂。